I SENTIERI TORTUOSI

di Kat Mullbärsmask

A Chico, Pato e Kuci,
che amo e mi amano
senza condizioni.

CUORE DI CORALLO

E all'immenso e possibile oceano
Insegnano gli scudi che qui vedi
Che il finito mare è greco o romano:
il mare senza fine è portoghese.

Cippo – Fernando Pessoa

Questo amore muore d'inedia.
La tua luce non mi ha illuminata che per un attimo
Sono sempre rimasta nell'ombra.
I tuoi raggi non hanno scaldato il mio stelo
La tua pioggia non ha bagnato le mie radici
Il tuo canto per me è stato appena un accenno
presto sperduto in un devastante silenzio
Questo cuore è sordo e cieco
E si sperde come carta bruciata.

K.M.

Gli uomini son come il mare:
l'azzurro capovolto
che riflette il cielo;
sognano di navigare,
ma non è vero.

Il cielo capovolto - Roberto Vecchioni

ALBERTIN

Albertin Primavera era figlio di pescatori, figli di pescatori, figli di pescatori. Era un bravo ragazzo, gran lavoratore, ma di salute cagionevole, e già intorno ai 12 anni i suoi genitori compresero che a voler insistere col mestiere di famiglia, il mare lo avrebbe reclamato presto. Questo non potevano volerlo. Juliana e Joao Primavera amavano con tutto il cuore ognuno dei loro otto figli ed avevano pianto davvero amaramente i due che l'infinito portoghese di Pessoa si era già preso per pensare di perderne un altro quando si poteva impedirlo. La vita di quelli come loro era una interminabile serie di rinunce e sacrifici, ma fra questi ultimi essi non volevano annoverare i figli come su una comune lista della spesa. Si poteva fare a meno del pane, o di una manciata di olive anche per settimane. Dei figli, no. Mai. Perciò, quando a seguito di una brutta infezione il piccolo Albertin perse l'uso dell'occhio destro, essi decisero che la cosa doveva finire lì, e lo spinsero su altre strade, sostenendolo con ogni mezzo e pregando per lui con tutto il fervore di cui erano capaci. In breve Albertin scoprì, grazie all'interessamento di un vecchio pescatore in pensione che aveva una piccola bottega sul molo, di avere una straordinaria dote: era un artigiano nel cuore e nella testa. Ciò che si metteva nelle sue mani, legno, carta o metallo che fosse, diveniva in breve una piccola opera d'arte, un perfetto utensile,un attrezzo efficace o una suppellettile di grande qualità e bellezza. Quella era la sua strada, quindi la famiglia fece un ultimo poderoso sacrificio economico e lo mandò da un lontano parente ad affinare le sue capacità ed imparare il mestiere di artigiano perché gli fruttasse di che vivere. Col cuore leggero Albertin Primavera partì incontro al mondo, forte dell'amore dei suoi cari, delle sue mani capaci e di una fiducia e positività innate, retaggio della famiglia da sempre. E ne tornò tre anni dopo, competente, bravo e buono com'era sempre stato, con un buon mestiere, una lista di clienti sufficiente a garantirsi una vita dignitosa, ed una moglie giovane, bella e buona come lui, che sorprese ed intenerì il cuore dei genitori e degli ultimi tre fratelli ancora in vita. In breve Albertin Primavera e Teresa Aurora Do Santos misero su casa e bottega, e presto anche famiglia. Ma Albertin era cambiato, si era fatto uomo in un modo diverso ed il cambiamento era sotto gli occhi di tutti. Il dominio di Salazar lasciava tracce indelebili sugli uomini, in un modo o nell'altro. Su di lui in maniera diversa e particolare. Albertin non aveva avuto veri guai con la polizia, e tuttavia era divenuto chiuso e taciturno. Con tutti tranne con la famiglia. Egli restava ore ad osservare il tramonto o gli uccelli sul mare o gli alberi nei giardini

senza dire una parola. Passava giornate intere nel silenzio più assoluto, o discorrendo del più e del meno ma con aria distratta, distante, persa. Non guardava quasi mai nessuno negli occhi. Diceva di non voler vedere, che il cuore non poteva sopportare certe cose. Qualcuno sembrava capire quelle parole, c'erano persone che abbassavano gli occhi per la vergogna, arrossivano, ammutolivano, si allontanavano. Ma Albertin non diceva una parola, non faceva commenti. E non guardava.
Gli utensili che uscivano dalle sue mani non erano davvero tali. Faceva posate e mestoli buoni per la cucina, ma bellissimi, con manici intarsiati che rappresentavano tramonti, scene di pesca, fiori e foglie di una bellezza indescrivibile. Creava personaggi per il presepe che facevano sfigurare senza fatica quelli dei grandi negozi di città, così espressivi e reali da sembrare persone in miniatura, con particolari così curati che avresti detto potessero svegliarsi da un momento all'altro e muovere un passo sulla strada di ghiaietto che portava al bambinello, magari chiacchierando col vicino. Essi avevano scritte in faccia le tribolazioni quotidiane, la stanchezza della sera, talvolta anche l'orrore di quegli anni. La gioia dei giorni di festa era lontana. Le lime da legno, gli attrezzi da pesca, i coltelli da lavoro avevano manici così belli che i proprietari li mostravano fieri dicendo "Albertin l'ha fatto per me. Il miglior artigiano di tutta la penisola".
Albertin lavorava, lavorava sempre, perso nei propri pensieri, contemplava il mondo che cambiava e riusciva ad amarlo ogni giorno appassionatamente, nonostante esso mostrasse tutta l'asprezza di cui era capace. Un uomo buono.

Quando la bella Teresa rimase incinta per la prima volta molti trovarono strano l'atteggiamento del suo sposo. Si pensò che stesse perdendo il lume della ragione.Le premure e la dedizione che egli prodigava alla moglie gli fruttarono non poca derisione, e il tempo che dedicava a parlare con il pancione, le carezze che offriva, i giochi che costruiva per un figlio non ancora nato parvero a molti ridicoli. Non era da uomo, da padre di famiglia agire così, dicevano. Ma forse era l'entusiasmo per il primo figlio, sarebbe passata presto. Sbagliavano. Ad ogni gravidanza le premure e le attenzioni, i piccoli oggetti ritualmente preparati per i nascituri tornavano a presentarsi con la stessa spontaneità. La stessa naturalezza. Come una tradizione di famiglia consolidata dalle generazioni. Teresa diceva che era tempo, ed Albertin si precipitava a chiamare medico ed ostetrica, poi si disponeva all'attesa, fiducioso che tutto sarebbe andato per il meglio, pregando per la madre ed il bambino e continuando con quest'ultimo il suo soliloquio a mezza voce, ansioso di conoscere il figlio che già amava.
Albertin non si staccava mai dalla porta oltre la quale la sua Teresa si adoperava per mettere al mondo il loro bambino. Non erano ancora i tempi in cui il padre del nascituro poteva restare ed assistere al parto, non glielo avrebbero permesso. Così lui restava fuori dalla porta. Ma nessuno al mondo lo avrebbe allontanato da lì, nemmeno con la forza.
Tutto andò sempre per il meglio. Teresa era nata per fare figli, le dissero più volte. Nessuna era radiosa e serena come lei nella gravidanza. E nessuna emergeva dalle fatiche del parto altrettanto bella e contenta malgrado la spossatezza.
Quando Albertin aveva finalmente il permesso di entrare, baciava la moglie e prendeva tra le mani il suo bambino, lo salutava con parole di gioia appena mormorate, lo osservava e gli parlava piano, sorridendo e tenendolo a un palmo dal naso. Tutti gli chiedevano che nome gli avrebbe dato ma egli rispondeva che ancora non lo sapeva, che dovevano rifletterci un poco, lui ed il piccolo, e che bisognava parlarne bene a quattr'occhi. Per i nove mesi d'attesa quella era la risposta. Ma anche dopo il parto.
Sotto lo sguardo paziente di Teresa, un misto di orgogliosa condiscendenza e lieta rassegnazione, Albertin camminava su e giù per la stanza per qualche minuto mormorando piano, finché i due trovavano un accordo. Allora il piccolo cominciava ad agitarsi e a reclamare il seno materno e il buon Albertin Primavera annuiva e sorrideva fiero porgendolo alla compagna, le mormorava :" Ecco Bemvindo".
Andò così con ognuno dei loro sei figli. A volte ci metteva un minuto, a volte quasi mezz'ora, a trovare il nome per il suo bambino. Dopo Bemvindo vennero Serena, Espero, Andorinha, Joia e Quedo. La stranezza divenne caratteristica, e nessuno si stupì più tanto di fronte al giovane che

aveva una tale cura della moglie o che parlava col pancione e preparava giocattoli per un bimbo che a rigor di logica e per i tempi che erano, non si poteva considerare ancora un essere vivente. Vi fu anzi chi prese ad imitare i suoi atteggiamenti con spontaneità, ed i tempi e le persone cambiarono impercettibilmente, cambiò il mondo, almeno un poco, e una volta tanto non in peggio. Era entrata la poesia ad Aljezur davanti al mare infinito. O meglio era uscita. Uscita dal cuore degli uomini, dei pescatori, dei contadini, dei bottegai per riversarsi nelle strade e sulle teste dei bambini, nei loro cuori ed in altri cuori. In tutti quelli che potevano incontrare e toccare. I garofani, lì sull'oceano, erano più rossi e vivi e belli.

Sento questa storia da sempre,da che mi ricordo. Prima la raccontava mia nonna. Poi, quando lei ci lasciò, prese a raccontarla lui stesso. Ora è il turno di mio padre che la racconta ai miei figli. Io mi siedo ed ascolto insieme a loro. Perché un giorno toccherà a me. Perché mi piace sempre sentirla. Perché bisogna ascoltarla per capire. Mio nonno, Albertin Primavera, era un artigiano ed un poeta. E lo è anche mio padre.

QUEDO

Albertin, come i suoi genitori prima di lui, amò devotamente i suoi figli, diede loro
un'istruzione ed una visione positiva del mondo fin dove poté e poi li lasciò liberi di andare. Così
ognuno prese la sua strada ed arrivò anche molto lontano. Qualcuno attraversò tutto il mondo. Ma
nessuno di loro dimenticò mai la strada di casa, e la imboccarono tutti sempre quanto più spesso
poterono. Rimasero una famiglia unita, almeno finché vissero i nonni, finché ci furono fratelli di cui
sentire la mancanza. Soltanto uno di loro non si allontanò da casa. Perché aveva già tutto ciò che
poteva desiderare proprio lì.
Il piccolo Quedo iniziò a frequentare la bottega del padre a soli due anni. Restava seduto ore a
guardare affascinato le cose straordinarie che uscivano dalle sue mani, a quattro anni cominciò a
suggerire ardite creazioni sbocciate dalla sua straordinaria fantasia di bambino. A cinque iniziò i
tentativi per realizzarne alcune, spinto dalla sconfinata immaginazione di cui aveva avuto dono e
dalla volontà di vederle materializzarsi nelle proprie mani con la stessa magia che aveva visto
fiorire in quelle di suo padre. Così Albertin lo istruì, lo mandò in una scuola idonea e si dispose ad
attendere il suo ritorno per lasciargli in eredità la bottega che egli stesso aveva fondato.
Un sogno che egli non si era mai permesso di fare, vagamente consapevole di quanto pesante
potesse essere un'eredità imposta, anche con le migliori intenzioni, ad un figlio che non doveva per
forza di cose avere le stesse inclinazioni o ambizioni del padre. E che, invece, ora si stava
realizzando sotto i suoi occhi umidi di emozione.

Anche Quedo tornò al paese con un mestiere ed una moglie. Ines, bella ed inquieta, sempre.
Ma lui aveva una luce diversa negli occhi.
Albertin aveva occhi chiari, azzurri come il cielo montano più terso e limpido che si possa
immaginare, tanto che a volte li si sarebbe detti quasi incolore. Quedo, invece, aveva gli occhi di un
blu scuro ed intenso, come il mare nelle prime luci del tramonto, sempre un poco tristi, come arresi
di fronte alla prepotenza del mondo e delle sue leggi, consapevole della fatalità degli eventi che
talvolta ci colpiscono.

I paesani lo chiamavano *Quedo il vecchio* o *Quedo il saggio*, a volte tutti e due, perché lui era maturo e consapevole della vita già da ragazzino. Conosceva le brutture del mondo, sapeva che c'era sempre un prezzo da pagare. Che ogni azione, buona o cattiva, aveva conseguenze. Ce l'aveva scritto negli occhi ma era comunque capace di sognare. Di creare il bello. Di essere un uomo buono. E un poeta.

Quedo sapeva dentro di sé che il destino a volte si accanisce da ignorante su un solo individuo e gli impone dure prove senza ragione, per gioco.

Un uomo non può fare altro che difendersi come meglio riesce, e andare avanti.

Finché ne è capace.

ALBA

Conobbi Xavier quando avevo 14 anni, e me ne innamorai quasi all'istante, lui era di due anni più grande, andava a scuola con mia sorella Allegra. A volte facevano i compiti insieme. Loro e qualche altro compagno. Mi ha sempre stupita che lei non lo tenesse nella minima considerazione. Io ne ero totalmente affascinata, mentre Allegra sembrava notarlo appena. Era così razionale, così composto e serioso. E contemporaneamente dava l'idea di ambire ad un abbraccio, ad un gesto spontaneamente affettuoso. Lo immaginavo come un gattino sotto la pioggia che aspettava di essere salvato, portato all'asciutto e al caldo, e riempito di carezze, di coccole. La sua famiglia era fredda e distaccata, perfino con l'unico figlio, perennemente impegnata a modificare ciò che la circondava perché si armonizzasse o divenisse almeno piacevolmente decorativo. Io non fui mai abbastanza decorativa né armoniosa. E turbai sempre le acque calme e piatte delle loro esistenze. Non ero assolutamente la nuora che avevano sperato di accogliere in seno alla famiglia. Non ero abbastanza pregiata, abbastanza fine, abbastanza remissiva e razionale. Non ero abbastanza. Ma a me non importava. Lo amavo sinceramente. Lui mi completava. Xavier era per me come un tronco forte e ben radicato a terra, ma che esitava a germogliare. Mentre io ero ricolma di foglie nuove, ma temevo lo stormire del vento. Avevo bisogno di un riparo forte e sicuro. E pensavo così a lui.
Lo sposai che avevo diciannove anni. Ne compii ventuno quando nacque il mio primo figlio. Allora venne la prima, lunga discussione sul nome da dargli. Io volevo continuare la tradizione di famiglia. Non ho la poesia dentro, come papà o il nonno, ma magari i miei figli si. O almeno uno di loro. Magari i miei nipoti… Pensavo che sarebbero stati orgogliosi della loro eredità. Xavier disse che era "la cosa più stupida del mondo", non voleva che i suoi figli, tanto più il maschio primogenito, portassero nomi ridicoli e assurdi per tutta la vita, affiancati poi da un cognome comune come Sanches. Era un non-senso per lui. Mi resi improvvisamente conto che mio marito non lo conoscevo così bene come mi piaceva credere, ebbi netta la sensazione di parlare con un estraneo, ma ero incinta e diedi la colpa ai miei continui sbalzi d'umore, alle tempeste ormonali. Cercai di credere che lui non capiva quanta importanza davo a questa cosa. Forse non ci provava proprio, ma questo

non potevo crederlo. La comunicazione, il dialogo, c'erano sempre stati, fra noi… oppure ero io sola a parlare e lui non mi sentiva…
La colpa doveva essere mia. Non ero molto brava con le parole. Lui era sempre il mio riparo forte e sicuro, e dentro aveva ancora quel gattino così bisognoso di coccole. I miei sbalzi d'umore si acquietarono e trovammo in Manuel Feliz un ragionevole compromesso, anche se Xavier non usò mai il secondo nome. Sembrava che ignorandolo potesse cancellarlo, mantenere il punto sul nostro litigio. Percepivo questa sua volontà in ogni gesto, in ogni inflessione, in ogni sguardo. Quando, due anni dopo, venne al mondo Cor De Rosa, Xavier non discusse, disse che un nome valeva l'altro dato che era una femmina, e questo mi ferì come non avrei mai creduto possibile. Non potevo credere che lui potesse parlarmi così. Parlare così di sua figlia. Parlare così al mio cuore. Non usò mai il suo nome completo. Per Xavier la bambina fu sempre solo Rosa.

Anche a me dissero che ero nata per fare figli. Come nonna Teresa. Il travaglio era piuttosto lungo, quasi dieci ore, ma i miei bambini nascevano belli e rosei, in perfetta salute e pieni di vita. Io invece ero sempre spaventata, piena di apprensione. Dopo nove mesi di gravidanza serena e senza problemi, quando si avvicinava il momento iniziavo ad innervosirmi. Passavo giorni interi a cercare di convincere Xavier a stare con me durante il parto. Avevo bisogno di lui, volevo che tenesse d'occhio il piccolo, che vedesse dove lo mettevano. C'erano in giro certe storie terrificanti di bambini dati per morti e poi venduti appena usciti dalla pancia che non mi facevano dormire la notte. Avevo paura per i miei piccoli. Volevo che ci fosse lui. Xavier non avrebbe permesso a nessuno di portare via i nostri figli, ne ero certa. Ma lui si opponeva. Non desiderava assistere al parto. Credeva che la cosa lo avrebbe impressionato. Trovava l'idea nauseante e spaventosa. Non era da uomini. Mi bruciava questo suo modo di pensare a me che facevo nascere suo figlio, ma cercavo di nasconderlo. Avevo così tante cose a cui pensare, così tante paure da razionalizzare, che mi sforzavo di minimizzare i suoi dinieghi. I suoi rifiuti. Avevo bisogno di soluzioni, non di problemi. E volevo che la mia famiglia fosse unita e stretta come non mai in momenti così importanti come la nascita dei nostri bambini. Volevo il mio Xavier accanto a me, volevo che mi rassicurasse. Volevo che mi dicesse che andava tutto bene, che avrebbe pensato lui ad ogni cosa. Che avrei riconosciuto subito il mio bambino senza esitazione. Che sarei stata una brava mamma. Che mio figlio mi avrebbe amata come io già amavo lui.
"Solo pensieri positivi, Alba. Solo pensieri positivi e gioia e serenità" raccomandavo a me stessa.
Giungemmo ad un compromesso: Xavier sarebbe rimasto tutto il tempo fuori dalla porta. L'ostetrica doveva comunque passare di lì per andare alla nursery con il piccolo. Lui avrebbe montato la guardia e scortato il nostro fagottino fino a che non fosse stato sicuro che tutto era in regola. Doveva vedere con i suoi occhi che il piccolo stava bene e che aveva il braccialettino di riconoscimento al polso. Andò così con Manuel Feliz, ma quando entrai in ospedale per partorire Cor De Rosa, non venne. Disse che non poteva lasciare il lavoro. Fu mio padre ad accompagnarmi all'ospedale. E fu sempre lui a riportarci a casa, due giorni dopo. Dentro di me sentivo che il mio matrimonio si incamminava su una strada difficile ed impervia. E non ero certa di avere l'energia per riportarlo sui sentieri sereni che avevamo percorso fino ad allora con due bambini piccoli di cui occuparmi. All'improvviso non ero nemmeno certa di essere mai stata su quei sentieri. Ma in verità non potevo permettermi il lusso di riflettere sulla cosa in quel momento. La mia priorità erano solo i bambini. Xavier avrebbe dovuto venirmi dietro e lavorare con me al nostro progetto di famiglia, semplicemente. Sapevo che lo avrebbe fatto. Doveva farlo. Dopotutto ne avevamo parlato tante volte. Entrambi volevamo dei bambini, una casa, un giardino. Una vita semplice. I nostri sogni si stavano realizzando, eravamo giovani. Non era il momento di farsi scoraggiare da qualche piccola incomprensione. Si trattava solo di stanchezza e depressione post parto. Baby blues. Tutto qui. Sarebbe passato.
Xavier lavorava di più per garantire ai nostri figli tutte le piccole e grandi cose di cui avevano bisogno ora e per quelle che avrebbero dovuto avere in futuro. Tutto qui. Anche lui era provato, come me. E sarebbe stato meglio, ogni giorno un poco. Come me.

QUEDO

Quando entrai per la prima volta in ospedale, Allegra era all'estero per una vacanza studio. Non avevo nessuno in sala d'attesa perché i genitori di Xavier non mi amavano molto e non si sarebbero scomodati fino a che non fossero stati sicuri che il loro nipotino era già al mondo, sano e maschio. Così c'erano soltanto Xavier e mio padre.
A quel tempo papà fumava parecchio, quasi due pacchetti di sigarette al giorno. Ma le ostetriche mi raccontarono che non si era alzato una sola volta per uscire a fumare, quando ero in sala travaglio. Invece Xavier non faceva che entrare ed uscire per telefonare, per prendersi un caffè o mangiare qualcosa. Era nervoso.
Anche papà lo era. Continuava a tormentarsi le mani guardando la gente che andava e veniva dalla mia stanza, gli occhi così scuri da sembrare liquidi. Un mare in tempesta senza tempesta. Credo che se avesse potuto, si sarebbe portato gli attrezzi e qualcosa da costruire lì in ospedale. Eppure non si mosse fino a quando non uscì l'ostetrica tenendo tra le braccia il mio piccolo Manuel Feliz. Allora Quedo si alzò e le andò incontro, con un sorriso orgoglioso che gli attraversava tutta la faccia e riportava piano la serenità nei suoi occhi, mentre guardava il suo primo nipotino avvolto nella copertina, vestito di tutto punto dalla testa ai piedi e sonnecchiante. Il piccolo era sano, stava bene, si era già attaccato al seno senza problemi.
- Sembra un Papa. - disse l'ostetrica consegnandolo all'infermiera del nido. Poi si volse verso mio padre e senza tanti complimenti gli fece una ramanzina che lo stordì e lo lasciò senza parole.
- Lei fuma. Non lo neghi! Sento l'odore da qui. So che non ha fumato per non meno di tre ore e per questa volta passi. Ma parliamoci chiaro. Capisce che questo influisce negativamente sulla salute del bambino? E anche la madre non deve vivere in un ambiente inquinato dal fumo, almeno finché allatta. Deve restare lontano dal piccolo almeno quarantacinque minuti ogni volta che fuma una sigaretta. Cambiarsi d'abito e lavarsi bene le mani e i denti. Magari anche i capelli. O rinunciare a tenerlo in braccio. E aerare bene la casa prima che entri, almeno per venti minuti, anche d'inverno. Ha capito?
- Certo.

Certo. Non disse altro. *Certo.* Umiliato e stordito da quel fiume di istruzioni e dalla
 ramanzina fatta con così poco garbo da una ragazzina con almeno la metà dei suoi anni, Quedo
disse quella sola parola. *Certo.*
Rimase qualche secondo a riflettere, interdetto, cercando di assimilare le informazioni più
importanti, quelle sulla salute di sua figlia e del suo nipotino, mentre l'ostetrica, addolcita dal suo
atteggiamento umile, riprese con tono più mite.
 - Comunque può restare e guardarlo dal vetro finché non lo portano alla mamma. E' andato tutto
 bene ed è questo l'importante. Si prepari per quando verranno a casa. Ne ha il tempo.
Papà assentì col capo, si avvicinò al vetro ed osservò commosso il piccolo che riposava placido,
pensando che sì, sembrava davvero un Papa con quell'aria soddisfatta e pacifica. Rimase così più o
meno dieci minuti. Immobile come una statua di sale. Poi se ne andò, salutando con appena un
cenno del capo quelli che conosceva senza fermarsi ad accogliere le congratulazioni di rito per la
nascita del suo primo nipotino. Non disse una parola. A nessuno.
Quedo andò dritto a casa. Cambiò l'aria lì e nel negozio, telefonò a Rosita, la ragazza che gli faceva
le pulizie una volta a settimana, e le chiese di anticipare il giorno del servizio. Concordarono per
l'indomani. Poi si spogliò e fece una doccia lunga ed accurata, lavò anche i capelli, spazzolò con
cura i denti facendo largo uso di dentifricio e collutorio, mise gli abiti nel cesto della biancheria
sporca e si cambiò completamente,buttò le sigarette che aveva in casa. Lasciò che trascorresse ben
più di un'ora prima di ripresentarsi in ospedale e parcheggiò piuttosto distante dall'ingresso per fare
ancora un ultimo pezzo di strada all'aria aperta. Quando venne nella mia camera capii subito che
era successo qualcosa, Quedo era cambiato. Il sorriso mesto di uomo buono che gli illuminava il
viso diceva che anche il cambiamento era buono, e che lui era sereno, così gli sorrisi anch'io, felice
ed esausta.
 - Mi dispiace. - esordì – Non avevo mai riflettuto sul fatto che il fumo potesse far male a voi
 bambine o al piccolo….
Eravamo ancora e sempre le sue bambine.
La sorpresa mi si dipinse in volto.
Papà non fumava mai in casa nostra, per rispetto, dato che né io né Xavier fumavamo, ma i suoi
abiti, i capelli e l'alito testimoniavano il vizio, ovviamente.
E invece ora…ora papà sapeva di sapone e di colonia fresca. Non toccò mai più una sigaretta in
tutta la sua vita. Fumava da vent'anni. Aveva iniziato di colpo e smise di colpo. Non se ne lamentò
mai. Non interruppe l'astinenza una sola volta.
Solo nei primi tempi capitava che mi dicesse:
 - Ne ho così voglia che una me la mangerei….- poi ci rideva sopra sospirando e cambiava
 argomento.

ALBA

Xavier si allontanò lentamente da me. E io lasciai che si allontanasse, completamente assorbita dai bambini, convinta che era normale e che avremmo recuperato più avanti. Che ne avremmo avuto modo. Quando finalmente Manuel cominciò ad andare all'asilo, ebbi un poco più di tempo per lui e per me. Affidavo Rosa a mia sorella qualche volta, per avere una mezza giornata da soli. Gli preparavo un pranzo speciale, gli offrivo le mie braccia ed il mio petto per riposare e dimenticare gli affanni della vita. Ma lui rimaneva distante. Cominciai a pensare che poteva essere troppo tardi.

Le gravidanze lasciano sempre qualche segno sul corpo. Avevo perso tutto il peso accumulato senza troppe difficoltà, ma la pancia era rimasta un po' molle. Con i miei cinquantatrè chili per un metro e sessantotto non potevo aspirare alla silouette di una modella. Non sono mai stata filiforme come le ragazze che si vedono in giro di questi tempi. Non potevo diventarlo ora. Sono sempre stata un tipo "morbido". Ma cercavo di curare il mio aspetto e la mia forma comunque. Volevo che Xavier mi trovasse sempre piacevole come prima di sposarci. Da principio fu difficile non trascurarmi, i miei piccoli venivano prima di tutto e non restava mai tempo o energia per me stessa. Ma quando potei ritrovare un po' di spazio per me e proposi a Xavier di iscrivermi in palestra lui ne rise. Disse che era fuori discussione e che non potevo aggiungere altri impegni a quelli che già avevo con i bambini, la scuola, la casa ed il mio lavoro. Lui non aveva intenzione di rinunciare ai suoi spazi per occuparsi dei figli, non era da uomo, e non potevamo sostenere altre spese in quel periodo, quindi niente palestra per me e niente baby sitter per i bambini mentre io mi assentavo con la scusa di tonificarmi. Non avrebbe avuto senso. Sarebbe stato solo uno stupido spreco di denaro.

- Non se ne parla. – disse.

Io mi arresi. Stanca e depressa. E non ne parlammo più. Assurdamente mi sentivo sola. Sola ad affrontare tutto quanto. Era un avventura bellissima, certo, e non avrei cambiato i miei bambini con una vita diversa per niente al mondo. Ma non l'avevo immaginata così. E avevo l'impressione che mi costasse più di quanto avrei mai potuto dare.

Mi accontentai di fare lunghe passeggiate la mattina presto, prima di portare Manuel a scuola.
Facevo qualche esercizio la sera, quando i bambini erano finalmente a letto, anche se io stessa ero
esausta, mi compravo qualche crema post gravidanza per rassodare pancia e seno. Non che servisse
a molto. Non mi ci dedicavo abbastanza e i risultati non erano particolarmente eclatanti.
Avevo allattato entrambi i miei bambini e ne ero orgogliosa, un'altra cosa che non avrei cambiato
per niente al mondo. Ma anche questo aveva lasciato il segno. I miei seni avevano perso tonicità, ed
io mi guardavo allo specchio con occhio critico domandandomi se potevo ancora piacergli, anche
così…non dovevo trascurarmi se volevo tenermi mio marito.
In ogni modo, i bambini crescevano bene ed io potevo lentamente riguadagnare tempo per me.
Giuro che non lasciai niente di intentato per riavvicinarmi a Xavier, che non smisi mai di farlo
sentire importante, di dargli tutta l'attenzione che potevo, di soddisfarlo a letto, in cucina, e oltre.
Facevo di tutto perché fosse fiero di me, perché fosse orgoglioso di avermi sposata, perché avesse
voglia di stare con me, di passare del tempo insieme. Avevo cura del mio aspetto, cercavo di vestire
bene, andavo a farmi i capelli regolarmente, stavo attenta a non ingrassare, lo ascoltavo per ore
parlare del suo lavoro, seguivo alla tv le partite di calcio insieme a lui, anche se la cosa mi annoiava
terribilmente. Gli preparavo birra e bacalhau a bràz e gli tenevo compagnia in silenzio, esultando
per i goal e cercando di indignarmi quanto lui contro la squadra avversaria.
Non servì a nulla. Oggi posso dire che almeno resi orgogliosi i miei bambini che andavano
vantandosi di avere una mamma bella e giovane. Ma Xavier non se ne accorgeva, non gli
importava, ne sembrava addirittura infastidito. Credo che cercasse una scusa, una giustificazione
per ciò che stava facendo, e tutto il mio impegno nei suoi confronti sembrava vanificarla un poco.

Ormai non facevamo l'amore che ogni quattro o cinque settimane, lui aspettava l'alba, mi svegliava
e mi prendeva senza nemmeno accendere la luce, a volte mi faceva mettere gattoni sul letto per non
guardarmi. Non mi faceva una carezza, non mi baciava, non mi abbracciava mai. Sembrava
scaricare su di me una qualche forma di rabbiosa impotenza, un bisogno animale staccato dal suo io,
dalla sua personalità. Non mi guardava e non voleva vedermi. Aveva solo bisogno di eseguire il rito
sessuale come aveva bisogno di mangiare o di dormire. Niente di più. Io cercavo il contatto visivo e
fisico, gli sussurravo parole d'amore, lo stringevo forte, volevo abbattere il muro delle sue difese.
Ma l'aveva costruito bene, non c'era modo di scalfirlo. Nessuna breccia. Non ne trovai mai.

Cor De Rosa aveva compiuto sei anni, Manuel Feliz otto, andavano tutti e due a scuola. Li
accompagnavo io stessa prima di recarmi al lavoro, ogni mattina, poi passavo a prenderli verso le
quattro del pomeriggio, ci preparavamo una merenda e la consumavamo in salotto, dove grandi
vetrate ci permettevano di ammirare il giardino in qualsiasi stagione. Era la nostra stanza preferita.
Lo spettacolo degli alberi che cambiavano con le stagioni affascinava tutti noi. I bambini facevano
disegni o giocavano insieme a qualche gioco da tavolo, io leggevo un libro, riposavo un poco,
godendomi la loro serenità. Ascoltavamo musica in sottofondo. Di qualsiasi genere, purché non
fosse tanto alta da impedirci di chiacchierare. Verso sera preparavamo insieme la cena e
aspettavamo Xavier. Lui faceva la doccia per prima cosa. Poi si metteva a tavola e lasciava che i
bambini gli facessero il resoconto della giornata con vivo interesse, ma ignorava me
completamente. Rispondeva a monosillabi ai miei monologhi senza alzare lo sguardo dal piatto.
Ormai sentivo di averlo perso e mi domandavo quanto sarebbe durata ancora. Questa era diventata
la nostra routine. Fino al giorno in cui cedetti..

Febbraio era stato particolarmente rigido e tutta la famiglia, uno per volta, si era ammalata.
Dapprima Manuel si prese l'influenza, aveva sempre la febbre alta ed una tosse che gli impediva di
dormire e nutrirsi adeguatamente, passammo giorni a dargli soltanto brodo e succhi di frutta pieni di
vitamine insieme agli antibiotici, poi l'attaccò a Rosa che fortunatamente la subì in forma più lieve,
ma la febbre fu il nemico più difficile da combattere anche con lei. Cambiai turno per restare a casa

a curare i bambini, nel pomeriggio se ne occupava Xavier e alla fine si ammalò anche lui, ma a quel punto il peggio sembrava essere passato, i bambini tornarono a scuola ormai del tutto guariti, e lui dovette restare a letto solo per tre giorni. Io tornai al turno del mattino. Prima di uscire gli portavo la colazione. Gli somministravo le medicine. Gli controllavo la febbre. Teneva il cellulare sul comodino accanto al letto per i casi di emergenza, ma non mi chiamò mai. Ero io a telefonargli per sentire come stava, verso metà mattina, e lo trovavo sempre semiaddormentato e di cattivo umore. Mi ammalai una settimana dopo che l'incubo dell'influenza sembrava essersi concluso. Non ero in forma ma davo la colpa alla fatica accumulata mentre la famiglia era costretta a letto con la febbre alta ed ogni genere di necessità da soddisfare. Curarli tutti era stata un'impresa. Fare in modo che la temperatura si abbassasse, far prendere loro le medicine, tener loro compagnia perché non si annoiassero e nello stesso tempo badare a tenerli un poco distanti l'uno dall'altro perché non ci fossero ricadute mi aveva debilitata. Avevo perso quattro chili in meno di una settimana, almeno una cosa positiva!,e l'arrivo della primavera non mi era affatto d'aiuto. Avrei voluto cadere addormentata come la Bella della favola e restare così per almeno un mese. Ma dovevo andare al lavoro. Dovevo occuparmi della mia famiglia. Credevo di farcela, non avevo febbre, solo le vie respiratorie chiuse e la testa nel pallone, pensai che con un paio di aspirine sarei riuscita ad arrivare a sera,non avevo bisogno di altro, in fondo era già venerdì.
Il week end mi avrebbe restituito le forze. Era in programma una maratona di giochi da tavolo con cioccolato caldo e plumcake al cocco. Avevo già gli ingredienti in casa e i bambini erano bravissimi ad aiutarmi in cucina. Ce l'avrei fatta. Non andò così.
Alle dieci della mattina non ne potevo più, stavo malissimo. Al mal di testa si aggiunse una nausea intollerabile, corsi in bagno a vomitare per ben due volte nel giro di pochi minuti. Mi arresi all'evidenza e decisi di chiamare Xavier per chiedergli di venirmi a prendere, non me la sentivo proprio di mettermi al volante in quelle condizioni. Ma il cellulare era sempre irraggiungibile, lasciai un paio di messaggi in segreteria, tentai anche al suo ufficio, ma mi risposero che era fuori e che nemmeno loro riuscivano a contattarlo. Niente di strano. Faceva il perito per una ditta assicurativa ed usciva spesso per dei sopralluoghi. Ma quel giorno avrei tanto voluto che rispondesse al telefono e che corresse da me, come un cavaliere romantico. Non avendo altra scelta, comunicai ufficialmente al mio dirigente che non stavo affatto bene, cosa della quale era già stato informato dalle mie repentine fughe in bagno e dal mio colorito terreo, e che me ne andavo a casa.
-    Da sola? – domandò con aria dubbiosa – Ma ce la fai?
-    Si, certo. – minimizzai scrollando il capo per dare un tono di leggerezza alle mie parole, mentre nemmeno io mi credevo. – Sono solo pochi minuti. Appena arrivo prendo due aspirine e mi metto a letto. Ho già chiamato il dottore. – mentii.
-    Sicura che te la senti?
-    Si, certo. - ripetei
-    Non vuoi che ti faccia accompagnare? – scossi la testa.
-    Bene. Fammi sapere come va, Alba. Riguardati.
-

Alberta, il mio capo, è una brava donna, sempre disponibile, di un'umanità considerevole. Mi piace tanto lavorare per lei. Si interessa dei dipendenti senza diventare invadente, e viene incontro alle loro piccole esigenze con soluzioni semplici ed efficaci. Lei non perde mai la testa, ha sempre il controllo di tutto. La sua porta è aperta ed il suo orecchio disponibile a tutte le ore. E' un po' come avere sempre una mamma accanto su cui poter contare, immagino. Sono sempre stata felice di avere un posto in quel mini-mondo in cui tutto, malgrado tutto, va sempre a finire nel modo giusto. E' rassicurante. Con il mio piccolo senso di soddisfazione e le mia piccola gratitudine per la certezza offerta da quel porto felice, raccolsi le mie cose, le ultime energie, il mio enorme mal di testa e la nausea ed uscii all'aperto. L'aria fredda mi fece bene. Forse potevo farcela.
 Per niente convinta di arrivare a casa incolume, avviai la macchina e mi misi in strada, pregando che fosse il tragitto più breve e liscio di tutta la storia dell'automobilismo. E lo fu. In meno di quindici minuti arrivai. Lasciai la macchina di traverso nel vialetto. Se ne sarebbe occupato Xavier

quando fosse tornato. Io proprio non potevo. La porta era aperta ma non registrai l'importanza dell'informazione come avrei dovuto. Entrai in casa e mi accasciai sul divano, lasciando cadere borsa e cappotto a terra, da qualche parte. Continuavo a ripetermi di respirare a fondo, di trovare la forza per arrivare al mobiletto dei medicinali, in bagno. E poi dovevo richiamare Xavier, dovevo trovarlo, non potevo svenire o addormentarmi senza prima aver parlato con lui. Doveva andare a prendere i bambini alle quattro. E se continuava a non rispondere? Potevo chiamare Allegra…No, Allegra no. Era fuori per tutto il week end. Lontano. Allora papà. Lui poteva sicuramente chiudere la bottega in anticipo per una volta. Si trattava di un'emergenza. I bambini. I bambini erano la prima cosa. Poi potevo anche svenire. Tanto tornando a casa mi avrebbero trovata e avrebbero chiamato il medico, oppure sarei stata meglio e non ce ne sarebbe stato bisogno.

Cercavo di ragionare, ma mi sembrava di delirare, in verità, quando sentii la porta della camera da letto aprirsi. Xavier comparve davanti a me come un fantasma, ugualmente stupito, con uno scatolone fra le mani.

- Alba…che ci fai qui?
- Ti ho telefonato un sacco di volte…sto malissimo. E' l'influenza. Puoi portarmi dell'aspirina e dell'acqua? E devi andare a prendere i bambini alle quattro. Io non ce la faccio….ma dov'eri?
- Qui a casa.
- Che è successo? Fai le pulizie? - mormorai, ormai non avevo più niente da dare, stavo per perdere i sensi. Ma qualcosa nel suo tono mi diede una sferzata e mi costrinse a restare vigile contro ogni mia volontà.
- No. Faccio i bagagli.
- Eh?
- Me ne vado, Alba. Non voglio più vivere con te. – rimasi ammutolita a cercare di tenere gli occhi aperti, a cercare di dire qualcosa, qualsiasi cosa, ma non riuscii a pronunciare una sola parola.
- Sono stanco. Stanco di questa vita. Stanco di te. Tu esisti solo per i bambini, per questa casa, e basta. Guardati, sembri una vecchia! Non ti curi per niente, non sei più come dieci anni fa, il tuo corpo comincia a cambiare ed invecchiare e invece io voglio una donna giovane e bella e allegra al mio fianco. E non voglio pesi. Non voglio obblighi. Non voglio altro che vivere e divertirmi senza pensare che i bambini domani vanno a scuola, che hanno un colloquio, una recita, la piscina, il calcio, la vela o che si ammalano.

Bugie! Tutte bugie! La mia mente si ribellava alle sue parole, ma soltanto lei. Io restavo in silenzio, basita davanti a quello sfogo assurdo ed infantile, buttato fuori tutto d un fiato e senza convinzione. Mentiva. E lo sapeva. Ce l'aveva scritto in faccia. Ma io non avevo fiato né saliva in bocca e non riuscivo a rispondergli.

- Io non la volevo questa vita, e non ne posso più. Non volevo una casa col giardino, non volevo dei figli. Mi porta via tutto! Non ho più tempo per divertirmi, per fare cose… Mi hai incastrato in questa cosa. Io voglio essere ancora giovane. Non volevo niente di tutto questo. Lo sai. Lo hai sempre saputo!

Lo so. Sempre. Saputo.

Bugie! Febbricitante. Al limite dello svenimento correvo indietro con la mente percependo con forza tutti i sacrifici, l'impegno, l'abnegazione con cui mi ero dedicata a lui. Tutto l'amore. Ogni cosa, ogni scelta era stata fatta per amore. Di cuore. Per lui. Senza fatica. Senza imposizioni. E anche lui. Anche lui. *No. Lui no.* Bugie. Bugiebugiebugiebugiebugie. Mi scoppiava la testa. Mi sentivo così stupida. Così poveramente stupida! Il mio amore. Il mio povero, inutile amore. Il mio vuoto amore inutile.

- No. – mi sentii mormorare.

Da dove veniva quella voce? Non era la mia…io non ne avevo..Né voce né parole. Eppure continuò ad uscire

- No. Non lo sapevo. Credevo fossero i sogni di entrambi…sogni condivisi. Sono tutte scuse.

Lui fece per negare, ma glielo impedii fissandolo con i miei occhi febbricitanti che dovevano sembrare quelli di una pazza, non ebbe il coraggio di mentire ancora

- C'è un'altra.

Non era una domanda. Xavier, sorpreso ed imbarazzato, assentì.

-Va bene. – dissi.

Mi lasciai andare sul divano e fissai il soffitto, stringevo ancora il cellulare. La mia ancora di salvezza, impostato per chiamare lui, Xavier, nel momento del bisogno, in salute e in malattia, mentre raccoglieva le sue cose per andarsene con un'altra…. Nella buona e nella cattiva sorte… quale restava a me?

Dovevo tornare indietro sul menù, cliccare rubrica e poi chiamare papà. Qualcuno doveva andare a prendere i miei bambini a scuola mentre io mi lasciavo morire sul divano, trascinata alla deriva dall'influenza e dalle parole di Xavier. Dalle sue scuse puerili e assurde. Bugie.. tutte bugie.

Lo cercai con lo sguardo per vedere se deliravo o era successo davvero, ma se n'era già andato. Come un ladro. Come un maledetto assassino! Sparito nel nulla come se non fosse esistito mai. Sospirai pesantemente attivando la chiamata a mio padre. Certo che era esistito. Non avevo abbastanza fantasia per immaginare tredici anni di vita insieme. Annessi e connessi. Era esistito e se ne andava. Da un'altra.

- Ciao papà. Ho bisogno di un favore grande…puoi passare a prendere i bambini a scuola alle quattro? Sono a casa, ho l'influenza e non ce la faccio….Xavier se n'è andato. Ora devo riorganizzare tutto…se mi dai una mano per qualche giorno… vedrai che ce la faccio…Grazie papà, a dopo. La porta è aperta. Ciao.

Chiusi la comunicazione e lasciai cadere il cellulare sul tappeto. Non mi serviva più. Chiusi anche gli occhi, nemmeno quelli mi servivano più, almeno per un po'…Non potei arrivare al bagno per prendere niente di niente. Scivolai nell'incoscienza mentre le prime lacrime cominciavano a spuntarmi, e fui grata all'influenza che sedava il mio dolore e lo relegava in un angolo mentre mi spegnevo.

QUEDO

Riaprii lentamente gli occhi richiamata alla vita dal rumore della porta di casa che si spalancava. Le voci dei bambini invasero la stanza, arrivarono di corsa lanciandosi su di me, un vocio confuso invase la mia testa come una serie di staffilate. Chiedevano come stavo, cosa era successo, dov'era papà…non avevo la forza né per dividere ed ordinare le domande né per rispondere in maniera coerente. Cercai debolmente di allontanarli manifestando in qualche modo la preoccupazione che avessero una ricaduta per colpa mia, ma non mi ascoltavano affatto, e il sentimento di piacere per quella dimostrazione di affetto stava avendo il sopravvento sul mio cuore affannato, quando intervenne mio padre.
Li convinse ad andare in cucina dove avrebbero preparato insieme un po' di merenda per tutti, mi aiutò ad alzarmi e mi accompagnò in bagno senza dire una parola, mi lasciò sola a fare la doccia, mandando Cor a fare da sentinella mentre lui preparava un té fumante per noi e cioccolata calda per i piccoli, tirava fuori i biscotti ed apparecchiava con l'aiuto di Manuel. La doccia mi tolse un poco di indolenzimento dal corpo, il mal di testa sembrò volermi dare tregua perché potessi almeno raggiungere il letto, mi rivestii ed arrancai fino alla camera, sotto lo sguardo preoccupato di Cor De Rosa….Si fece avanti dicendo - Ti aiuto io. – con quella vocetta dolcissima di bimba e con una convinzione propria solo dell'infanzia. Mi diede il braccio e mimò tutto il sostegno di cui era capace, sospirando pesantemente quando mi accasciai a letto come se mi avesse trasportata fra le sue braccia. Sorrisi col cuore colmo d'emozione di fronte al suo sguardo corrucciato e così profondamente convinto. Cor aveva gli occhi di nonno Albertin, gli occhi di Allegra, chiari e limpidi come il cielo montano più terso che si possa immaginare. Mentre Manuel li aveva come i miei, come quelli di mio padre, scuri. Come il mare la sera, che sembra pronto alla tempesta e invece è calmo e quasi dorme. I suoi occhi comparvero sulla soglia mentre la piccola mi rimboccava le coperte.
-   Vai a fare merenda, è pronto. Ma bada a non scottarti con la cioccolata. Alla mamma ci
    penso io…

-	Va bene. - disse dileguandosi in un attimo. Che tono solenne aveva usato! Avevo voglia di ridere per l'emozione. Il cuore aperto solo per loro. I miei tesori.

Gli occhi di mio padre si muovevano per la stanza, inquieti. Mise il vassoio con due tazze di tè sul comodino, mi porse le aspirine ed un bicchiere d'acqua e sedette sul bordo del letto ad aspettare che le inghiottissi. Bevemmo in silenzio per qualche minuto.

Poi lo dissi e mentre lo dicevo il dolore ricominciò ad uscire e le lacrime si riaffacciarono sul mio viso. Questa volta non avevo scampo.

-	Se n'è andato. Gli ho telefonato per almeno un'ora perché venisse a prendermi al lavoro. Stavo male ed avevo paura a venire a casa da sola. Ma non rispondeva mai…Era qui che raccoglieva le sue cose, che faceva i bagagli. Se n'è andato via con un'altra….

Mio padre non disse niente, teneva lo sguardo basso, fisso nella tazza del tè, le spalle un po' curve. Non potevo vederlo ma sapevo esattamente che espressione aveva, il dispiacere era scritto sul suo viso, la rassegnazione di fronte a un colpo del destino che non poteva essere evitato. L'avremmo fronteggiato insieme, come sempre. L'avremmo superato insieme, come sempre… Ne saremmo usciti. Lui era lì…. stanco di lottare ma incapace di smettere. Mi prese la tazza dalle mani e si alzò.

-	Ora riposa. Fra un po' arriva il dottore. Ai bambini ci penso io, vengo qui per qualche giorno, finché non guarisci. Faccio da mangiare e tutto il resto. Poi lunedì magari chiamiamo Allegra a darci una mano. Non pensare a niente adesso, dormi. Rimetteremo le cose a posto, Alba.

Quedo. Il mio Quedo, il mio papà. Sempre tranquillo, sempre pronto a lavorare per risistemare le cose, perché lui sapeva come vanno le cose. Da sempre. Non perché uno se lo meriti, o perché un ipotetico Dio ti mette alla prova. Semplicemente perché è così che vanno le cose. Arrivano i colpi, le botte, e bisogna rimettersi in piedi, rimettere in ordine, far funzionare tutto di nuovo. Il nonno pensava sempre che tutto fosse bello nella vita, che le cose brutte non potessero arrivare a colpirci ma solo scivolarci addosso e passare oltre. Sapeva tenerle lontane. Per Quedo non era così. Lui non riusciva a tenerle lontane, a schivarle, sentiva dentro graffi e lividi che non guarivano mai del tutto. Ma era un poeta anche lui, e un artigiano. E poteva rimettere tutto in ordine, cose e pensieri, finché le mani e la testa gli funzionavano. Anche quando era così terribilmente stanco e provato. Perché certi colpi erano più duri da sopportare e da superare. A volte si faceva più fatica a rimettere tutto a posto, o almeno a farlo funzionare.

Mentre usciva e spegneva la luce si voltò a guardarmi per un momento. Ed io vidi. Credo non volesse mostrarsi, ma io avevo alzato gli occhi per guardarlo uscire, per trarre ancora un poco di forza dalla figura del mio papà che prendeva in mano le redini della mia vita con la sua tipica tranquillità. E vidi. Un tremolio nei suoi occhi, lacrime che facevano capolino e che probabilmente avrebbe prontamente ricacciato indietro. Solo, smarrito. In cerca di chi era smarrito come lui per sostenersi a vicenda, per frasi coraggio, per darsi forza. Perché non si è mai soli, e perché si deve essere forti per gli altri, per la famiglia. Quello che ne resta. Quedo lo sapeva. Era compito suo.

Mi si spezzò il cuore a vederlo così. Avevo riconosciuto il suo sguardo. Sapevo dove e quando e quanto tempo prima l'avevo visto così. Sapevo perché. Attesi che chiudesse la porta e sprofondai nel buio e nelle coperte per dar sfogo al mio dolore e piangere tutte le lacrime che avevo, per i miei bambini, per me. E per papà.

INES

Ricordo ancora con una perfezione aliena la mattina del venti aprile di ventuno anni prima. L'aria era tersa e fresca, ma il sole inondava le strade coi suoi raggi e prometteva un tepore fino ad allora solo sognato. Mancava poco alla fine della scuola, il mio primo anno. Allegra faceva la terza. Mia madre in cucina ci preparava la merenda. Quel giorno avemmo panini con burro e marmellata d'arance, e una bottiglietta d'acqua per ciascuna. Ci sorrise tranquilla dalla porta, ci mandò un bacio e la richiuse senza aspettare che uscissimo dal cancello. Ci avviammo con papà per la strada. Come ogni mattina, lui ci avrebbe accompagnate a scuola, poi avrebbe proseguito fino alla bottega che dava sul porto, nella piazza principale del paese e sarebbe tornato a prenderci nel pomeriggio. Magari avremmo passato una mezz'ora nel parco di fronte a scuola, ora che era bella stagione, a giocare un poco prima di rientrare, così mamma avrebbe potuto preparare la cena senza noi tra i piedi, una volta tanto.
Papà tornava sempre a casa per pranzo, restava con lei a chiacchierare in giardino, sotto la veranda dove si poteva pranzare se il tempo era buono, poi faceva una piccola siesta prima di tornare a bottega.
Quedo non ci disse mai di quel giorno. Non ci raccontò nulla. Quando uscimmo da scuola lo trovammo nel parco, seduto sul ponticello che passava sopra un torrente che correva al mare poco distante e che era il nostro preferito. Ci ritrovavamo sempre lì, per ogni appuntamento, commissione o, appunto, all'uscita da scuola. Solo che quel giorno papà guardava il torrente e non noi. I suoi occhi blu erano umidi e sembrava aver perso tutta la sua forza, con le spalle così curve da farlo sembrare vecchio di mille anni. La cosa ci spaventò moltissimo. Gli corremmo incontro lasciando cadere a terra le cartelle, vociando come due anatrelle per sapere cosa era accaduto, saltandogli addosso ed abbracciandolo forte, e dicendo che tutto si sistemava, qualunque cosa fosse, che ci avremmo pensato noi…Le stesse parole che aveva sempre usato lui di fronte ai nostri piccoli drammi personali. Quelle che ci ridavano sempre fiducia e ci aiutavano a superare la paura.
Ma il suo tono pacato era senz'altro più convincente. Noi non avevamo lo stesso potere.
Papà ci strinse forte e a lungo. Quando potemmo guardarlo in viso aveva gli occhi asciutti. Fece un sospiro così pesante che credetti di sentire qualcosa che si spezzava dentro di lui. Lo abbracciai di nuovo, ed anche Allegra.
-     La mamma se n'è andata via. – disse – Non era più felice qui, penso.
Ammutolimmo. Andata? Perché? E senza dire niente? Non era più felice? Ma non aveva mai detto che non era felice. E stamattina sorrideva. Ci aveva perfino mandato un bacio…Non era più felice…
Non dicemmo una parola. Con l'istinto proprio dei bambini sentivamo che qualcosa non era stato detto, che non avevamo capito tutto. Ma papà capiva di più e soffriva tanto, si vedeva. Non aggiungemmo parole al suo dolore. Ci limitammo a stringerlo più forte.
-     Dovremo fare da soli, da ora in poi…

-      Va bene, papà. – disse Allegra – Faremo da soli. Va bene.
Mi tremava il labbro ma lo sguardo di mia sorella mi disse che non era il momento per piangere, che lui stava peggio di noi. Così ricacciai indietro le lacrime e gli strinsi forte la mano mentre ci mettevamo in strada per tornarcene a casa, una da un lato e una dall'altro, mano nella mano per non perderci in quel momento di vuoto. Papà aveva raddrizzato le spalle, sembrava già tornato quello di sempre. Ma lo faceva per noi. Si preparava mestamente a rimettere a posto le cose.

Scoprimmo origliando le chiacchiere dei vicini e le conversazioni con gli zii ed i nonni che se n'era andata subito dopo che eravamo usciti per andare a scuola. Era arrivato un taxi mentre eravamo ancora per la via, evento assolutamente fuori dal comune in quel quartiere e a quei tempi. Aveva la valigia pronta. Aveva pianificato tutto.
Le conversazioni fitte e rabbiose, i pareri gratuiti degli altri, le brusche interruzioni ed i repentini cambi di argomento all'apparire di noi bambine divennero quotidianità. Imparammo l'arte dello spionaggio per raccogliere quante più informazioni possibile.
-      Denunciare cosa? L'abbandono del tetto coniugale? Perché? Non posso obbligarla a restare se non vuole. – gli sentii dire mentre discuteva con tia Andorinha.
-      Non hai paura che torni e si porti via le bambine? Devi proteggerle, e proteggere te stesso…
Non potevo vedere il suo viso ma percepii tutto il dolore della consapevolezza mentre le rispondeva
-      Non verrà per le bambine.
Tia Andorinha non seppe replicare, accolse quelle parole con un afflato così forte come se avesse ricevuto un pesante colpo sul petto, scese uno schiacciante silenzio sulle parole di mio padre. Sentivo freddo. Quelle furono le ultime parole che disse al riguardo. E nessuno tentò più di riaprire la discussione. Finì nel silenzio la triste, orribile dolorosa cosa che era capitata al buon Quedo ed alle sue bambine. Se i paesani avessero potuto avrebbero di sicuro celebrato un funerale a nostro beneficio. Per porre un termine al dolore, per darci qualcosa cui appoggiarci, un motivo per rassegnarci e poi andare avanti. Ma non si poteva fare. Dovemmo arrangiarci e fare i conti con noi stessi. Trovare in quello che restava la forza di continuare. Solo così.

Non parlò mai più di lei, non pronunciò più il suo nome. E cominciò a fumare.
 Non so se l'abbia mai cercata, non gliel'ho chiesto. Ma io parlai ancora a lungo con Allegra di queste conversazioni captate di nascosto, delle mezze parole che si dicevano al paese e che si interrompevano regolarmente al nostro apparire. Ci spremevamo il cervello cercando di ricordare ogni istante di quel giorno, lo rievocavamo, lo rigiravamo, lo ripercorrevamo al millesimo.
Lei ci salutò come faceva sempre, non ebbe un solo momento di dubbio, un'esitazione, una traccia di nostalgia o di ripensamento su quello che aveva deciso di fare. Niente faceva intuire le sue intenzioni. Sapeva che non ci avrebbe mai più rivisti, né noi né papà. E non le dispiaceva. Non aveva provato nessuna emozione. Le stava bene così. Era certa di non sentire la nostra mancanza. Non le importava.
Anche io ed Allegra smettemmo di parlarne, di origliare le conversazioni degli adulti cercando informazioni su di lei. Non ci importava più. La cancellammo come lei aveva fatto con noi. Non pronunciai mai più il suo nome. E non ebbi mai paura che potesse tornare per portarmi via da mio padre. Come lui, anch'io avevo dentro al cuore la certezza assoluta che non sarebbe mai tornata per noi. Mai. Seppellimmo virtualmente Ines. La cancellammo. E ricostruimmo le nostre vite.

Ma ora lui rivedeva lei guardando me e quello che Xavier aveva fatto, e non poteva fare a meno di pensare che la vita fosse un sentiero circolare che continuavamo a ripercorrere all'infinito.
Come fare per uscirne una volta per tutte ed impedire che i tuoi cari lo rivivano e ne soffrano come te? Come deviare dal solco?

Passai tre giorni a letto con quarantadue di febbre, incapace di distinguere il giorno dalla notte. La realtà dagli incubi. Vagamente consapevole delle visite del medico, della presenza di papà e dei bambini che mi curavano e vegliavano silenziosi su di me. Poi, lunedì notte, verso le due mi svegliai. Stavo bene, la febbre era sparita, la testa era leggera, respiravo bene ed il mio corpo non era più indolenzito. Andai in bagno e feci una lunga doccia rinvigorente. Mi cambiai completamente, passai in cucina e, dopo un breve sopralluogo, mi preparai una tazza di thè e una bella fetta di ciambella variegata. Papà doveva aver fatto la spesa. Alzai gli occhi sulla porta che dava nel salotto e lo vidi a piedi nudi, in pigiama che mi osservava in silenzio. Il mio piccolo fantasma dagli occhi blu.

- Sei scalzo, Manuel. Vuoi ammalarti di nuovo? – scosse appena la testa.
- Posso venire in braccio? – disse piano aprendomi al sorriso, il cuore caldo nel petto.
- Ma certo, amore. – spalancai le braccia e lo accolsi, si accoccolò sulle mie gambe raccogliendo le sue come un uccellino nel nido.
- Stai bene adesso?
- Direi di si. Ho fame. Tu la vuoi una fetta di torta?
- No, grazie. Posso bere un po' di the? Ho sete.
- Certo. – bevve in silenzio, poi mise il capo sulla mia spalla
- Mamma…papà è andato via? – accidenti! Non era il momento di affrontare l'argomento.
Non sapevo cosa dire. Non sapevo come voleva fare Xavier con i bambini, cosa voleva che sapessero. Come dovevo regolarmi?
- Gli ho telefonato per dirgli che stavi male…. – sentii freddo dentro, la torta si era bloccata in gola, mandai giù un sorso di the, ma rimase lì dov'era.
- Forse è impegnato.
- No. Ha detto di non chiamarlo, che aveva da fare. Ha detto che non torna più.
- Ha detto così?
Sentii la rabbia cacciare giù con forza la torta, sbriciolarla in pezzetti piccolissimi e fare spazio alla voce. Come poteva parlare così a suo figlio! Senza criterio! Come poteva!
- Mamma…sono arrabbiato con papà. – lo strinsi forte e lo baciai sulla fronte.
- Beh…anch'io. Ma sistemeremo le cose. Ora sto bene, e metteremo tutto a posto, amore. Vedrai.
- Non voglio che torni. Non voglio più parlare con lui…Ha fatto una cosa brutta. Lo so.. il nonno è triste, tu hai pianto tanto, ti ho sentito. E non era l'influenza. Io non ho pianto quando avevo l'influenza, e nemmeno Cor… è stato papà. E' colpa sua!
- Si, ha fatto una cosa brutta. Non era felice e se n'è andato senza dircelo, senza salutarci. Avrebbe dovuto dire a te e a Cor che non tornava…Voi non c'entrate niente con tutto

questo, doveva spiegarvelo. Ma non dire che non ci parli più. Magari quando trova le parole, viene qui e vi spiega. Magari fate la pace….

- No. Non voglio più parlarci. Ha detto di non disturbarlo e tu stavi male. Mi ha detto di non chiamarlo. Ed io ero così arrabbiato che ho messo giù il telefono e sono andato in salotto e gli ho rotto la coppa del pescatore. Quella cui teneva tanto. Quella con la mosca artificiale bagnata nel bronzo…. L'ho rotta, mamma. E l'ho fatto di proposito. Sono arrabbiato.
- Va bene.
- Il nonno ha detto che non fa niente. Che non era una cosa importante. E l'ha buttata via. Così nessuno potrà aggiustarla – sorrisi tra me.

A quanto pareva gli altri avevano già cominciato a pareggiare i conti con il fato, mancavo solo io. Xavier se n'era andato portandosi dietro le cose di cui gli importava e lasciando tutto il resto. Aveva lasciato dietro di sé le sue cose più importanti. La sua vita. La sua famiglia. Allora noi potevamo fare una cernita di ciò che restava. Erano paccottiglia pesante e non ci serviva. Mi sarei liberata di tutto ciò che non voleva più perché nemmeno noi lo volevamo.

- Va bene. – lo strinsi più forte – Va bene così, Manuel. Ora ce ne andiamo a letto? Sono un po' stanca – mentii
- Posso dormire con te?
- Dovrei cambiare le lenzuola, non voglio che ti ammali…
- Ti aiuto.
- Va bene.

Preparammo il letto, portai le lenzuola in lavanderia e vidi che era ora di fare il bucato, caricai la lavatrice e l'avviai. Manuel aspettava sulla porta, i piedi nudi. Sorvegliava ogni mia mossa, ogni mia espressione. Gli offrii un sorriso convincente.

- Non ti avevo detto di mettere le pantofole? – lo presi in braccio.

Cavolo, pesava da morire, o forse ero io troppo debole per portarlo. Non mollai.

- Andiamo a nanna.
- Mamma, mi vuoi bene?

Gli rimboccai le lenzuola e lasciai che mettesse il capo sulla mia spalla, le gambe sulle mie, mentre mi mettevo comoda per pensare. Non avevo sonno.

- Tantissimo, amore.
- Anch'io. Buona notte.
- Buona notte.

Mi baciò e chiuse gli occhi, un'ombra passò sulla sua fronte, la sua bella fronte liscia di bambino. Non gliel'avrei perdonata, a Xavier. Già era difficile perdonarlo per quello che aveva fatto a me. Ma i bambini, Manuel respinto così al telefono…No. Non potevo perdonarlo. Trascorsi la notte a pensare ed immaginare quello che sarebbe successo da lì in avanti, e mi addormentai alle prime luci dell'alba. Sentii papà che veniva a cercare Manuel per farlo preparare e portarlo a scuola.

- Immaginavo di trovarlo qui. Ha passato qualche ora ogni notte a vegliarti e tenerti la mano. Non voleva che ti sentissi sola, che ti buttassi giù di morale. Tuo figlio è avanti…
- Si. Da sempre.

Portò i bambini a scuola dopo avermi servito un'abbondante colazione ed ordinato di riposare, poi sarebbe andato al lavoro e sarebbe ritornato per pranzo. Avrebbe anche ripreso i bambini all'uscita. Io avevo ancora due giorni di malattia e dovevo usarli per recuperare le forze, mi disse. Vidi che si era trasferito nella camera degli ospiti per non lasciarci soli neanche di notte. Ma stavo bene e non volevo restare inoperosa, così andai a stendere il bucato che si era lavato nella notte e caricai un'altra lavatrice. Poi riordinai la cucina, arieggiai la casa e feci un poco di pulizie prima di accasciarmi sul divano ed arrendermi all'idea di non potercela fare. Avevo il fiato corto e le gambe deboli. Rimasi dov'ero fino al ritorno di papà, che mi squadrò truce senza dire una parola.

Preparò il pranzo e mangiò insieme a me. Poi sedette in veranda a riposare per un'oretta prima di uscire di nuovo per andare al lavoro.

- Voglio sperare che tu metta un po' di sale in zucca. - Mi apostrofò sulla porta di casa – Se non hai cura di te, chi ne avrà dei tuoi bambini? Ora non hanno nessun altro. Cerca di riposare. La casa non scappa ed hai tutto il tempo per rimetterla in ordine. Ma se ti ammali di nuovo, perderai molte cose, e non sarai utile a nessuno. Hanno bisogno di te più che mai, Alba. Non essere sciocca e bada alla tua salute. – non attese neanche una risposta.

Chiuse la porta e se ne andò. Aveva ragione, avevo fatto una stupidaggine a voler riprendere subito la vita di sempre. E poi le cose erano cambiate, perciò anche il ritmo doveva in qualche modo cambiare…Mi misi in divano a poltrire un poco mentre pensavo a tutto quello che della mia vita avrei dovuto riscrivere e come, quando vidi un altro dei trofei di mio marito, questa volta di calcio, su una mensola. Ci teneva così tanto, ai suoi gingilli. Li spolverava personalmente per paura che io li rovinassi e togliessi la patina lucente con un prodotto abrasivo. Li riordinava quasi quotidianamente, non voleva che i bambini ci giocassero. Come si arrabbiava se solo li prendevano in mano per osservarli. Pensare che lo facevano perché erano orgogliosi di lui. Era il loro modo di mostrare che lo apprezzavano, che erano fieri del loro papà. C'era di tutto, premi per le arrampicate indoor e outdoor, gare di rafting, marce podistiche, maratone di solidarietà, tiro al bersaglio, pesca sportiva…

Quanti week end passati a rincorrere i suoi impegni, con i bambini così piccoli, con borsoni di pannolini, salviette, pappine, giocattoli, solo per stare con lui almeno un'oretta prima o dopo la competizione. Quanti chilometri macinati per fargli compagnia, per sostenerlo…

Quante cose faceva per non rimanere a casa con noi… e quanta fatica avevo fatto per seguirlo e mostrargli il mio appoggio in tutto quello che intraprendeva. Quanti sacrifici avevo imposto ai miei bambini trasformando tutto in un gioco, perché la famiglia fosse unita. Quanto inutilmente. Papà aveva ragione, mi dissi. Dovevo badare alla mia salute, riposare ancora, non affaticarmi, rilassarmi. Mentre lo sguardo si aggirava per casa focalizzando ogni dettaglio di ciò che era appartenuto alla mia vita di prima, di ciò che era rimasto e di ciò che non c'era più, decisi che un lavoretto potevo concedermelo. Qualcosa per curare la rabbia che ora mi soffocava e che aveva preso il posto dell'amore per lui.

Andai a prendere un paio di sacchi della spazzatura e cominciai ad allargare i miei orizzonti, ad eliminare le cose inutili, quelle che mi ferivano gli occhi. E il cuore. Feci a pezzi tutti i suoi trofei, tutti i soprammobili, tutti i regali che ci avevano fatto i suoi e che suonavano sempre come un'indicazione sulla donna che avrei dovuto essere per piacere loro, per esser degna del loro amato bene. Passai così tutto il pomeriggio, con un senso di soddisfazione e sollievo come non ne provavo da tempo. E mi fermai solo quando mi sembrò che l'orizzonte dei miei pensieri fosse abbastanza pulito e leggero da poter fare un pisolino ristoratore, più o meno un'ora prima che i bambini rientrassero. Non potei fare a meno di sorridere guardando i loro volti sbigottiti di fronte allo spazio che si era creato ovunque in giro per casa. Manuel e Cor correvano di qua e di là a vedere cosa fosse rimasto, e tornavano dicendo "Questo posso buttarlo io, mamma?". Pensai per un fugace momento che avrebbero potuto pentirsene, ma acconsentii ad ogni richiesta, vedendo la loro rabbia ed il loro dolore manifestarsi per poi lasciarli più leggeri ogni volta che gettavano un oggetto. Un giorno forse avrebbero dovuto scusarsi con Xavier. Sicuramente lui avrebbe dovuto scusarsi con i bambini. Li aveva feriti profondamente, la loro infanzia era segnata, spezzata. Quei trofei erano un piccolo prezzo da pagare per i suoi peccati.

Quedo portò fuori tre pesanti sacchi di spazzatura prima di mettersi a preparare la cena, ridendo piano. A tavola mi mise una mano sulla spalla e mormorò

- Ben fatto. - non aggiunse altro, ma vedevo che anche lui stava meglio, e che quell'ombra che si portava dietro da anni se n'era andata dai suoi occhi. Avrei superato questa cosa con e per i miei bambini. Ero forte abbastanza.

Il giorno seguente venne Allegra e mi trovò che continuavo la "terapia" in giro per casa. Ormai non restava quasi traccia di Xavier. Dopo un momento di primordiale sfogo caotico ed istintivo, seguito dalla partecipazione di Manuel e Cor De Rosa, avevo deciso di optare per una procedura metodica e molto più efficace, che avevo battezzato con poca fantasia "terra bruciata". In pratica entravo in una camera e passavo al setaccio ogni oggetto, ogni accessorio, ogni mobile che, per un motivo o per un altro mi legasse col pensiero a Xavier. Liberarsene non era sempre facile. Io lo amavo. L'avevo amato tanto. Avevo costruito tutta la mia vita, la mia famiglia con lui. Ma Xavier aveva mentito. Ingannato. Disfatto. Aveva sminuito e reso stupido ogni mio gesto. Ogni cosa che avevo fatto. La rabbia era troppo forte.

 Erano passate da poco le due del pomeriggio, ero stanca e stavo pensando di fermarmi quando mia sorella suonò alla porta.

-   Ciao. Fai le pulizie di primavera? Non dovresti riposare?
-   Non ci crederai ma lo trovo piuttosto riposante…. – dissi con un sorriso di finta beatitudine.
-   Non ne dubito, ma forse è il caso che ti fermi, adesso. Non hai una bella faccia. – osservò indicando con la testa i due sacchi della spazzatura pieni accanto alla porta. – Questi te li porto fuori io più tardi. Ora ci prendiamo un té e parliamo un po'. Ti va?

Assentii sopra pensiero. Non ero ancora stata in cantina e c'era un'idea che stava prendendo forma nella mia mente già da qualche minuto.

-   Ok. Ma il té non mi và. Non ho bevuto altro in questi giorni….Che ne dici di un bicchiere di vino e qualche stuzzichino?
-   Ci sto. Ho saltato il pranzo e speravo di fare merenda con te… pasteis de nata! - disse sollevando significativamente un sacchetto della pasticceria del paese.
-   Bene. Vai pure in cucina. Ti raggiungo tra un momento.

Scesi in cantina con quell'idea che ancora mi balenava in testa ed andai a piazzarmi davanti al portabottiglie. Xavier aveva anche la passione per i vini pregiati e li collezionava da un po'. Certo non spendeva cifre troppo forti. Non potevamo permettercelo. Ma erano il suo piccolo investimento. Le tirava fuori solo per le occasioni speciali, per cene particolari con vecchi amici o festeggiamenti molto importanti. Io non ne sapevo molto, mi limitavo a distinguere quello che mi piaceva dal resto. Lasciavo fare a lui. E negli ultimi anni non avevo nemmeno goduto molto del suo talento dato che tra gravidanze ed allattamento avevo rinunciato a molti brindisi. Ma ricordavo di aver letto un libro, una volta. C'era un tizio che abbandonava la famiglia da un giorno all'altro lasciando dietro di sé la moglie, due o tre figli, un mare di debiti e se ne andava con l'amante da qualche parte a nascondersi per non essere incriminato per bancarotta fraudolenta. La moglie, dopo l'iniziale smarrimento, si rimboccava le maniche, pagava i debiti e rimetteva in sesto l'economia domestica e la sua vita disastrata. E poi passava le serate con la sua più cara amica a sfogarsi, a tirare le somme, a chiacchierare bevendo,una via l'altra, bottiglie di vino eccellente che il suo ex aveva collezionato negli anni e poi lasciato lì, nella sua casa, quando si era defilato. Quando il bastardo, calmatesi le acque, tornava per recuperare le bottiglie in questione, che rappresentavano un considerevole e segreto investimento economico, non ne restava nemmeno una. Il tizio si arrabbiava parecchio e la insultava anche, ma lei lo sistemava a dovere e gli sbatteva la porta in faccia, forse lanciandogli l'ultima bottiglia, o il vuoto…non ricordavo più. In pratica quelli erano veri capitali economici in forma di spirito. Roba da vendere, non da bere. La tipa le aveva stappate. Tutte. Credo fosse irlandese. O lo era l'autore.

Xavier di sicuro non poteva aver speso troppo per la sua piccola collezione, ma il pensiero di aprirle alla faccia sua ed emulare l'eroina di quel libro di cui non ricordavo più nemmeno il titolo mi stuzzicava…non avevo ancora elaborato tutto quello che mi aveva detto appena cinque giorni prima. Avevo respinto ogni tentativo della mente di tornare sull'argomento occupandola con tutto quello che mi capitava. Cominciavo a sentire di non avere scampo, dovevo pensare e magari parlare. Parlarne perché, anche se erano bugie, Xavier mi aveva detto delle cose orribili, che avevano implicazioni orribili, e che mi facevano molto male.

E Allegra poteva aiutarmi a fare pulizia su questo piano, lei era più grande, più forte, più tutto….presi una bottiglia di bianco dall'aria particolarmente raffinata, studiai l'etichetta un momento e poi tornai di sopra. Andava benissimo per i pasticcini che Allegra aveva portato.

Sarebbe bello far funzionare la vita come un libro.

ALLEGRA

Allegra è sempre stata forte, lo capii quando nostra madre ci lasciò. Avevo solo sei anni.
A quel tempo papà era un poco sperso, io ero confusa, mi sentivo abbandonata. Continuavo a farmi
un mare di domande senza peraltro trovare nemmeno una risposta soddisfacente. Fu lei a sistemare
le cose, a rimettere in piedi la famiglia in qualche modo, a tenerla unita e serena.
Per un po' di tempo venne tia Andorinha a prepararci da mangiare, perché papà non era molto bravo
in cucina, e noi eravamo piccole e non sapevamo fare praticamente niente. Ma Allegra sapeva che
la cosa non poteva andare avanti per molto. Presto la zia se ne sarebbe andata a Lisbona, dove un
grosso ristorante le aveva offerto il posto di primo chef, era questione di poche settimane, perciò la
seguì in cucina per giorni, tempestandola di domande, aiutandola a preparare i pasti e tutto quello
che le veniva in mente di cucinare. Quando la zia se ne andò, Allegra prese le redini della cucina, e
delle nostre vite. A otto anni se la cavava benone con pasta, insalate e diversi tipi di dolce, il resto
venne col tempo. La rosticceria del porto la usammo sempre meno.
Lei era così…non le piaceva dipendere da nessuno, non voleva appoggiarsi a nessuno. Non
tollerava l'idea che la sua felicità potesse dipendere da qualcuno che poteva da un momento
all'altro abbandonarla senza dire una parola. Non voleva che accadesse, e non accadeva mai.
Allegra è diversa da me.

Quando le dissi che mi fidanzavo con Xavier non commentò in nessun modo l'evento. Mi sorrise
augurandomi cose belle. Quando le comunicai che avevamo fissato la data del matrimonio mi
strinse forte e disse:
  -   Se è questo che vuoi allora va bene. Devi essere sempre felice.
Non credo che disapprovasse, anche se non andava pazza per Xavier. Era sincera, ma riusciva a
vedere oltre, credo. La sua età dei sogni si era conclusa a otto anni, quel giorno di aprile. Aveva
lasciato un segno indelebile su di lei e, anche se non ne parlavamo mai, io potevo vederlo nei suoi
occhi chiari e limpidi. Certe cose non passano.

Ora se ne stava in cucina, seduta in paziente attesa, con un vassoio di meravigliosa pasticceria
davanti…e non avrebbe affrontato l'argomento prima di me. Potevamo anche non parlarne. Ciò che

davvero contava era la sua presenza. Non mi avrebbe mai lasciata sola. Allegra c'era. Potevo contare su di lei. Sempre. E basta. Presi due bicchieri da vino, stappai la bottiglia e versai.

- Offre Xavier – dissi ridendo, e mi sedetti di fronte a lei. Silenzio. Bevemmo un sorso ed attaccammo i pasticcini. - Bravo. Di vino se ne intende.
- Pare di si.
- Ha detto che sono vecchia, brutta e grassa….Non ha usato proprio queste parole, ma il senso era quello. – mi osservò senza rispondere.

C'era di più. La rabbia. Il dolore vero. Le cose non dette. Ma non ero pronta ad affrontarle. Non ancora.

- Ho fatto del mio meglio per tenermi bene…tu dicevi che sembravo fissata, Allegra…ho fatto del mio meglio, davvero….ma non era abbastanza.
- Tra qualche anno lui sarà calvo, avrà messo su una bella pancetta. Tu sarai ancora così, e lui si mangerà le mani.
- Non credo.
- No. Hai ragione. Non è abbastanza intelligente.
- Cosa ho sbagliato, Allegra? Cosa! – mi sentii dire con voce rotta, le lacrime agli occhi – Sono così arrabbiata con lui. E ferita. Mi ha trattato male…non ha nemmeno pensato di portarmi due aspirine. A un cane le avrebbe date. A me no! A me no. Aveva solo fretta di andarsene. E di nascosto, poi.
- Alba….calmati adesso. – mi fece una carezza sul capo, parlava piano – Non puoi obbligarlo a stare qui se non vuole. – le parole che papà aveva usato quel giorno, le stesse parole. Le sentii farsi strada, entrarmi dentro, e cospargere un balsamo strano e vischioso sulla mia anima. Bruciava e leniva allo stesso tempo. Cercavo di farmene una ragione, di capire e di non soffrire.
- E' fatta. Non era felice ed ha trovato la forza di andarsene. Certo, non ha mai avuto stile né tatto, e lo ha dimostrato fino all'ultimo. Ma è tutto per il meglio. Tu starai bene, i bambini staranno bene, credimi. – annuii piano, asciugandomi gli occhi. Portò il bicchiere alle labbra prima di continuare
- Detto questo. Il tuo quasi ex marito è un perfetto stronzo. Ha detto cose orribili solo per ferirti e giustificare le sua fuga. Significativo del fatto che sa cosa non vuole ma non sa cosa vuole, e che il dubbio lo destabilizza al punto da voler ferire quelli più vicini a lui per sfogarsi un poco. E' sempre meglio dare la colpa agli altri, per quelli come lui. – rimasi stupita davanti a quelle parole uscite come un fiume dalla sua bocca con tanta noncuranza. Lo aveva fatto a pezzi in un momento senza battere ciglio e senza scomporsi, non aveva nemmeno cambiato posizione o espressione mentre parlava.
- Non hai perso niente che ti servisse, Alba. E nemmeno Manuel o Cor. Parti da questo…e vai avanti. Hai una vita soltanto, fanne qualcosa di buono per i tuoi bambini e per te. – annuii di nuovo, fissando il tavolo davanti a me. Rimanemmo in silenzio per un lungo momento, annuii ancora scorrendo con le dita le venature del tavolo.
- L'hai mai cercata? – non dovevo dire altro, lei sapeva di chi stavo parlando, mi guardò attentamente. Sentivo che i suoi occhi fissi nei miei stavano scavando, cercavano la radice del dolore, e volevano estirparla con la sola forza del pensiero.
- Lei ha cercato noi? – si raddrizzò sulla sedia e mi prese la mano
- Questo non ha a che fare con te. Non sei *destinata* o stupidaggini simili, chiaro? Le cose accadono, e non stanno a guardare a chi. Accadono e basta. Incontriamo le persone, percorriamo lunghi tratti di vita con loro a volte, e poi le nostre strade si separano. Ognuno continua per conto suo. Tutti scambiano qualcosa, lasciano qualcosa. Non sempre cose belle e buone. Ma si va avanti e si incontrano altre persone, a volte migliori, a volte no. Se vuoi tirare le somme di quello che Xavier ti ha dato, beh, ci sono i bambini. E sono il massimo. Forse nemmeno lui avrebbe creduto di poter fare qualcosa di così bello, e comunque non da solo, questo è certo. Per il resto…per il resto è uno stronzo. Non rimanere qui ferma a

rimuginare sulle cose che ha detto, non fermare la tua vita per lui. Non ne vale proprio la pena, nessuno vale tanto. Vai avanti, non perderti niente della tua vita e dei tuoi bambini, altrimenti te ne pentirai per sempre. Questo si che sarebbe un peccato mortale.

Allegra è forte. Allegra non ha mai paura. Di niente. Davvero. Glielo dico.
Lei si mette a ridere e risponde che è semplicemente perché non c'è niente di cui aver paura. Continua a guardarmi mentre vuota il bicchiere ed attacca un altro pasticcino. Gliene verso ancora e bevo pensando alle sue parole. Anche lei è una poetessa. Io no. Io che ho avuto il mio nome in onore di nonna Teresa Aurora Do Santos, non ho avuto la poesia sulle labbra. Allegra invece si, poesia ed eloquenza. Come papà. Come il nonno. Io ho gli occhi di Quedo, e la sua forza, decido. La forza per mettere a posto le cose. Farò come ha detto lei. Andrò avanti con la mia vita senza ritornare sui miei passi. Quello che è rimasto indietro lo lascerò lì. Niente zavorra inutile. Solo io ed i miei bambini. Solo la mia famiglia. Le sorrido e lei mi sorride di rimando. Non è preoccupata per me, glielo leggo in faccia. Allegra crede in me. Sa che ce la farò. Lei sa sempre tutto.

Allegra è stata fidanzata per sette anni con Paulo. Facevano tutto insieme: vacanze, palestra, hobbies, tutto. Sembravano anime gemelle. Non discutevano mai, non erano mai in disaccordo su nulla, passavano insieme tutto il tempo di cui disponevano e vivevano la vita come una continua avventura. Paulo aveva aspettato con trepidazione la maggiore età per farle la domanda fatidica e si era visto rifiutare con un sorriso disarmante da quella che considerava con certezza assoluta la donna della sua vita. Non c'era bisogno di sposarsi, secondo Allegra. Stavano bene così, erano felici e non avevano bisogno di altro. Rassicurato sul fatto che non intendeva lasciarlo, Paulo tornò alla carica giorno dopo giorno per mesi, finché Allegra, piuttosto stanca di rifiutare le sue quotidiane proposte di matrimonio, accettò di andare a convivere. Le cose funzionarono per altri due anni, ma Paulo ricominciò con la storia del matrimonio e Allegra, ormai insofferente e stanca dell'argomento troncò la relazione. Gli disse chiaro e tondo che non voleva sposarlo, che la loro relazione le era piaciuta così com'era, ma che non ne poteva più della sua insistenza e che la loro storia si chiudeva lì. Sarebbe sempre stato nel suo cuore. Era finita e lei non avrebbe avuto ripensamenti. Fece le valigie e se ne andò salutandolo affettuosamente. Trovò un appartamento dall'altra parte della città e ricominciò la sua vita senza batter ciglio. Allegra aveva chiuso il capitolo Paulo, che aveva occupato quasi un terzo della sua vita, come se fosse semplicemente tornata da una lunga vacanza. Aveva accumulato bei ricordi, ma era finita. Punto.
- Il fatto è che continuava a chiedermi di sposarlo ad ogni occasione. Era tutto un *perché non ci sposiamo*, e *dobbiamo regolarizzare la nostra posizione*, e *voglio fare le cose perbene....* Ma che significa? Regolarizzare cosa? Quando due si amano e vogliono stare insieme non è abbastanza? Conosci qualcuno che è rimasto accanto al suo compagno perché l'aveva sposato anche se non lo amava più? Il matrimonio non è una catena indissolubile. E poi le catene non servono, anzi… sono aggeggi pesanti. A volte rendono le cose perfino più difficili. Scoraggiano la gente, la spaventano. E finiscono per far scappare anche i più convinti. E poi la sua insistenza mi ha fatto capire…
- Che cosa?
- Che non era quello giusto. Più ci pensavo più mi rendevo conto che non volevo passare il resto della mia vita con lui. Non mi vedevo vecchia accanto a Paulo, a sostenerci a vicenda, andare insieme dal dottore, preparaci le pappine e passeggiare al crepuscolo mano nella mano col bastone, o seduti sulla panchina sotto l'olmo a sonnecchiare mentre i nostri nipotini giocano sul ponticello, al parco. Una volta, in palestra, facemmo un corso su fiducia ed autostima, Paulo andava matto per queste cose. Ci fecero mettere uno alle spalle dell'altro. Il primo si lasciava cadere all'indietro, e l'altro lo doveva prendere….facemmo l'esercizio diverse volte, alternandoci. Andò sempre tutto bene, ma mi resi conto che non mi fidavo. Mi lasciavo andare con la convinzione che prima o poi sarei caduta, che non mi avrebbe presa. Insomma, io non avevo in Paulo la fiducia che occorreva per costruire un

rapporto che durasse nel tempo. Io non ci credevo. Non credevo in lui o non credevo che fosse l uomo giusto per me. Non per sempre. Capii che non sarebbe stato *per sempre*.
- Te ne sei mai pentita? – sorride chiudendo gli occhi un momento. Anche lì c'è dell'altro. Un *altro* che Allegra non può ancora dire.
- Naaa. Io sto bene. E lui ha trovata la ragazza giusta, penso. Si è sposato il maggio scorso. Credo che sia proprio felice. Ha raggiunto i suoi obbiettivi. Va bene così. Non ci si deve accanire su cose che ci sembrano belle se sentiamo dentro di noi che però non sono giuste. Capisci?

Capivo. E sentivo che forse io invece mi ero accanita, che avevo insistito malgrado i segnali, e che quindi ero causa della mia rovina….Ma forse ci eravamo accaniti in due, forse anche Xavier aveva voluto vedere le cose belle per non ammettere di aver sbagliato, ed era rimasto fino a quando non era più stato capace di fingere….Se uno di noi fosse stato come Allegra…

No. Stavo rimuginando ed avevo promesso che non l'avrei fatto. E poi, se non avessimo creduto in noi stessi non avremmo fatto tutto quello che avevamo fatto. Non avremmo avuto i nostri splendidi bambini, che sono tutto per me. Basta. Ci sono vite come quella di Allegra, e vite come la mia, in cui fai cose che funzionano e cose che non funzionano e ti trovi a dover cambiare e ricominciare. Ma quello che funziona va bene e rimane. Puoi portarlo avanti anche cambiando. Non dovevo scartare tutto della mia vita con Xavier, dovevo fare una cernita come per i suoi ninnoli, i vini ed il resto.

I miei figli erano quanto di più bello la vita mi avesse dato, rinnegare tutto di Xavier avrebbe significato rinnegare loro. Una cosa assurda. No. Basta rimuginare. Dovevo partire da lì, e andare avanti. Xavier mi aveva lasciata per un'altra. Mi aveva attribuito colpe e responsabilità che non sentivo del tutto mie. Mi aveva insultata e sminuita. Non dovevo permetterglielo. Soprattutto non dovevo permettere a me stessa di credere alle sue parole. Non l'avrei fatto.

Mi sentivo incastrata. Prigioniera di una vita che non era quella che volevo. Fatta solo di sacrifici e rinunce. Votata all'inutilità, all'inadeguatezza, all'incapacità di migliorare. Un disastro totale dal quale non sapevo uscire. Avrei voluto piangere ed annegare nelle mie lacrime. Ma non avevo più nemmeno lacrime di rabbia. Avevo rabbia soltanto. La mia insicurezza si scontrava con la necessità di essere forte. La forza che mi impegnavo ad avere si scontrava con la caparbietà della vita che mi remava contro. Era tutto inutile. Io mi sentivo inutile. Quello che avrei voluto non potevo averlo, non potevo esserlo. Si era rivelato tutto un'illusione. Il vuoto che avevo addosso mi stava inghiottendo. Ci misi parecchio a riemergere dalle ceneri della mia vita precedente. Ogni passo che facevo era per i miei figli, ogni scelta, ogni decisione, anche le più banali, erano tutte votate alla ricostruzione della nostra esistenza a tre. Non fu facile né rapido. Ma alla fine trovai il mio equilibrio, la mia forza. E le cose divennero un po' più facili.

COR DE ROSA

Quando Xavier se ne andò…..
I miei bambini salvarono la mia vita.
Il mio lavoro salvò la nostra quotidianità, così banale e preziosa.
Il periodo che seguì l'abbandono di Xavier fu piuttosto difficile. Dopo aver sfogato tutta la nostra rabbia sulle cose che aveva lasciato e svuotato la casa delle sue tracce, decidemmo di ricostruire le nostre vite e riempire gli spazi che aveva lasciato con tutto quello che potevamo. Un'impresa estenuante ed inutile, come poi capimmo.
Ci ritrovammo sempre più spesso tutti e tre stanchi e tristi sul divano a chiederci dove stavamo cercando di arrivare con tutti gli impegni e le attività che avevamo deciso di sottoscrivere, quando in realtà avevamo solo voglia di starcene richiusi fra le mura di casa a sonnecchiare davanti alla tv e riflettere sulle strane pieghe che prende la vita a volte.
Cor aveva iniziato il secondo anno di scuola e contemporaneamente ad avere attacchi d'ansia. Aveva crisi di pianto quasi ogni mattina, non voleva che la lasciassi a scuola, non voleva che andassi al lavoro. Mi supplicava di non abbandonarla, di non andare via. Temeva che non tornassi mai più, che l'abbandonassi per sempre.
-   Ha paura che fai come papà. – disse Manuel.
Xavier se n'era andato da quasi otto mesi. Non aveva mai chiamato per sapere come stavano i bambini, per parlare con loro. Non era mai venuto a trovarli, non aveva nemmeno scritto una cartolina. Non aveva chiesto il divorzio, non mi aveva chiesto di vendere la casa e dividere gli introiti. Niente di niente. Semplicemente era scomparso e non era più tornato. Nemmeno per i suoi figli.
Ormai "stronzo" era la parola che più di frequente usavo per riferirmi a lui nei miei incontri bisettimanali con Allegra, mentre ridimensionavamo sistematicamente la cantina. Mi ero ripromessa che non avrei comprato una sola bottiglia finché ci fossero state le sue, ma la questione sembrava piuttosto lunga. Era una cantina molto ben fornita. Intanto lui non si faceva vivo, ed io non avevo idea di dove andarlo a cercare per ricordargli che aveva due figli che, nonostante tutto, avevano bisogno di lui, del padre. Xavier aveva dei doveri, degli impegni nei loro confronti. Avrei voluto dirgli che doveva avere almeno la decenza di passare del tempo con loro, dirgli che li amava e che la fine del suo rapporto con me non cambiava in nessun modo quello che provava per loro….
Poesia? La verità era che se non si era ancora fatto vivo con i bambini era perché non gliene importava niente. Di loro come di me. Non eravamo niente nella sua vita e non aveva fatto nessuna fatica ad andarsene. Ritornai con la mente al giorno in cui l'avevo sorpreso con lo scatolone in mano. Il giorno in cui aveva accampato scuse per scaricarmi. Il giorno in cui si era dileguato in silenzio come un ratto ed era scomparso per non tornare più.
Dovevamo fare i conti con questo? I bambini dovevano? Erano così piccoli.

Cor prese ad avere incubi spaventosi. Si svegliava nel cuore della notte gridando, chiamando e piangendo disperata fino a quando non arrivavo e la stringevo a me rassicurandola con parole dolci.

Mi spezzava il cuore vederla così. Xavier non dava segno. Avrei voluto che vedesse ciò che aveva lasciato andandosene così. La piccola cominciò a dormire nel mio letto. Dopo un poco Manuel protestò che anche lui voleva dormire con me, che Cor non era mica malata e non aveva l'esclusiva. Il mio ometto voleva alleggerire la situazione. Organizzammo qualche pigiama party e, lentamente, la convincemmo a tornare nel suo letto. Ormai facevo la ronda di notte. Restavo a vegliare sul sonno dei miei piccoli almeno un ora, a volte di più. Se si lamentavano li accarezzavo e sussurravo parole d'amore perché si calmassero. Aspettavo che il sonno tornasse ad essere quello sereno tipico dell'infanzia. Avrei voluto piangere. Avrei voluto cercarlo per rompergli la testa e strappargli il cuore. Ma forse lui non l'aveva.

Passò ancora molto tempo prima che la situazione si normalizzasse. Venne Natale. Ci stavamo preparando a festeggiare noi soli, la tradizione di famiglia voleva che ci svegliassimo presto per aprire i regali. Poi si faceva una bella colazione importante prima di uscire per andare a salutare amici e parenti, cosa che ci portava via praticamente tutta la giornata. Ma Cor voleva cambiare il Natale e la tradizione, voleva fare una cosa diversa e noi ci disponemmo ad assecondarla. Eravamo pronti a tutto per lei. Anche se avesse chiesto di fare bungee jumping sotto le stelle le avremmo detto di si. Si decise per la sveglia all'alba, ricca colazione e poi tutti al mare, a guardare l'oceano che ruggiva sulla scogliera. Ogni pochi chilometri c'erano anche tratti di spiaggia su cui si poteva passeggiare, il mare era piatto e intorno era un deserto. A nessuno sarebbe mai venuto in mente di andare a camminare sulla sabbia fredda e bagnata la mattina di Natale. Tranne alla mia piccola Cor De Rosa. Ma non potrei descrivere a parole la pace e la leggerezza che provai nel camminare lì, in quel momento, mano nella mano con i miei bambini. Mi sembrava che niente potesse più colpirci, che le cose da lì in avanti sarebbero sempre e solo andate bene, e che quello, sopra ogni altro potesse essere il nostro rifugio.
Ora capivo meglio il nonno e la sua fiducia nella vita. Lui, figlio del mare, ce l'aveva nel sangue. Aveva la sua forza, il suo senso di eternità, d'infinità. E la capacità di credere sempre che le cose potessero andare bene. Lui era più forte di tutto. Aveva fede.
Ringraziai la mia piccola per il dono meraviglioso e le promisi che quella sarebbe stata la nuova tradizione di Natale per la nostra famiglia, solo nostra e di nessun altro.
Tornammo a casa e prendemmo i regali da sotto l'albero per trasferirci da mio padre. Li avremmo aperti lì, Allegra ci avrebbe raggiunti, avremmo pranzato tutti insieme, poi avremmo deciso cosa fare per il resto della giornata.
Cor mi venne a cercare nel pomeriggio, mentre riordinavo la cucina. Allegra e Quedo erano usciti a fare due passi, i bambini guardavano la tv accoccolati sul divano, era quasi ora di tornarcene a casa.
- Mamma? – mi sorprese la sua voce infantile nel silenzio rotto solo dal ronzio della lavastoviglie
- Che c'è? Hai sete?
- No. – rimaneva ferma sulla porta ad osservarmi, gli occhi scuri come il mare di quel mattino.
I miei figli avevano ereditato entrambi i miei occhi, gli occhi di mio padre, e quel senso di tristezza seminascosta nel buio dell'iride.
- Mamma… tu non andrai mai via? Ho chiesto questo per Natale. Tu non andrai mai via, vero?
Mi asciugai le mani e sedetti accanto al tavolo dove poche ore prima avevamo preparato un sontuoso pranzo di Natale chiacchierando allegramente sotto le direttive esperte di Allegra. Presi Cor in braccio
- Tesoro, io non vado da nessuna parte. Non vi lascerò mai, per nessuna cosa al mondo. Credimi. Tu e Manuel non sarete mai soli, avete una bella famiglia che si prenderà sempre cura di voi, ci sono io, tia Allegra, c'è il nonno, e poi c'è tia Andorinha, Espero, Joia, e gli altri. Anche se vivono lontano da noi non ci lasceranno mai soli. Se mai avremo bisogno di loro verranno di corsa, devi credermi.

Mentivo. Sapevo di mentire, ma cosa potevo fare? Dovevo dire a mia figlia che in qualsiasi momento poteva accadere l'irreparabile? Che poteva investirmi un auto mentre andavo al lavoro o a fare la spesa, che poteva venirmi un infarto su questo cuore già a pezzi o poteva capitare qualsiasi altra cosa e non li avrei visti mai più, non sarei più stata con i miei figli? Non sarei stata più niente, e basta? Non potevo farlo, non potevo investigare tutte le fortuità del fato, e non volevo farlo. Mentii, semplicemente. Mentii con tutta la convinzione e la leggerezza di cui ero capace. E non provai nessun cattolicissimo senso di colpa. Dio, se esisteva, avrebbe capito di sicuro e mi avrebbe guardato con occhio benevolo. Dio quel giorno era l'oceano davanti a noi. Era benevolo. Pensai che magari avrebbe ascoltato con piacere e perfino assentito alle mie bugie come ad una favola narrata davanti al focolare.

-   Non vado da nessuna parte, Cor. Io sono la tua mamma e non lascerò mai né te né Manuel, per niente al mondo. Puoi dormire sonni tranquilli, mi troverai sempre al tuo fianco. Sempre, promesso.

La strinsi forte e le baciai i bei capelli castano ramati che scendevano lunghi oltre le spalle. La porta d'ingresso si aprì e sentimmo le voci pacate di Allegra e di mio padre avvicinarsi, anche Manuel apparve nel rettangolo della porta, gli occhi stanchi.

-   Ce ne andiamo a casa, mamma?
-   Certo. La cucina è a posto, papà. Ci vediamo fra qualche giorno, va bene?
-   Noi ci vediamo martedì, Alba. Terapia di gruppo. – disse Allegra con tono leggero.

Annuii sorridendo. Ormai era un'abitudine consolidata. Ci trovavamo insieme un pomeriggio ogni due settimane, aprivamo una delle preziose bottiglie di Xavier e le accompagnavamo con stuzzichini dolci o salati, secondo l'umore. Un paio d'ore di chiacchiere. Mi faceva bene passare del tempo con lei. La mia vita era abbastanza normale. Cor stava faticosamente trovando la tranquillità e la sicurezza che le erano venute a mancare. Manuel si atteggiava a uomo di casa intenerendomi il cuore.

Stavamo risalendo la china. Le cose erano di nuovo a posto. Salutammo papà con un bacio e ce ne andammo a casa nostra.

La sensazione di vertigine che provai rientrando è indescrivibile. Le luci di casa erano accese ed ombre umane si muovevano dietro alle finestre. Mi si gelò il sangue nelle vene.
Chiesi ai bambini di aspettare in macchina con la sicura abbassata mentre andavo ad appurare cosa stava succedendo. Stringevo convulsamente il cellulare chiedendomi se avrei avuto il tempo di chiamare il numero per le emergenze. C'erano due figure che si muovevano in casa, le vedevo andare avanti e indietro dal salotto alla cucina. Le vidi anche fermarsi con indecisione quando entrammo nel vialetto, il rumore dell'auto doveva aver richiamato la loro attenzione. Non feci in tempo a raggiungere la porta d'ingresso che questa si aprì e sulla soglia si delineò la figura sottile e spigolosa di Ana, mia suocera. Rimasi di sale. I bambini scesero lentamente. La confusione gli si leggeva in volto. Sul mio era mista a disappunto. Entrammo con la sgradevole sensazione di essere diventati improvvisamente ospiti in casa nostra. Nonno Roberto era sulla porta del salotto, sorrideva impacciato ed accolse i bambini con due pacchetti.
-    Cominciavamo a preoccuparci. – disse Ana con tono inquisitorio – Mi chiedevo dove ve ne foste andati per tutto il pomeriggio. Siamo qui dalle quattro.
-    Potevi telefonarmi, hai ancora il mio numero, no? – il mio tono era un pò brusco, forse, ma stavo elaborando informazioni che non mi piacevano e cercando di non dire quello che avrei voluto ai miei suoceri davanti ai miei figli, tutto contemporaneamente. Un lavoro immane per la mia povera testa in quel momento. Compresi che il mio ritrovato equilibrio e serenità erano tutta una finta. Quanta rabbia avevo ancora dentro!
-    Come siete entrati?
-    Xavier ci ha lasciato le chiavi prima di partire, per ogni eventualità. Non ti dispiace, vero?
Si, accidenti! Mi dispiaceva eccome! Non si prendeva il disturbo di chiamare i suoi figli ma lasciava le chiavi di casa ai genitori senza nemmeno avvisarmi. Perché? Bastardo!
-    Dov'è papà? – Manuel era subentrato nella conversazione impedendomi di rispondere con un'ovvietà a quella domanda così apparentemente innocente, così evidentemente insinuante e stupida da non meritare una risposta.

Aiutai i bambini a togliere giubbotti e sciarpe. Il peso della domanda di Manuel era palpabile. Cor, seduta a terra, toglieva gli scarponcini per mettere due pantofole di pelo che avevano l'aspetto di coniglietti d'angora. Tenevano le teste abbassate a terra, ma vidi nei loro occhi qualcosa di inespresso. Rabbia. Paura. Sembravano barcollare davanti a quella visita inaspettata. La loro pace poteva essere finta quanto la mia? Volevano spiegazioni? Notizie? No! Volevano che Ana e Roberto se ne andassero, che uscissero dalla nostra casa e dalle nostre vite. E che non tornassero. Nemmeno loro si erano mai fatti vivi da quando Xavier se n'era andato. Nemmeno loro avevano telefonato per avere notizie dei nipoti. Una sola volta, ad una settimana dalla sua partenza, io avevo osato disturbarli per chiedere notizie. Xavier si era licenziato, aveva cambiato numero di cellulare, non sapevo più come rintracciarlo e non volevo lasciarlo andare via così. Volevo che mantenesse buoni rapporti con i suoi figli a prescindere da quello che poteva esserci stato fra noi. Ma Ana mi aveva freddamente risposto che non mi avrebbe dato nessuna informazione, che avevo incastrato suo figlio come la peggiore delle donne e che ora che lui era riuscito a liberarsi dopo avermi permesso di fare la signora per anni, non sarebbe stata proprio lei a "fregarlo"di nuovo dandomi informazioni che potevano portarlo sul lastrico per pagarmi alimenti assurdi o pretese simili. Dovevo arrangiarmi.

- Non sei alla sua altezza. Non lo sei mai stata. E' un bene che mio figlio l'abbia capito ora che è ancora giovane e in tempo per rifarsi una vita.

 Non le avevo risposto. Non le avevo detto che credevo di non aver fregato proprio nessuno, che io avevo amato suo figlio con tutto il cuore, con i suoi pregi e difetti, che avevo un lavoro mio che mi permetteva di superare l'impasse del suo abbandono senza troppo soffrirne dal punto di vista economico. Non le dissi che lo cercavo perché i suoi bambini chiedevano di lui. Volevano sapere, volevano vederlo e parlare, domandare. Volevano rassicurazioni. Volevano semplicemente il loro papà. Io non avevo risposte per loro. Non ne avevo nemmeno per me. Non dissi niente. La lasciai finire il discorsetto che aveva così accuratamente preparato, la lasciai finire e poi riagganciai. Ai bambini non dissi nulla. Smisi di parlare di Xavier, di pronunciare il suo nome, di pensare a lui, per quanto mi era possibile, e di cercarlo.
Lasciai che fosse Manuel a condurre il dialogo

- Allora? Dov'è papà? – Ana non avrebbe voluto rispondere, mi guardò di sottecchi, ma lo sguardo di Manuel la inchiodò lì dov'era, non aveva scampo e rispose
- A Ibiza.
- In vacanza?
- No. – sospirò – Lavora lì adesso.Ti manda tanti auguri di buon Natale, e anche a Rosa, naturalmente…
- Cor. Il suo nome comincia da Cor. Non è vero.
- Come?
- Non è vero. Non manda auguri, non manda notizie, non manda proprio niente. E neanche le chiede! Proprio come voi.
Ana ebbe un guizzo che in quel momento mi ricordò quello di una biscia dritta sulla coda. Ma Manuel, il mio Manuel, il mio meraviglioso principe non le diede modo di mordere nessuno. Non l'avevo mai visto così, prima.

- Tua madre forse ti ha raccontato…
- La mamma non mi ha raccontato proprio niente e non c'entra niente. Non sono uno stupido, e neanche Cor lo è, cosa credi! Siamo bambini, ma sappiamo usare un telefono. Abbiamo chiamato papà tante volte i primi tempi, per dirgli che gli volevamo bene, che ci mancava, per sapere quando tornava. E lui rispondeva sempre che non dovevamo disturbarlo e che non aveva tempo. E alla fine ha cambiato numero, così non potevamo più chiamarlo. Sono passati dieci mesi, dov'è papà adesso? Non ha mai chiamato. Io ho avuto l'influenza. Cor ha avuto gli incubi, ha pianto tanto. Dov'è papà? E voi? Dov'eravate voi?
- Tua madre non ci ha mai invitati…
- Hai bisogno di un invito per venire a trovarci? Per chiedere come stiamo? Mamma non invita mai nemmeno nonno Quedo. E non invita tia Allegra. Ma loro vengono, e stanno un po' con noi a parlare, a chiedere come và. Vengono ad ascoltarci e raccontarci tante cose. Vengono per noi, perché ci vogliono bene. Papà sta a Ibiza? Bene. Per me può rimanerci. Finora non ha sentito la nostra mancanza, può continuare. Io non ho più bisogno di lui, e nemmeno Cor o la mamma. E neanche di voi abbiamo bisogno. Potete prendere i vostri regali e tornarvene a casa. Grazie lo stesso. Stiamo bene così, non ci serve niente. Andate via.
Si tolse gli scarponcini e mise le pantofole mentre parlava, non alzò nemmeno lo sguardo salutando, prese la sorellina per mano e se ne andò in silenzio lasciando i nonni nell'ingresso con me. Sulla porta mi lanciò uno sguardo severo, un silenzioso passaggio di consegne. "Non tradirmi. Non cambiare le mie parole". E poi scomparve. Sentii la tv accendersi.

- Li hai educati bene, i tuoi figli. – mi apostrofò sprezzante mentre infilava il cappotto di pelliccia – Non c'è che dire. Tali e quali a te.
- No. Sono migliori di me.
- E non l'hai nemmeno ripreso mentre mi parlava con quel tono irrispettoso!
- Manuel non ti ha mancato di rispetto nemmeno una volta. Non una delle parole che ha detto è stata meno che educata e rispettosa. Ha detto la verità. Forse è questo a darti tanto fastidio, non è vero, Ana? Ma se non puoi sopportarlo allora il problema è solo tuo.
- Così non siamo più i benvenuti nella cosa di nostro figlio, la casa che lui ha pagato col sudore della sua fronte. Un bambino di dieci anni può dettare legge a persone della mia età! A me!
- Primo: questa casa non è più di Xavier. E' mia e dei bambini. Lui se n'è andato, ricordi? Secondo: l'ho pagata anch'io come lui, ho un lavoro mio, non dimenticarlo. Continuo a pagare i conti, se non lo sai. E terzo: Manuel ha nove anni, non dieci. Li ha compiuti lo scorso ventitré giugno, quando non ha ricevuto né notizie né auguri da suo padre o dai suoi nonni. Per quanto riguarda le sue parole ha il mio pieno appoggio su tutto. Buona sera, Ana. Roberto.
- Immagino che vorrai indietro le chiavi di casa. – tentò velenosamente
- Oh, no. Puoi tenerle. Domani cambio le serrature. - Sorrisi chiudendo la porta.

Era stata una prova molto pesante ma, grazie a mio figlio, potevo dire di averla brillantemente superata. Mi appoggiai allo stipite cercando di respirare regolarmente prima di raggiungere i bambini in salotto. Non volevo che vedessero il turbamento e le lacrime a fior di ciglia. Dovevano trovarmi serena e forte. Misi il catenaccio e andai da loro con un sorriso stampato in faccia. Un po' finto, va bene. Ma meglio delle lacrime.
Se non altro, avrei avuto novità interessanti da dibattere con Allegra il martedì seguente, alla "terapia di gruppo".

JOAQUIM

Non parlai mai di Joaquim con Allegra. Non fino a quando la nostra storia durò. Anzitutto perché ero troppo felice, le cose andavano bene, i bambini erano di nuovo sereni, la nostra vita aveva ritrovato un proprio equilibrio, ed io ero innamorata. Terribilmente innamorata. Avevo letteralmente perso la testa.
 Ma c'era di più: lui amava me. Lui mi trovava bella, mi desiderava, era perfino geloso, mi voleva! E questo era più di quanto avrei mai potuto sperare nella vita dopo le parole di Xavier. Joaquim le cancellò, o le relegò in un angolo scuro della mia mente, ed io sentii che potevo ricominciare a vivere, che ero ancora donna, e non solo madre. Giovane e viva.
E non ne parlai perché le cose non erano così semplici e lineari come potrebbe sembrare, anzi, erano proprio un casino, e non mi andava di farmi giudicare.
Ero troppo felice, e volevo continuare ad esserlo, volevo vivere il mio sogno, vivere il mio Joaquim, amarlo ed esserne amata. Nient'altro volevo.

Lavorava nella mia stessa ditta da sei anni, nel reparto spedizioni, doveva avere qualche anno meno di me. L'avevo notato, certo. Era il classico tipo un po' sbruffone che riusciva a catalizzare l'attenzione di tutti, ma soprattutto delle donne, chiacchierando del più e del meno. Aveva sempre opinioni anticonvenzionali ed argomentazioni per difenderle, di qualsiasi cosa di parlasse, e cercava di convincerti a pensarla come lui. Aveva una straordinaria capacità di persuasione. Anche se con me non funzionò mai e il più delle volte assentivo solo perché chiudesse l'argomento. Devo ammettere che era uno straordinario oratore.
Non avevamo mai scambiato più di un saluto incontrandoci nei corridoi dell'azienda, ma improvvisamente me lo trovavo davanti più spesso, veniva nel mio ufficio personalmente con le pratiche da evadere, si fermava a chiacchierare di cose senza importanza, mi accompagnava al distributore del caffè parlando del più e del meno.
Un giorno mi si avvicinò troppo, invase il mio spazio per così dire. Venne a sussurrarmi all'orecchio. Mi aspettavo una confidenza non richiesta o un pettegolezzo gratuito, ma non fu così.
- Sei davvero bellissima...calda. Sarà stupendo farlo io e te.
Arrossii fino alla radice dei capelli, lui si scostò da me sorridendo e si avviò alla porta.
- Sono lusingata, ma non succederà.
- Invece si. Lo voglio io e lo vuoi tu....e non succederà solo una volta o due, ma tante....tante
    volte. - E se ne andò.
Non rimasi indifferente, mi fece pensare, mi fece sciogliere qualcosa dentro. Un pezzo di ghiaccio che mi si era depositato in petto e sullo stomaco. Ero ancora una donna, e desiderabile per di più. Certo, c'era sempre qualche simpaticone che si proponeva in maniera più o meno esplicita, al lavoro, ma li ignoravo. Non li prendevo mai sul serio. In certi ambienti le battute si sprecano. Lui era diverso, lui riusciva a dire cose che mi toccavano, che mi colpivano. Lui era entrato nel mio

spazio in più di un modo, e presto fui io a non volerlo lasciare andare. Mi scoprii ad attendere il suo arrivo, a spiare dalla finestra il suo passaggio, ad aspettare lui per andare a prendere un caffè. Passammo settimane intere parlando di tutto, e di quello che stava accadendo tra noi. Procedevo coi piedi di piombo, ancora chiedendomi se stava accadendo davvero a me, e nello stesso tempo mi sentivo leggera come un soffio di vento. Ero felice, e si vedeva. I miei figli lo vedevano, mio padre, mia sorella, tutti...e nessuno domandava niente. Mi lasciavano godere la mia piccola gioia senza sapere. Per me andava bene così.

Un giorno che mi riaccompagnava in ufficio dopo il solito caffè, notò con noncuranza che uno degli addetti al settore informatico mi faceva il filo, anche in modo sfacciato.

Risposi ridendo che forse lui era più adatto a me: divorziato, con un figlio nella capitale, più vecchio di Joaquim che invece aveva ben cinque anni meno di me, ed era anche fidanzato.

- Non c'è nessuno che vada bene per te in quest'ambiente. E poi te la farei pagare in modi che non immagini. Potrei farti davvero male....preferisco che stiano lontani dalle mie cose.
- E io sono una tua cosa? Da quando? – mi si avvicinò piano, mi prese per i fianchi e mi baciò dolcemente. Risposi a quel primo bacio con tutta la tenerezza che avevo dentro, gli cinsi la vita con le braccia e mi premetti a lui. Mi sembrava di non avere più ossa in corpo, mi stavo sciogliendo fra le sue braccia, volevo entrare in lui, diventare una cosa sola con lui per non lasciarlo mai. Si staccò piano.
- Mia e basta. Voglio essere chiaro su questo. Se stai con me non voglio dividerti con nessuno. Chiaro?
- E tu? Con la tua ragazza come la metti?
- E' diverso. Non è tradire. E' una cosa speciale che riguarda solo noi. Ti voglio, e tu vuoi me...staremo bene, vedrai. Staremo bene. Ti voglio da sempre, da quando ti ho vista la prima volta. Ma tu eri tutta per la tua famiglia ed io forse ero troppo giovane. Ora le cose sono cambiate, tu non hai più un marito ed io sono più uomo…Un ometto! –Rise e se ne andò lasciandomi senza parole, sconvolta e tormentata da quello che mi stava accadendo.

Ora ero io l'altra, ma non riuscivo a non volere quello che mi accadeva. Ero già innamorata. Follemente. E non potevo fare a meno di lui. Non smisi mai più di pensare a Joaquim. Mi mancava la sua voce, il suo viso, il suo sguardo ogni istante in cui non li avevo per me. Mi mancava sempre. E quando ero con lui mi sentivo una scolaretta impacciata e senza nessuna esperienza. Sebbene ci separassero solo due muri, io vivevo sospesa finché non veniva a salutarmi, andavo al lavoro col cuore leggero sapendo che anche lui sarebbe arrivato di lì a poco, e non avrei mai voluto finire il turno di servizio, perché poi ci volevano sedici ore prima di rivederlo.

Dopo qualche giorno mi comunicò che sarebbe stato assente per un po'. Impegni di famiglia. Ma mi lasciò la sua e-mail e mi fece promettere di scrivergli, non avrebbe sopportato di stare tutta la settimana senza avere mie notizie.

A Xavier avevo scritto decine di lettere d'amore. Diceva cose belle delle mie lettere. Il fatto è che le parole mi escono meglio dalle dita che dalla bocca. Quella fu la prima volta che mi cimentai con una e-mail. Mi mancava l'odore di carta ed inchiostro. Il cervello viaggiava ad una velocità diversa. Avevo le vertigini. Gli scrissi quella sera stessa, non seppi resistere, sentivo la sua mancanza anche solo a non vederlo. Fortunatamente a casa c'erano i miei bambini, la mia gioia, e tante cose da fare. Che sarebbe stato di me se non avessi avuto loro?

"Tu sei il dono che credevo di non poter mai ricevere, sei così inaspettato, così improbabile. Non posso che accettare ciò che accade e goderne, senza condizioni, senza aspettative... Non voglio consumare ed abbruttire un simile privilegio con stupide domande, ma soltanto accoglierlo e lasciare che faccia di me ciò che deve essere. E' un giorno di sole, un'alba azzurra e gelida, piena di aspettative, come la neve che ci rallenta la vita e ci invita ad ascoltare la voce del silenzio, i battiti scomposti del nostro cuore. Io voglio viverti, con tutta me stessa, viverti…."

Mi rispose nel giro di pochi minuti, e mi sciolse il cuore una volta di più.

"Cavolo. Ma come fai? La tua mail è così bella che ho dovuto leggerla cinque volte prima di rispondermi. Scrivi cose bellissime, e le scrivi a me... Sono qui steso a letto, mentre ti leggo e ti rispondo. Mi manchi da morire. Ti vorrei qui con me, vorrei tenerti abbracciata e guardare insieme la tv, al buio. Vorrei addormentarmi con te accanto, ma non si può, mi manchi davvero. Ma ti rivedrò presto, tra poco, solita ora, solito sogno. Un bacio."

Quando tornò mi sentii come se mi avessero ridato l'ossigeno, entrò nell'ufficio e chiuse la porta, mi prese per i fianchi e stringendomi in quel suo modo particolare mi baciò a lungo.
- Baci bene, lo sai? – no, non lo sapevo, e non sapevo cosa rispondere. Mi limitavo ad ascoltarlo, a sorridere e rispondere qualche sciocchezza. Guardò la foto dei miei bambini che tenevo sulla scrivania
- Mi piacerebbe molto conoscerli.
- Perché?
- Ci tengo.

Non disse altro e ci accordammo per un gelato nel pomeriggio al porto, ma la cosa mi spaventava un poco. Avevo paura che i miei bambini potessero restare coinvolti emotivamente e si creasse un legame affettivo che poteva spezzarsi in qualunque momento. Non volevo che soffrissero.
Nemmeno io mi sentivo così forte da affrontare una simile eventualità, e non volevo sottoporre loro ad una prova come quella. Cercai di essere distaccata, di non far capire loro quanto mi sentissi legata a quell'uomo. Era un campanello d'allarme?
Ci venne incontro come se ci avesse visti per caso. Offrì a Manuel un'automobilina da corsa gialla, a Cor un ciondolo smaltato a forma di coccinella ugualmente gialla con le ali semiaperte.
Chiacchierò con noi per una mezz'ora e poi ci salutò. Mi era sembrato distaccato ma non distante, era stato simpatico con loro, aveva scherzato e li aveva accompagnati sulla spiaggia a passeggiare un poco, io li seguivo in silenzio.
Il giorno dopo, davanti al distributore del caffè mi disse che avevo dei figli stupendi e molto simpatici. Come potevo non amarlo?

ALBA

Cominciammo a vederci fuori dal lavoro, a frequentarci di nascosto, quando la vita ce lo
permetteva. Erano momenti meravigliosi che non so cancellare dalla mia mente. Il fatto di essere io
l'altra non mi turbava, era come se lei non esistesse. Non esisteva per Joaquim, e così nemmeno io
le davo peso. Quando lui mi chiese di passare insieme un fine settimana sui Pirenei credetti di poter
uscire dal mio corpo come vapore acqueo tanta fu l'emozione. Il caso volle che Allegra avesse
programmato di portare i ragazzi al mare per una intera giornata per darmi modo di dedicarmi un
poco a me stessa e perché ormai la burrasca emotiva provocata da Xavier sembrava essersi
allontanata definitivamente da noi. Erano trascorsi tre interi anni da quando ci aveva lasciati. Non
faticai a chiederle di tenerli per tutto il week end. Le faceva piacere ed anzi, avrebbero avuto più
tempo per esplorare. I bambini erano entusiasti e quando seppero che non sarei rimasta sola per
tutto il tempo partirono a cuor leggero, felici come non accadeva da tanto, tanto tempo.
Ed anch'io ero felice. Più che felice. Non ero mai stata sui Pirenei. Non ero mai stata fuori dal
paese. Con Xavier avevamo iniziato a viaggiare, avevamo visitato la capitale. Ma andare a zonzo
con un bambino piccolo era fuori discussione, figurarsi con due! Non era come per le sue gare e
competizioni. Era troppo faticoso e complicato per lui. Dopo un poco avevo smesso di insistere e
rinunciato. Ora le cose potevano cambiare.
Partimmo all'alba. Avevo preparato lo zaino con cura, piena d'entusiasmo. Il programma prevedeva
la sosta in un alberghetto in una zona piuttosto elevata ma ancora raggiungibile in auto. Da lì
avremmo fatto una bella escursione di un giorno e mezzo. Per cominciare poteva bastare. Quando
attraversammo il confine gli chiesi di accostare un momento. Ero così felice che dovevo dirglielo in
qualche modo. Non appena si fermò gli presi il viso fra le mani e lo baciai con tutta la dolcezza ed il
desiderio che riuscivo a manifestare. Volevo che sentisse quanto lo amavo anche se non riuscivo a
dirlo a parole. Quello era un sogno che si realizzava, un sogno proibito che poteva diventare
consentito, che poteva diventare una bella realtà, una bella quotidianità. Ed era tutto ciò che
desideravo. Rispose al mio bacio con ardore. Quando riprese a guidare sorrideva.
    - Sei fantastica. E baci così bene…
    - Ti amo Joaquim. Ti amo da morire.
Il viaggio durò poco più di due ore. L'albergo era piuttosto piccolo, a conduzione familiare,
accogliente e semplice. Una cornice perfetta per il nostro sogno. Ci diedero le chiavi e ci lasciarono
andare. Joaquim era un vecchio cliente, lo conoscevano da anni, aveva iniziato a frequentarlo con la
famiglia che era ancora un bambino. Mi si sollevò il cuore a scoprire queste cose. Ero abbastanza
importante per lui da meritare di condividere qualcosa che apparteneva solo alla sua famiglia.
Una volta in camera lasciò cadere lo zaino a terra mentre chiudeva la porta, mi fece scivolare di
dosso il mio e cominciò a spogliarmi.
    - Sei troppo vestita…. La prima volta in un letto vero! – sussurrò. Io risposi a tutti i suoi baci,
        ad ogni carezza, lo spogliai a mia volta.
Assaporai il suo corpo, lasciai che esplorasse il mio. Lo amai con ogni mia fibra mentre mi parlava,
mi sentivo sciogliere nelle sue mani.

- Sei così bella…così brava…così pronta. Sei pronta per me?
- Si…
- Ho voglia di farti fare un altro bambino. Sarebbe bellissimo, tuo e mio. Sarei un buon papà. Posso venirti dentro? Posso, Alba?
- Oh si, si…
- Sei mia. Solo mia. Non voglio dividerti con nessun altro. Hai capito. O me o niente.

Ma chi altro avrei dovuto volere? Lui era il mio tutto. Il mio riscatto. La mia gioia.

Non c'era nessuno. Non poteva esserci nessuno. Solo Joaquim. Joaquim e basta.

Lo stringevo convulsamente mentre mi penetrava con forza e il suo respiro accelerava, lo sentii gemere sul mio petto mentre veniva insieme a me ed io premevo le labbra sulla sua pelle per non gridare di piacere. Sentivo le sue mani che si chiudevano sui miei fianchi, le sue dita che mi penetravano la carne. La sua bocca morbida, umida e così dolce sulla gola… Era questa la felicità? Oh si. E finalmente sentivo di averne anch'io diritto. Come ogni creatura al mondo. Ero bella, ero giovane, ed avevo ancora una vita da vivere. Non ero finita, non ero vuota né inutile.

Lo strinsi forte perché non mi lasciasse subito, volevo sentirlo dentro ancora per un poco, volevo tenerlo con me, e lo baciai ripetutamente su tutto il viso, sugli occhi, sulla bocca. Sorrideva come un bambino.

- Sei fantastica, Alba. Ti amo. – Ebbi un tonfo al cuore. Sentirglielo dire era un'emozione indicibile. Mi sentii mancare. Forse lui sentiva i miei battiti furiosi perché disse ridendo - Ora non sentirti male. E' stato stupendo. E lo sarà ogni volta. Te l'ho detto che succederà ancora. Ho voglia di te. Ho voglia di prenderti ancora e ancora, fino a non avere più la forza. E poi ricominciare.
- Non vedremo molta montagna, se facciamo così.
- No, ma sarà bellissimo lo stesso. – Mi baciò ancora – Ti amo. E' quello che sento dentro, e non ho un altro modo per dirlo. Non c'è un'altra parola. Sei nel mio cuore, sei parte di me. E questo non cambierà mai.

Scivolò fuori dal letto mentre io mi crogiolavo nel piacere generato dalle sue parole e dall'amore appena consumato quando il suo cellulare squillò, rispose e si rabbuiò subito. Concluse la conversazione in bagno e quando uscì mi disse che dovevamo rientrare subito.

- Perché?
- La mia ragazza doveva passare il week end fuori per lavoro ma è stato annullato tutto. Sarà da me nel pomeriggio.
- Dille che avevi già programmato…
- Non posso.
- Ma siamo arrivati fin qui.
- Non posso, Alba. Forza, vestiti. Ci aspettano altre due ore di macchina, e ci sarà anche traffico. – Stavo morendo. Di nuovo.
- Joaquim…ti prego…
- Dobbiamo andare. Forza. – stava già raccogliendo i suoi vestiti. Scivolai in bagno come un fantasma, piansi in silenzio, come una scolaretta, a lungo.

Joaquim bussò per dirmi che portava di sotto gli zaini e intanto avrebbe saldato il conto. Mi avrebbe aspettata in auto. Asciugai le lacrime e mi rivestii, mi truccai un poco perché non vedesse che avevo pianto. Ma ero un disastro, così misi gli occhiali scuri. Cercai di fare un ampio respiro, ma avevo un peso sul cuore che non voleva permettermelo. Strinsi i pugni, presi la borsa e mi avviai alla porta non senza lanciare un'ultima furtiva occhiata al nostro temporaneo nido d'amore. Mi sembrò per un attimo di vedere il mio cuore fra le lenzuola sfatte del letto, a brandelli, sanguinante. Chiusi gli occhi e scesi di sotto. Gli albergatori si profusero in parole di rammarico per l'imprevisto che ci obbligava a rientrare e si auguravano di rivederci presto.

- Non preoccuparti. Una camera per te e la tua ragazza c'è sempre. Vedrai che non è niente di grave. Vedrai. – Chissà che bugia aveva inventato. Non ebbi voglia di chiederlo. Sedetti in auto ed allacciai la cintura. Fissai lo sguardo fuori dal finestrino. Salutavo i Pirenei che avevo appena potuto sfiorare, l'aria frizzante che avevo assaggiato solo un'attimo.

- Perché hai messo gli occhiali? – non risposi
- Hai intenzione di tenerli per tutto il tempo?
- Si.
- Perché? – silenzio –Alba mi dispiace, davvero. Ma non posso fare diversamente. Magari un'altra volta andrà meglio…

Eccolo. Il maledetto suono della menzogna. Potevo sentirne il sapore amaro sulla lingua, lo stridio stonato negli orecchi. Mentiva. Mentiva anche lui. Chiusi gli occhi dietro le lenti e sentii una lacrima scendere. Non poteva vederla, finsi di sistemarmi gli occhiali per asciugarla. Mi muovevo piano, circospetta. Avevo paura che se mi fossi mossa troppo in fretta, con troppa naturalezza, mi sarei sbriciolata lì, su quel sedile. Sarei diventata di polvere, di sabbia, e non sarebbe rimasto più niente di me.

- Non vuoi più parlarmi, Alba?
- Non mi va più, no.
- Io sono qui. Sono sempre qui. – sentivo la rabbia montare insieme al dolore.

Avrei voluto picchiarlo, così forse lui avrebbe picchiato me ed avrei avuto un motivo più reale per tutto quel dolore che avevo dentro. Ma non avevo un briciolo di energia. Perfino sbattere le ciglia per non piangere mi costava uno sforzo immane, tutte le mie forze erano sparite. Non sapevo dove cercarle. E non me ne importava niente. Cercò di parlarmi ancora, ci provò per tutto il viaggio. Ma non potevo rispondere. Non avevo parole per farlo e così rimasi ostinatamente in silenzio. Quando arrivammo presi le mie cose e lo zaino e me ne andai senza nemmeno dirgli ciao. Rimase a guardarmi solo un momento. Se ne andò subito. La sera gli scrissi una mail piena del mio dolore e delle mie paure. Lo accusai di avermi usata per riempire i momenti di noia, dissi che con me aveva segnato un'altra tacca sulla cintura, che mentiva dicendo di amarmi. E sapeva di mentire. Dissi questo e un mucchio di altre cose. Conclusi con le parole BUGIARDO, IPOCRITA, FASULLO a caratteri cubitali e con dispendio di punti esclamativi. Mi rispose dopo pochi minuti.

Non scrivermi più. Non telefonarmi. Non mandare messaggi.

Non credevo di poter stare peggio di così. Invece si. Il dolore mi annientava. Passai il week end a letto a piangere me stessa.

Non sapevo uscirne. Non volevo.

Per tutta la settimana seguente rimasi in attesa. Speravo che lui tornasse da me. Che chiedesse perdono. Che mi dicesse di nuovo che mi amava. Non accadde. Lo guardavo andare e venire al lavoro dalla finestra del mio ufficio, evitavo il distributore del caffè perché sapevo che lo avrei trovato lì. Magari con qualche altra collega. Non lo avrei sopportato.

Elaborai una compilation di canzoni che ascoltavo sempre pensando a lui, o quando ci vedevamo e stavamo insieme. Ma anche questo mi faceva male. Così un giorno scrissi un biglietto, lo attaccai sulla custodia del cd e lo lasciai sul parabrezza della sua auto. Non avevo potuto farne a meno.

"Hai detto di non scriverti, di non cercarli, di non parlarti. Obbedisco. Vorrei che fosse altrettanto

facile non pensarti, non averti dentro, non amarti."

Tre giorni dopo mi mandò una mail:

"Mi manchi da morire. Non credevo che fossi diventata così importante per me. Non me

l'aspettavo. Mi sei entrata dentro e non voglio stare senza. Ti amo."

A metà mattina dello stesso giorno entrò nel mio ufficio.
- Forse mi hai mandato una mail per sbaglio – dissi col cuore che rullava come una grancassa.
- No. Nessuno sbaglio. Mi manchi, Alba. – si avvicinò e mi baciò stringendomi per i fianchi con quel suo modo possessivo.

Cancellai dalla memoria ogni cosa brutta e conservai solo la splendida ora trascorsa in albergo con lui. Ricominciammo a vederci, a prendere insieme il caffè, a pranzare insieme qualche volta. A fare l'amore di nascosto come due ragazzini. Ero di nuovo felice e scacciavo le ombre incombenti lontano da noi. Joaquim era il mio sole, e mi aggrappavo alle cose belle sperando che un giorno tutto si sarebbe sistemato.

Lasciò la sua fidanzata esattamente tre mesi dopo, ma non per me. Aveva conosciuto una donna favolosa, mi disse. Una che sapeva quello che voleva, una donna forte, volitiva, che aveva scelto un lavoro difficile andando contro i desideri della famiglia, una tipa tosta e indipendente. Una che voleva l'amore ogni giorno, più volte al giorno. Una che prendeva quello che voleva e basta. E infatti si era presa il mio Joaquim. Ma fra noi tutto continuò come sempre. Non poteva rinunciare a me, disse. Io ero nel suo cuore e non me ne sarei mai andata. Andarono a vivere insieme dopo meno di un mese. Lo mise fuori dalla porta dopo due.

Lei voleva di più. Io no. Io volevo solo Joaquim. E quando mi chiamò disperato perché stava male, perché lei se n'era andata, perché lui non era abbastanza, mi precipitai a raccogliere i pezzi, a consolarlo e ad amarlo come sempre. Come se nulla nel mio cuore fosse successo. Come se io non sentissi dolore.

Continuammo ancora per qualche mese. L'ultima volta che facemmo l'amore mancavano quattro giorni a Natale. Ci trovammo di notte, sulla scogliera davanti all'oceano. Lo facemmo in macchina, ancora come ragazzini. Sembrava più sereno ed io sperai che avrebbe deciso di volere solo me. Che tutto quello che diceva di avere dentro per me potesse bastare a costruire le giornate insieme, una dopo l'altra.

Dopo l'amore mi baciò dolcemente, mi disse

- Vieni qui. – e mi strinse così forte da farmi sentire parte di lui. Io ero la sua pelle sotto il maglione, sulle dita, sopra la carne e le ossa. Ero una parte inscindibile del suo essere.

Sentii che mi aveva riconosciuta. Era uno splendido regalo di Natale. Lo baciai forte salutandolo. Non ci saremmo rivisti fino all'anno nuovo. Ognuno di noi aveva impegni con la famiglia. Ma ero felice, avrei aspettato. Le cose sarebbero cambiate lo sentivo. Il fremito che avevo dentro era un presagio del cambiamento, da sempre. Le cose sarebbero cambiate.

E cambiarono. Non lo vidi per più di un mese. Si era licenziato per andare a lavorare in una multinazionale di Porto. Non me ne aveva fatto nemmeno un accenno, e questo mi diede da pensare. Un giorno affacciandomi lo vidi fuori dal cancello della ditta, una neo-assunta del reparto chimico gli andò incontro. Vederli stringersi e baciarsi mi procurò un dolore sordo nel petto. Insopportabile. Stavolta mi stavo davvero sbriciolando come una statua di sale. Attesi il giorno dopo e gli mandai un messaggio

"Ehi. Quando ci vediamo?"

Mi richiamò quasi subito. Sentire la sua voce dopo un mese intero di attesa mi fece ammutolire per l'emozione.

- Ciao. Come stai?
- Ti ho aspettato tanto. Credevo mi avessi dimenticata.
- No, certo che no. Ma le cose sono cambiate. Non possiamo più vederci. Non posso più darti quello che vuoi.
- E cosa voglio? – domandai con un filo di voce. La conversazione stava prendendo una piega spiacevole.
- Lo sai. Però possiamo vederci per un percorso benessere. Sai, c'è un centro specializzato per il dimagrimento molto interessante. Ti ci accompagno io se vuoi. Aiuta a migliorare il rapporto con sé stessi.

"Vuol dire che sei grassa"

- Grazie, no. Hai un'altra?
- Si. Volevo parlartene ma non ho avuto l'occasione. Sai, sono molto felice. – parlava con tono concitato, rapido. D'accordo,quello era il suo modo di parlare da sempre. Però ebbi l'impressione che parlasse così in fretta per non darmi il tempo di replicare, di chiedere. Voleva scaricarmi al volo. Come buttarmi giù da una macchina in corsa. Per essere sicuro che ci restassi.
- Avevi detto che avrei sempre avuto un pezzo del tuo cuore.
- Si, ed è così. Ma devo pensare che possa funzionare. Che possa durare. Mi capisci?
- Certo…
- Lo sai, è tutto così bello con lei, è così perfetto. Lei è perfetta! E' molto giovane.

"Vuol dire che tu invece sei vecchia"
- E' bellissima, e giovane. Pensa che io sono il primo. Il primo uomo, capisci?
" Mentre tu sei stata mollata, hai due figli e sei brutta, vecchia e grassa"
- E' così importante? – non rispose, esitò un momento
- Si chiama Ines.
Ines? Ironia della sorte o scherzo del destino? Un colpo basso di proporzioni inusitate. Questo è certo!
- Stiamo insieme da Natale. Pensa. E' stato il suo regalo…è fantastica.
" Una volta lo dicevi a me"
- Insomma. La mia vita ora è perfetta ed io devo fare in modo che duri. Lei si fida di me. Completamente. Capisci? E' meglio se non ci vediamo più. Preferisco di no. Non voglio farti soffrire. E non voglio raccontarle bugie. Capisci? Non potrei guardarmi allo specchio, poi. Lasciamo le cose così. Quello che c'è stato fra noi, lo sappiamo noi soltanto. Ma ora è tutto diverso. Non posso più darti quello che vuoi.

Chiusi la comunicazione, non riuscivo a trovare le parole né l'ossigeno per rispondere. Il dolore che avevo dentro avrebbe vinto stavolta, non ne potevo più. Andai a casa prima, perché il pensiero di trovarmeli di fronte mentre uscivo mi era insopportabile.
Natale! Stavano insieme da Natale! Quattro giorni prima era stato con me. E poi lei mi aveva cancellata come le impronte sulla neve. Aveva cancellato le mie carezze, i miei baci sulla sua pelle. I sentimenti che aveva detto di provare per me. Tutto. In un attimo. Spalancando le gambe e dicendo "Ecco qua. Pensa, tu sei il primo". Ecco fatto. Avanti.
Avrei voluto gridare fino a morire.

"Voglio essere amata, voglio essere sedotta con le parole, con gli sguardi, con i gesti. Voglio sentire le tue mani su di me, le tue dita che scorrono sul mio corpo, che contano le vertebre della mia schiena, dolcemente. Le tue mani che stringono fameliche i miei seni caldi, che scivolano fra le mie cosce e cercano l'anfratto umido del piacere di entrambi. Voglio la tua lingua sulla gola, sui miei capezzoli turgidi, sulla mia pelle che rabbrividisce nell'estasi. Voglio sentire il tuo corpo nudo schiacciarmi prepotentemente fra le lenzuola, imporsi su di me come una fame, un bisogno imprescindibile. Voglio che mi penetri dolcemente, rabbiosamente, senza controllo. Che ti abbandoni nel mio ventre senza più governo, con la mente vuota, col cuore in tumulto, con assoluta fiducia. Perché io non ti tradirò, non ti ingannerò e non ti ricatterò. Io ti amo, voglio amarti e voglio essere amata. Da te. Voglio che l'orgasmo sia intenso, bruciante, che ci lasci spossati e senza fiato, abbandonati l'uno nelle braccia dell'altra, appagati completamente. Tanto da aver voglia di ricominciare. Voglio che mi baci mentre mi penetri, che mi abbracci mentre ti spingi dentro di me, che lasci tutti i segni della tua passione sul mio corpo, sulla mia bocca, nei miei occhi. Voglio fare anch'io tutte queste cose a te, amarti come non sei mai stato amato. Nessun'altra potrà mai farlo come me. Qualsiasi cosa tu creda. Ecco quello che voglio. Alba.

Non spedii mai questa e-mail. Che senso aveva dirgli cosa volevo se non lo aveva mai capito? Se diceva di non potermelo più dare? Se non lo aveva mai voluto lui stesso? Non volevo più umiliarmi elemosinando il suo amore. Non ne aveva per me. Ero a pezzi e la mia vita stava di nuovo precipitando. Il vuoto era troppo grande, mi annullava.

Attraverso le lenti del tormento vidi con lucidità estrema la vita che avevo vissuto com'era davvero. E compresi. La verità è una luce impietosa sulle nostre esistenze.
L'abbandono di quella che un tempo avevo chiamato *madre* ci aveva mutilati.
Quedo non poteva più condividere l'esistenza con una compagna che poteva giurare *per sempre* e poi andarsene senza una parola da un giorno all'altro, lasciando altri cocci da raccogliere e aggiustare.

Allegra non riusciva a credere. Non aveva fiducia in nessuno e preferiva non soffermarsi su questo. La sua vita era una corsa frenetica che mirava a cogliere gioie effimere che riempissero i vuoti e impedissero a lei di ricordare ciò che non aveva più un nome da tanto tempo.

Ed io? Io ero la più miserevole di tutti. Volevo credere a dispetto di ogni evidenza. Credere alle loro bugie. Credere di poterli cambiare. Di salvarli. Sognavo. Sognavo che loro salvassero me… Stupida! Io mi tuffavo a pesce se solo lui era bravo a mentire. *Già la seconda volta!* Bastava mi corteggiasse quel tanto da farmi sentire speciale, senza capire che per lui era solo un gioco. Io scambiavo la freddezza col bisogno d'amore, il distacco con la timidezza. Ma era solo indifferenza. Io o un'altra, non aveva importanza. Non ero comunque abbastanza. Non lo sarei mai stata. Per nessuno. Alla resa dei conti c'era sempre qualcosa di più grande oltre me. Io per loro non valevo niente. Potevano voltare pagina senza ripensamenti. Tutto chiaro. Semplice. Avrei voluto uscire dalla spirale in cui ero intrappolata. Ma non ne avevo la forza. Non ero capace. Tutto era cominciato molto prima di me. E poi, la verità più semplice e lampante era che io l'amavo. Davvero. Come avevo amato Xavier. Con pienezza, con completezza. Ingenuamente. Stupidamente. Sinceramente. E questo non potevo controllarlo. Non potevo cambiarlo. Anche sapendo che ero una stupida.

A JOAQUIM

Forse dovrei farmi sparare in testa. Forse così riuscirei a dimenticarti, a non sentire più niente per te. Ti dimenticherei, non ti cercherei più, non aspetterei che tu cercassi me. Inutilmente. Non tornerai. Continuo a chiedermi il perché di un mucchio di cose. Perché hai fatto quello che hai fatto. Perché hai detto quello che hai detto. Perché sembravo così importante per te e poi mi hai chiuso in un attimo fuori dalla tua vita. Perché?

Ancora quest'estate mi scrivevi "mi manchi da morire"," penso ogni giorno alla prima volta che ci siamo baciati", "ti amo".

Cos'è successo dopo? Perché mi hai allontanata per l'ennesima volta, così brutalmente? Possibile che l'ami tanto da cancellarmi senza esitare un attimo? Ma è quello che hai fatto sempre con me, a pensarci bene. Allora cosa sono per te? Cosa sono mai stata? Niente. Una base d'appoggio per i momenti di vuoto sentimentale. Una lucciola quando era troppo buio, solo per aspettare che tornasse il sole.

Mi hai chiamata principessa, vezzeggiata, e poi buttata come uno straccio. E ogni volta che l'hai fatto poi sei tornato a cercarmi. Perché eri solo? Soltanto per questo? Sei felice ora? Non ti manca più nulla ?

A me si. Mi manchi tu. Da morire. La gioia di vivere che mi avevi restituito, la fiducia. Ho perso tutto. La felicità per me è un caleidoscopio. Tanti frammenti di vetro colorato che compongono miriadi di disegni diversi e rifrangono la luce in migliaia di modi diversi. Ma se manca un pezzo, la magia non si compie.

E a me manchi tu, non sono più felice. Vorrei che qualcuno ti tirasse fuori dalla mia testa, dal mio cuore. Anche se facesse male da morire, lo vorrei lo stesso. Perché sto già male da morire, e non passa. Aspetto di guarire, cerco di guarire, ma ogni volta che mi sembra di stare meglio scopro che non è vero. E il dolore mi annienta.

Parlo come una ragazzina, e allora?

Alla fine sono proprio quelle che ti piacciono, no? Ma io non sono più una ragazzina.

Non mi aspetto che tu capisca, e non ha importanza. Non sei maturo. Mi manchi da morire e non posso farci niente. Io ti amo. Ti amerò sempre. E se tu avessi il coraggio e la faccia di chiedermelo potrei solo risponderti che non ho mai smesso. Ma non lo farai e forse questo mi salverà.

Despedida, mi amor.

Alba

Joaquim non rispose mai alla mia ultima lettera. Il dolore non diminuiva. Non sarei mai guarita. Ma avevo ancora i miei figli, la mia famiglia. Non potevo lasciarmi andare. Imparai a mettere da parte me stessa. Imparai da Quedo. Le sue parole avevano riaperto le ferite che Xavier mi aveva inferto. Compresi che non ero una donna.

Non potevo più esserlo. Ero madre. Ero figlia e sorella. Ma una donna no.

Questo, forse, avrebbe semplificato le cose. Iniziavo faticosamente a costruire un'armatura per me stessa. La costruivo e pensavo a quanto fosse inutile e stupida.
La costruivo e pensavo *in mezzo all'oceano mi tirerà sul fondo e non avrò scampo. Affogherò.*
La costruivo comunque. Mi teneva occupata.

QUEDO

Quedo si ammalò. Andò dal dottore. Si fece visitare. Fece delle analisi.
E seppe che moriva. Quedo non lo disse a nessuno. Continuò la sua vita. Quel che ne restava.
Sistemò i suoi affari e resistette alla morte fin quando ne fu capace. Non ci disse mai nulla.
In verità andò dal medico perché noi avevamo insistito. Era sempre stanco. Capitava che perdesse l'equilibrio. Si lamentava di pesanti mal di testa. A volte commentava la cosa dicendo che ormai aveva fatto il suo tempo e che era ora di andare in pensione. Una volta che andai a trovarlo al suo negozio vidi che era sul molo, seduto su una bitta. Fissava il mare massaggiandosi le braccia. Gli dolevano, disse. Non aveva più la forza per fare il suo mestiere.
- Non torna più la mia età. Ormai sono terra per i fiori. – mi spezzò il cuore sentirlo parlare così. Mi sforzai di sorridere
- Ma va…puoi sempre ritirarti in gloria. Magari avrai più tempo per noi. Per i tuoi nipotini. So che ti piace il tuo lavoro, papà….ma non sei obbligato a tenere i ritmi di quando eri un ragazzo. Rallenta, o smetti. Decidi tu quello che vuoi fare. Puoi anche venire qui e restare a guardare il mare tutto il giorno, se ti pare. Il capo sei tu!
Sorrise, ma non disse una parola.

Una settimana dopo io e Allegra fummo raggiunte da una telefonata allarmante. Il nostro Quedo si era sentito male a bottega. Alcuni amici lo avevano portato di corsa all'ospedale, ma le sue condizioni erano ben oltre la criticità.
Lo trovammo seduto sul letto, le gambe incrociate, le mani in grembo, gli occhi bassi.
Il medico, un giovanotto dall'aria stanca e rassegnata, ci spiegò ogni cosa con dovizia. Papà aveva avuto un ictus a causa di un tumore che, dopo aver devastato gli organi interni, ora si accaniva sul suo cervello. Non sarebbe andato avanti ancora per molto. Aveva un cuore forte, ma non bastava, disse. La lotta era impari. La battaglia persa in partenza.
Quedo non voleva restare lì. Ci accordammo per una terapia contro il dolore a domicilio. Cambiai turno al lavoro e mi trasferii con i bambini a casa sua. Dopo due settimane andai in aspettativa. Papà non si muoveva quasi più dal letto, persino sedere in poltrona consumava le sue energie. Manuel e Cor erano sempre con lui. Forse qualcuno direbbe che fu uno sbaglio, che i bambini non devono vedere la gente morire. Ma quello non era gente. Era il loro nonno poeta, l'unico nonno che avessero mai avuto. E la morte fa parte del quotidiano come la vita. Inoltre loro non vollero saperne di bugie, eufemismi e tergiversazioni. Fecero domande acute e dirette. Non potei che rispondere schiettamente. A quel punto non vollero più lasciarlo. Posso dire che furono allegri e piacevoli con lui fin quando la cosa ebbe un senso. E divennero silenziosi, premurosi e straordinariamente pazienti per la loro età quando, ormai spossato, Quedo decise di chiudere la porta sul mondo.
Il dolore lo tormentava continuamente, distrarlo era diventata un'impresa. Allegra mi dava il cambio quando andavo a fare la spesa o a prendere un po' d'aria e, al ritorno, li trovavo sempre immersi in fitte conversazioni, o che giocavano a carte con i miei ragazzi. Ma avevamo la stanchezza scritta in faccia. Tutti quanti.

Furono giorni difficili, sempre. Sempre di più. Vederlo soffrire così ci piegava, ma lui non si lamentò mai. Chiudeva gli occhi ed aspettava che il fiato tornasse, che il dolore lo lasciasse in pace per un poco.
Lo trovai così, una sera che rientrai. Solo a letto, gli occhi chiusi. Il sole tramontava sul suo viso regalandogli un poco del suo rossore, offrendogli qualche minuto di apparente benessere.
- Li ho mandati a comprare un gelato.
- Va bene. Com'è andata oggi? Un giorno buono?
- Il migliore. L'ultimo. – aprì gli occhi e mi guardò con una tale intensità da farmi tremare – Ti voglio bene, Alba. Ma non mi fa piacere vederti costretta ad occuparti di me che muoio. Né te né Allegra. Avete fatto abbastanza. Non dovrete più occuparvi di niente. Ho sistemato tutto, sai.
- Papà…
Non potei trattenere le lacrime. Parlava con calma, il suo tono pacato di sempre. Avrei detto che non era più malato, se non avessi potuto leggere tutti i segni del dolore sul suo viso, sulle sue labbra, negli occhi appannati dalla stanchezza. La lotta era così vergognosamente impari!
- No. Dico sul serio. Voi non dovrete occuparvi di niente. A suo tempo lo saprete. Ho messo tutto a posto. Le cose in ordine. Lo sai, sto male da impazzire. Il dolore non mi da tregua. Nemmeno le medicine servono più a niente. Eppure non vorrei morire….mi piace vivere. E' così bello essere vivi.
I dottori gli avevano dato sei settimane al massimo. Sei settimane cioè quarantadue giorni. Quedo ne visse ottantasette.
Non chiuse gli occhi. Dovetti chiuderli io per lui. Avevano ancora il tramonto dentro, così rosso e dorato sul mare che diveniva sempre più scuro. Come i suoi occhi. Come i miei. Misi a posto le coperte, le lisciai con le mani. Lisciai anche i suoi capelli e lo baciai sulla tempia. Infilai la mano nella sua. Come se fosse lui a tenermela. Come quando ero piccola ed andavamo a passeggio sul molo, io da una parte, Allegra dall'altra. E rimasi seduta accanto a lui, ad aspettare che mia sorella ed i bambini rientrassero. Ad aspettare il dottore perché constatasse ufficialmente che mio padre non era più.
Guardavo quel volto spento, senza più tormento, senza più dolore, senza pace e serenità. Senza niente. Credo che fu quello il momento in cui vidi il volto di Dio.
Un sublime assoluto niente, in cui non c'è cosa che abbia importanza o valore.
Un vuoto perfetto senza peso né consistenza. L'assenza del tutto e del nulla. L'assenza di qualsiasi sentimento, emozione o pensiero. Come percepire l'assenza dell'assenza. Un niente che non pesa, che non è mancanza. Che non è. Un vuoto che non esiste e quindi non è assenza. Perché non puoi sentire la mancanza di qualcosa che non conosci, che non c'è. Non puoi sentire se non sai sentire. *Se non*. Ecco cos'è la morte, cos'è Dio. E se nel niente non c'è niente, per definizione, allora non c'è dolore, nostalgia, amore. Nessun vuoto. Quello che conta è qui. E' tutto qui. Noi. Ora. Oltre no. Oltre è niente. Questa vita è la nostra unica possibilità. Questa vita è tutto ciò che abbiamo.

E' vero, papà. E' bello essere vivi. E piace anche a me, malgrado tutto.

Quedo si era davvero occupato di tutto. A noi non restavano che le lacrime.
Un profondo senso di vuoto e di smarrimento. Pensare ad una vita senza di lui era davvero troppo. Sembrava impossibile. Ma Quedo, il caro tranquillo Quedo aveva sistemato le cose, aveva messo in ordine una volta di più. Una volta per tutte. L'incaricato di un agenzia di pompe funebri si presentò poche ore dopo che il medico aveva stilato il certificato di morte. Ci porse le sue condoglianze e ci informò che nostro padre aveva già pianificato ogni cosa. La cerimonia fu molto semplice. Il suo corpo venne cremato perché lui voleva così e le sue ceneri ci sarebbero state consegnate non appena sbrigate le formalità di rito. Un funerale modesto. Il banchetto invece fu sontuoso. Per noi, per i vicini, i fratelli, gli amici, i parenti, i vecchi clienti. Qualcosa da ricordare a lungo. Nessuna spesa per il cimitero, la manutenzione, la luce. Niente. Solo il ricordo di lui. Un bel ricordo. E i suoi oggetti, i suoi mestoli, coltelli, posate. Le sue scatole, i presepi, i giocattoli. Solo questo doveva restare di lui. E continuare per lui. Questo era il volere di Quedo. E così fu.

Papà aveva venduto la bottega e quasi tutti gli attrezzi ad un giovane artigiano, il ricavato era stato depositato su conti intestati a nome mio e di Allegra. Né Xavier né la vecchia Ines avrebbero potuto metterci le mani sopra, se fossero ricomparsi. Aveva fatto le cose per bene. Andammo al negozio per conoscere il suo erede putativo. Joao era un ragazzo piuttosto giovane, molto bravo. Aveva la mano buona. Si disse molto dispiaciuto per la nostra perdita. Durante il passaggio di consegne aveva avuto modo di lavorare con papà per qualche settimana e l'aveva trovato straordinariamente dotato. Noi non sapevamo nemmeno che questo era accaduto.
- In pochi giorni ho imparato più cose da Quedo che in un intero ciclo di scuola. E non solo per il lavoro. Era un uomo di una saggezza e di un'umanità fuori dal comune. Un vero poeta.
Sorrisi a queste parole. Quedo era ancora lì, nella sua bottega. Sul molo a passeggiare. Fra la gente con cui era vissuto. Era ancora al mio fianco. Nel mio cuore.
Aveva lasciato i suoi ultimi lavori a Joao in conto vendita. Ne ritirammo alcuni. Volevamo un ricordo del nostro papà, del nonno. Volevamo trattenerlo con noi il più a lungo possibile. Sapevamo che il tempo attenua il dolore ed offusca i ricordi. Questo è un bene, ma davamo subito inizio alla lotta per la memoria. Portammo le ceneri di papà sulla spiaggia del Natale, come la chiamavano Cor e Manuel. Lo lasciammo andare lì, sull'oceano che rombava e respingeva la sabbia con rabbia mentre la primavera volgeva al termine. Il vento ci asciugava le lacrime e ci graffiava i volti. Salutammo papà in silenzio e tornammo a casa. Dopo pochi giorni Joao ci chiamò dicendosi pronto a regolare i conti. Tutte le cose di Quedo erano state vendute. Gli amici, i conoscenti, praticamente l'intero paese ed altre persone dai paesi vicini erano andati alla bottega in una sorta di pellegrinaggio per acquistare un ultimo lavoro del poeta. Tutti volevano un ricordo, un ninnolo, un utensile di cucina, un personaggio per il presepe, qualsiasi cosa purché nata dalle mani di Quedo.
- Molti si sono detti soddisfatti che io abbia rilevato il negozio, mi vedono come il suo erede naturale. Si sono addirittura soffermati sui miei lavori, mi hanno fatto i complimenti ed hanno acquistato anche qualcosa di mio.
- Il passaggio di consegne è ufficiale, allora.
- Così sembra…

Ringraziammo Joao e tornammo per l'ennesima volta a rimboccarci le maniche nel tentativo di ricostruire la nostra quotidianità col poco che restava. C'erano così tante macerie intorno a noi. L'elenco di quelli che, in un modo o nel'altro, ci aveva lasciati diventava più lungo, superando di molto quello degli affetti che restavano. Avevo paura del domani. Mi restavano ancora pochi giorni di aspettativa e decisi di usarli per stare con i miei bambini. Organizzammo qualche gita, qualche pic nic. Ci rifugiammo in casa nei giorni di pioggia. I nasi schiacciati sulle grandi vetrate del salotto. Il cielo sembrava piangere con noi e quella simbolica solidarietà ci consolava un poco. Allegra scomparve dopo l'ultima visita alla bottega di papà. Sembrava aver esaurito tutte le sue capacità organizzative. Non c'era niente da sistemare. Lui aveva pensato a tutto. Ogni cosa era come doveva essere. Potevamo abbandonarci al nostro dolore e poi riemergerne per continuare ad esistere. Allegra vi si immerse totalmente.

Non avemmo sue notizie per più di un mese. Quando sentivo la preoccupazione divenire intollerabile le mandavo un messaggio per sapere come stava, se le occorreva qualcosa. Rispondeva solo si e no. La lasciai in pace. Ognuno di noi ha diritto di vivere il suo dolore come crede.

Riapparve trentaquattro giorni dopo. Non disse dov'era stata o cosa aveva fatto e non glielo chiesi. Disse solo:
- Andiamo a prendere un gelato sul molo? – i bambini gridarono "si" all'unisono ed uscimmo. Eravamo in piena estate, il tempo era buono. Sul molo c'era un mare di gente. La bottega di Quedo, ora di Joao, era piena di clienti. Ci fece un cenno sorridendo quando ci vide passare lì davanti.
- Ho pianto tutte le mie lacrime. Ora devo ricominciare ad essere. Terapia di gruppo martedì? E' parecchio che non ci troviamo e secondo me hai un mucchio di cose da raccontarmi. – mi guardava di sottecchi mentre parlava. Il suo sorriso era ferito da una piega amare vicino alla bocca. Ma i suoi occhi erano limpidi, perfino sereni. Allegra era così. Riusciva sempre a mettere da parte i massi che ti si appoggiano sul cuore mentre vivi, ed a proseguire. Dove la trovava questa forza?
- Martedì rientro al lavoro, avrò parecchio da fare. Rimandiamo al prossimo, per favore.
- Va bene. Ti chiamo per confermare?
- Ma no. Restiamo d'accordo per martedì e basta. Il maelstrom è passato, ormai.
- Bene. Ho proprio voglia di bermi un bicchiere di vino pregiato alla faccia di Xavier.
- E' rimasta una sola bottiglia. Dovrò andare per cantine a cercarne altre.
- Ti farai una cultura. Il rinnovamento è una cosa buona. Non è mai tornato? Nemmeno per i ragazzi? Nemmeno per papà?
- No.
- E loro come la prendono?
- Non so. Fanno finta di niente. Ma non credo che non ne soffrano… Le cose che dici o che non dici. Le cose che fai o che non fai. Hanno sempre influenza sugli altri, nel bene e nel male. Non credo che gli perdonerò mai quello che sta facendo ai suoi figli. Non riesco a perdonargli le cose che mi ha detto, figurarsi questo…

Manuel e Cor De Rosa correvano sul molo fermandosi a tratti a chiacchierare con i vecchi amici del nonno, a salutare i gatti del porto, o a lanciare sassi nell'acqua. Ridevano e gridavano sopra il frastuono della risacca. Sembravano leggeri come nuvole.

Continuammo a camminare ancora un poco e li raggiungemmo dove diverse persone facevano capannello intorno ad un'animata discussione fra un commerciante ed un turista tedesco. Il tizio aveva perso la presa su un manufatto di corallo che era caduto a terra ed era andato in frantumi ma non era disposto a pagare il danno. Dovettero intervenire le forze dell'ordine per indurlo a più miti consigli. La mia attenzione fu attirata dall'oggetto che giaceva sul selciato. Mi chinai a raccoglierlo, era un cuore di corallo rosso, un rameto cesellato e lavorato finemente, cavo all'interno. Sembrava una gabbietta fatta per accogliere l'uccellino più piccolo al mondo. Era stato sicuramente un oggetto di gran pregio, ma ora era ridotto in pezzi. Mi dispiacque. Mi sembrò di tenere il mio cuore nelle mani. Quel pezzo di corallo ero io.

Il commerciante si chinò ad aiutarmi. Lo conoscevo. Era amico di mio padre.

- Buongiorno, Alba. Lascia stare. Almeno quel tedesco si è deciso a pagarmi il danno.
- Te lo prendo io, Paco.
- Cosa te ne fai? Il corallo non si può incollare e con questa lavorazione non si può nemmeno tagliare per farci una collana.
- Non fa niente, lo prendo così com'è. Quanto vuoi? – mi guardò per un momento dritto negli occhi. Sorrise mestamente
- Ma niente, Alba. Se ti piace.. E' tuo.

Lo avvolse in un pezzo di carta e me lo consegnò. Ci salutammo. Non so perché lo presi. Era davvero ridotto in pezzi. Irreparabile. Proprio come me.

GABRIEL

Conobbi Gabriel Winterless quindici anni fa. Era un vecchio cliente della ditta in cui lavoravo.
Uno dei migliori in verità. Ci fa visita periodicamente per valutare il nostro catalogo ed avere
dimostrazioni sui prodotti. Tipo simpatico, oltre la cinquantina. Sempre molto elegante e gentile.
Piuttosto riservato. E' sempre stato molto gentile con me. Ogni volta che passa da noi, vale a dire
tre o quattro volte l'anno, mi invita a pranzo e mi impegna in una conversazione in inglese o
francese per tutto il tempo, spingendomi a considerevoli progressi. Gliene sono sempre molto grata.
Un paio di volte mi ha perfino offerto un lavoro nella sua sede di Londra. Mi sono sentita davvero
lusingata ma, anche volendo, non avrei potuto accettare. Quando seppe dell'abbandono di Xavier si
mostrò molto colpito. Mi suggerì spesso di chiedere il divorzio. Diceva che dovevo voltare pagina,
liberarmi di lui, non nutrire speranze sul suo ritorno. Xavier non mi meritava e non doveva mai
credere che io lo stessi ancora aspettando.
Io non rispondevo. Non mi aspettavo che Xavier sarebbe mai tornato da me dopo quello che mi
aveva detto. E non avevo bisogno di divorziare per voltare pagina. La verità è che non volevo
doverlo vedere, dovergli parlare, nemmeno attraverso un avvocato. Sentivo che se qualcuno mi
avesse detto " Xavier dice" o "Xavier chiede" o "Xavier vuole" sarei scoppiata. Come non so. Forse
in lacrime. Oppure gli sarei saltata addosso e lo avrei picchiato. O sarei scoppiata letteralmente,
diventando una pioggia di coriandoli e scivolando via nel vento. Non volevo niente di tutto questo.
Non volevo nemmeno sentirlo nominare, mai più. E poi c'erano i ragazzi. Non sapevo come
comportarmi ma sapevo che non potevo chiudere del tutto con lui. Non potevo togliere loro la
chance di riavvicinarsi al padre, che lo volessero o meno. Anche se non ne parlavano mai e
sembravano non aspettarsi niente da lui. Non avrei detto io l'ultima parola. Non spettava a me.
Lasciai le cose come stavano.

Sono tornata al lavoro e la parte più difficile è stata accogliere tutte quelle manifestazioni di
cordoglio. Ringraziare mandando giù il mio rospo e sorridere mestamente mentre vorrei gridare fino
a bruciarmi la gola, a fonderla come un pezzo di ferro senza forma. Mi chiudo nel mio ufficio
seppellendomi sotto tutte le pratiche inevase che attendono docilmente sulla mia scrivania. Nel giro
di una settimana e con poche ore straordinarie mi rimetterò in pari, la collega che mi ha sostituito ha
lavorato bene. La bella Ines del reparto chimico se n'era andata nella ditta di Porto con Joaquim,
così non devo sforzarmi di evitare nessuno dei due. Posso crogiolarmi nel mio dolore e rimirare tutti
i pezzi del mio cuore uno per uno fino allo stremo senza confrontarmi con la realtà. Stranamente il
dolore per il mio Quedo ha obliato quello per Joaquim. Si perde nella nebbia, anestetizzato. Lo
lascio dove sta senza rammaricarmene. Il lavoro mi distrae da tutto per otto ore al giorno. Ormai è
la stagione di Gabriel. Di solito arrivava prima dell'inverno per rinnovare le sue ordinazioni. E'
questione di giorni. Le nostre conversazioni mi distrarranno ulteriormente.

Venerdì mattina Gabriel Winterless ha chiamato dall'aeroporto per avvertire che sarà in ditta in
meno di un'ora. Ho già preparato i nostri cataloghi ed i campioni per le ordinazioni. Ma non è lui ad
entrare nel mio ufficio. E' Joaquim. In un battito di ciglia perdo la capacità di respirare e di

dialogare propria di ogni comune mortale. Mi sorride come se non fosse passato un solo giorno dall'ultima volta che ci siamo visti. Come se il nostro ultimo incontro non ci fosse stato e non avesse provocato dentro di me l'immane catastrofe che invece mi ha fatta a pezzi. Come una cretina riesco a dire solo un distaccatissimo
- Buongiorno.
- Ciao, Alba. Finalmente ti trovo. Sono venuto tante volte a cercarti e non c'eri mai.
- Perché? - sussurrai
- Per salutarti.
- Non ce n'è bisogno. Non devi venire a salutarmi per forza. – le mie parole sembrarono ferirlo
- Io non faccio niente se non voglio. Se vengo a trovarti è perché ho voglia di vederti. Punto e basta. Ho voglia di vederti. Ti trovo molto bene, fra l'altro. Continua così. – se voleva essere un complimento non sortisce l'effetto sperato.

Ho perso peso, non ho mai appetito. Non sono felice ed il periodo che si sta concludendo non è certo il migliore della mia vita. Ed è anche colpa sua. La malattia di mio padre è arrivata in concomitanza con il suo abbandono e le sue parole, così simili a quelle che aveva usato Xavier, non riesco proprio a dimenticarle. Non riesco ad essere normale, non sono felice. Sento che non lo sarò mai più.

 Le mie qualità si vanno assottigliando. Sono madre, madre e basta. Non più figlia. Non più donna. Solo come madre potrò ancora avere una buona vita. Ma il resto no. Quelle porte mi si sono chiuse in faccia, due volte addirittura. E non si riapriranno mai più. E lui viene qui per cosa? Per sbattermi in faccia la sua felicità? Per vedere quanto danno ha fatto? Per dirmi che sono di nuovo bella, attraente? Bella ma non abbastanza. Comunque non per lui. Che forse potrei ancora piacere? E per quanto? A settimane alterne, due ore nei week end? Grazie, no.

Sospiro allargando le braccia e chinando il capo come una bambina che fa l'inchino, accennando una smorfia che vuol fingersi sorriso.
- Che fai di bello?
- Lavoro.
- Solo lavoro?
- Già. E scusami, ho molto da fare…
- Fermati, dove vai…parliamo un po'.
- Preferisco di no. – mi piace ributtargli in faccia le sue espressioni, le sue parole. Provo un piacere perverso credendo che in qualche modo lo colpiscano e sapendo che invece ferisco solo me stessa.
- Ma dai. Abbiamo così tante cose da dirci. Tu hai sempre cose da dirmi. Parliamo un po' Alba…abbiamo sempre parlato, io e te….come va col tipo del settore informatico? – sento la mia voce stridere come un'unghia sulla lavagna mentre rispondo
- E a te cosa importa? Non hai più nessun diritto.
- Perché no? – mormora appena – Ma è solo perché sono curioso. Guardami, Alba. Guardami negli occhi solo un momento.

Mi trattiene per il braccio ed io sento che il suo tocco mi brucia fino alle ossa. Se avessi un'anima brucerebbe anche lei. E forse brucerebbe cantando.
- Non ho mai voluto farti star male. Mi credi?
- Non cambia niente.
- Però è così. Lo sai. Te l'ho sempre detto.
- Non cambia niente. Fai a meno di venire a salutarmi quando passi. Non cercarmi più.
- Non vuoi che venga? Non posso venire a trovarti? – ora vedo coi miei occhi che l'ho ferito.

Se fossi pazza penserei di essere ancora nel suo cuore. Penserei di avere ancora una speranza. Di poter tornare a far parte della sua vita. Di averlo ancora nella mia e, lo giuro, sarei pronta a dividerlo con un'altra, con cento altre, se solo mi amasse un poco.

D'accordo. Sono pazza. Però non posso permettermi di sperare. Non posso sognare più. Non posso mettermi nelle sue mani ed aspettare che mi faccia di nuovo a pezzi. Anche perché nessuno mi ha potuta aggiustare e non potrebbe fare più pezzi di quelli che io sono già. Ma sentirei comunque dolore. E non posso più. Debbo restare ferma sulle mie posizioni. Devo smettere di pensare. Mi sto difendendo da un sogno e una speranza che esistono solo nella mia mente.
-	Va bene. – torna a prendermi per un braccio, cerca di avvicinarmi.
Pericoloso. Troppo pericoloso. Non posso permetterlo. Vorrei solo che mi stringesse e mi baciasse. E se si avvicina ancora sarò io a baciarlo. Ma lui mi respingerà. Non è me che vuole. Non è questo. Allora no. Tienilo lontano, Alba. Non lasciarlo avvicinare, altrimenti ti perderai come un bicchier d'acqua versato a terra. Capisce che non voglio farlo avvicinare.
-	Voglio solo abbracciarti.
No! Se tu mi abbracciassi io morirei!
-	No. Io non voglio. Non voglio che mi tocchi. Vattene, Joaquim, e lasciami in pace.
Resta fermo un attimo, la sua mano sul mio braccio che brucia ancora e anche di più. Vorrei solo che mi stringesse. Che mi baciasse. Vorrei che lui lo volesse. L'ho ferito. Si vede. Mi domando solo quanto. Tanto da pensare che conto davvero qualcosa per lui? Potrebbe rendersene conto? Ma no, ho ferito solo il suo orgoglio. Non è niente. Non ho speranze. Vorrei solo che mi amasse. Vorrei che avesse bisogno di me quanto io ho bisogno di lui. Vorrei che mi volesse ancora malgrado tutto il male che mi ha fatto. Ma non posso dirlo. E non posso volerlo. Non lo guardo nemmeno. Tengo gli occhi bassi. Non potrei sopportare di guardare nei suoi. Capirebbe cosa provo. Ne sono certa. E non potrei sopportare di essere respinta ancora una volta.
-	Va bene. – si volta per andarsene – Grazie per tutto quello che hai fatto per me.
In quel momento sento un rumore sordo dentro al petto. Ecco l'ennesima staffilata! C'era ancora qualcosa da spezzare? Possibile? E cosa avrei fatto per lui? Cosa ho fatto per te, Joaquim? Mi sento trattata come una prostituta. *Grazie per la prestazione. Arrivederci.* Mi ribello alla sensazione ed al suo atteggiamento. Non ne posso più.
-	Joaquim!
-	Si?
-	Due cose. Guardami negli occhi. – dico come ha fatto lui poco prima con me – Non è vero niente. Non ti importava. Farmi male o farmi bene, non ti è mai importato. A te importava solo Joaquim. I sentimenti di Joaquim, le voglie di Joaquim. Solo quello. Non capisco neanche perché hai detto di amarmi. Perché hai mentito.
-	E' quello che pensi tu…
-	Va bene comunque. Non ho motivi per pensare diversamente.
-	Ma…
-	Fammi finire. La seconda cosa. Non sto male. – mento. Ma riesco a non far tremare la voce. Almeno lo spero. Ho tanta voglia di fargli del male, di colpirlo. Vorrei averne il potere. Ma sto solo facendo la commedia – Tu non lo vali. - La sua espressione cambia. *Colpito! Vorrei che sanguinassi.* - Ora vattene fuori dalla mia vita e restaci. Lasciami in pace. – mormoro.

In quel momento vediamo Gabriel sulla porta. Sta lì da qualche minuto, a giudicare dal suo sguardo. Non si scompone. Avanza salutandomi ed ignorando deliberatamente Joaquim. E questo non è da lui, sempre così compito ed educato.
-	Buongiorno Alba.
-	Buongiorno Gabriel.
Entra e prende le mie mani fra le sue, le stringe delicatamente dicendo
- Sono profondamente addolorato per la sua perdita, Alba. Confidi in me per qualsiasi cosa possa necessitarle. Non esiti. – vedo Joaquim irrigidire le spalle sulla porta, esita un momento prima di andarsene. Batto le palpebre per cacciare indietro le lacrime che vogliono a tutti i costi farsi strada fuori dagli occhi. Non sono come Allegra, io. Non ho ancora pianto tutte le mie

lacrime. Mi sembra invece di averne una riserva infinita, come se fossi io la depositaria di tutta l'acqua salata del mondo. Non finiscono mai.

- Grazie, Gabriel. Lei è sempre così gentile. – mi riprendo le mie mani e mi avvicino alla finestra. Guardo Joaquim allontanarsi nel piazzale con la sua Ines, mano nella mano. E' venuto ad approcciarmi tenendosela fuori dalla porta? All'improvviso lei mi fa un po' pena. Che vita l'aspetta? Lui non si volta. Non lancia nessuno sguardo alla finestra del mio ufficio. Ma mi pare che la sua postura abbia un che di rigido. Lo immagino compreso nella sua parte. Una per ogni donna della sua vita. Che tristezza.
- Alba. Ho già sbrigato i miei affari col suo capo. Domani torno a Londra. Ma c'è una questione che mi sta molto a cuore e di cui vorrei parlarle. Vuoi pranzare con me? Diciamo verso le tredici? – è passato al "tu" con disinvoltura ma percepisco un tremolio nella voce. La stanchezza di esistere e lo spalancato dolore della canzone mi piombano addosso in un momento.
- Gabriel….
- No. A pranzo. Mi rendo conto solo ora di aver forse lasciato andare il mio tempo tergiversando e lasciando troppo spazio alla casualità invece di agire come è mia consuetudine fare laddove la chiarezza di idee e sentimenti me lo consentirebbe. Una mossa deplorevole considerando che l'esperienza e l'età dovrebbero ormai avermi insegnato a non sprecare nemmeno un minuto della mia esistenza. Sono certo che tu capisci quello che voglio dire. Ma lascia che io lo dica. Io so quello che voglio. Conosco il senso ed il peso delle parole nella loro pienezza. Non sono un ragazzino, Alba. A pranzo alle tredici. Parleremo meglio.

Se ne va lasciandomi interdetta a tentare di risolvere questa nuova cosa che dovrebbe farmi ridere e invece mi fa sentire solo più stupida e dannatamente inutile.

Le lacrime mi salgono agli occhi, cerco un fazzoletto nella borsa per prevenire i danni al trucco e trovo l'involto di carta con i pezzi di corallo che ho preso sul molo giorni fa. L'avevo dimenticato… Lo apro ed osservo i pezzi sparsi come gocce di sangue sulla carta bianca. Un cuore frantumato senza riguardo. Sono troppo stanca per parlare. Troppo stanca per soffrire. Prendo un foglio dalla stampante e scrivo qualche riga. Poi lo butto. Mi siedo e faccio un bel respiro profondo. Riordino le idee. Cosa voglio davvero. Di cosa ho bisogno. Posso considerare seriamente le parole di Gabriel? Perché Joaquim è venuto a cercarmi? Di cosa ho bisogno io? Ricomincio a scrivere. Stavolta va meglio. Ripiego il foglio con cura e lo attacco sul pacchetto che ho ricomposto con qualche pezzo di nastro adesivo.

Sono stanca. I bagagli della mia vita cominciano a pesare. E' tempo di dimenticarne qualcuno sul treno e scendere a mani vuote. Leggera.

Alle tredici Gabriel mi aspetta seduto al tavolo all'aperto del ristorantino convenzionato con la Ditta per i pranzi di lavoro. Sorride vedendomi e si alza cavallerescamente per farmi accomodare. Questo mi spinge a riflettere sul fatto che è stato sgarbato con Joaquim poco prima. Lo ha deliberatamente ignorato e isolato con i suoi modi. Non è da lui. Non si comporta mai così scorrettamente. Quanto sa di me? Di noi? Da quanto tempo? Gabriel sa… intuisce la fine della nostra storia. E le sue parole sono chiare. Le sue intenzioni sono chiare. Quindi pensa a me in modo diverso da quello che io credevo. E da quanto? Ridicolo. Uomini che si fanno avanti uno per volta per rassicurarmi sulle mie qualità femminili per poi smontarle una ad una e trasformarmi seduta stante in un involucro informe, datato, dismesso. Forse Gabriel non mi farebbe questo. Forse lui mi amerebbe ed idolatrerebbe per il resto dei miei giorni. No. E' una stupidaggine. E comunque è un gioco che non voglio più giocare. Un gioco in cui ti fai male sul serio. Non voglio giocare più. Voglio solo nascondermi in un angolo buio e leccarmi le ferite fino a dimenticare tutto. Ecco cosa voglio. Elucubrazioni perfettamente adatte alla "terapia di gruppo". Allegra avrebbe le risposte. Lei le trovava sempre. Mi sento ancora più determinata nella mia decisione. Non voglio più essere usata. Non voglio che qualcuno si prenda ancora gioco di me. Quello che ho avuto può bastarmi per tutta la vita. Nel bene e nel male.

- Alba…Vorrei che tu venissi a Londra con me. Considera l'idea di essere una dipendente fidata. Io potrei essere un buon capo. Un buon marito. Un tutore fidato. Una di queste cose o tutte. Pensa a quello che vuoi dalla vita per te. Decidi cosa vuoi, cosa desideri. Io posso dartelo e vorrei farlo. Credo che sia giunto per te il momento di cambiare aria, cambiare prospettiva. Puoi ricominciare da un'altra parte. Ricominciare da zero.
- Ho due figli, ricordi?
- Ma certo. E lo dico anche per loro. Ci sono ottime scuole nel Regno. Posso organizzare tutto in pochi giorni se dici di si. Prendi in mano la tua vita, Alba. – tende la mano sul tavolo, sfiora la mia.
- E' quello che farò. – mi ritraggo sospirando - Sono lusingata. Non voglio ferirti, ma non intendo ricominciare la mia vita con una relazione. Non funzionerebbe. Io non la voglio.
- Per i tuoi figli? Non credi che siano abbastanza grandi da capire?
- No. Cioè, si. Credo che loro capirebbero. Sono io che non capisco. Non capisco più niente. E non ho proprio….non ho parole per spiegarti.
- Non devi decidere subito. Rifletti per un po'… – tiro fuori l'involto senza parlare e lo poso sul tavolo davanti a lui.
- Forse è meglio che sia tu a pensarci, Gabriel. Prenditi tutto il tempo. Prenditi anche il mio. A me non serve. – vorrebbe aprire il pacchetto ma lo fermo e sembra piacevolmente sorpreso da quel breve contatto.
- Aprilo quando sarò andata via, per favore. O a Londra… non ora.
- Va bene. – mi alzo
- Non pranzi con me?
- Proprio non ho fame. Sono mesi ormai. Scusami. – faccio due passi, poi mi volto
- Comunque grazie per avermi pensato così… La cosa è… Inaspettata. Piacevolmente. Davvero. – sorrido appena e me ne vado, lasciandolo interdetto ad osservare prima me di spalle, poi il pacchetto sul tavolo. Un animale silenzioso e sanguigno che aspetta di rivelargli i suoi piccoli segreti.

Mi sento un po' più leggera mentre mi allontano, un po' meno triste. Meno sola. Sorrido a me stessa e penso che per quel giorno potrei anche andarmene a spasso fino all'ora di ritirare i ragazzi da scuola. Magari posso far compere per una cena speciale.

Se solo avessi fame.

- E cosa hai scritto nel biglietto?
Allegra prende il sole mentre i bambini corrono su e giù per la spiaggia come matti con il nuovo
membro della famiglia ridendo a crepapelle. Io sorseggio il mio ultimo bicchiere di Shira.
Gentilmente offerto da Xavier. Sulla tovaglia, accanto alla bottiglia campeggiano vassoi semivuoti
di pasteis de nata e queijadas de Sintra. Abbiamo deciso che la giornata era troppo bella per restare
a casa, così abbiamo organizzato una merenda in riva al mare.
- Non *terapia di gruppo*, oggi. Riunione di famiglia. Quedo non può essere lontano.- ha
sentenziato Allegra - I ragazzi sembrano davvero felici. Hai fatto bene a portare a casa il botolo.
Farà bene a tutti.
Il *botolo*, tutto nero e squilibrato, rotola letteralmente fra le gambe di Cor De Rosa cercando di
raggiungere Manuel. Non si ferma mai.
I ragazzi sono cresciuti così tanto nel corso dell'ultimo anno che a stento li si riconosce. Così alti e
sottili, ormai sono davvero *ragazzi*, anche se io continuo a pensarli bambini. I miei bambini…
Il botolo si chiama Compota ed è la realizzazione del loro desiderio di avere un cucciolo. Il nome,
ovviamente l'hanno scelto loro. I miei piccoli poeti. Xavier si era sempre rifiutato di tenere un cane.
Un cane significava responsabilità, impegno, uscite mattutine e serali per le passeggiate di rito con
qualsiasi tempo ed in qualsiasi situazione. Non faceva per lui. Ma loro morivano dalla voglia di
avere un cucciolo e non hanno mai avuto paura delle responsabilità. Così abbiamo fatto un altro
passo in direzione ostinata e contraria alla strada che lui aveva tracciato. Fa bene anche a me.
Possiamo camminare a lungo in silenzio, pensare, rimettere le cose in ordine, e andare avanti ancora
un giorno. Compota non mi critica mai e non trova mai difetti nei miei soliloqui mormorati.
Non fa commenti sarcastici sulle mie scelte. Non trova che la mia forma fisica sia poi così
disastrata. Mi ama semplicemente, come solo un cane può fare, e devotamente, tanto più perché
sono la mamma dei padroni indiscussi del suo cuore.
 E qualche volta sembra davvero capirmi, perché all'improvviso mi si mette davanti impedendomi
di camminare ancora e mi obbliga a lisciarle a lungo il pelo, finché non torno serena. Ormai ho
smesso di piangere. Non ho finito la mia riserva, ma almeno posso dominare il mio male oscuro e
costringerlo nell'angolo buio del mio cuore per la maggior parte del tempo. Grazie, Compota.
Grazie, miei tesori.
- Allora? Vuoi dirmi cos hai scritto nel biglietto?
- Qualcosa tipo "Ecco il mio cuore. Come vedi è in pezzi e non si può aggiustare. Ci vorrebbe
    troppo e non è detto che funzioni più come prima. Lascia stare."
- Veramente?

- Più o meno. Penso di averlo scritto meglio di così. Ma non me lo ricordo . Non sono come te e papà. La poesia mi ha scansata alla nascita.
- Alba, sei proprio scema. A te la poesia esce dalle mani invece che dalla bocca. Le parole ti scivolano fuori dalle dita come filamenti del cuore. Tutto qui. La linea di continuità del talento non si è interrotta. Siamo sempre Primavera. Io, tu, i ragazzi. Tutti Primavera. Però lui potrebbe trovarlo un po' melodrammatico, non ti sembra?
- Certo. L' ho fatto apposta.
- Perché?
- Perché agli uomini non piacciono le donne melodrammatiche. Le trovano pesanti. Noiose.
- Cioè pensi che così non tornerà alla carica?
- Credo di no. Io non lo farei.
- La verità è che sei ancora innamorata di Joaquim.
- Credo di si.
- Pensi che tornerà da te?
- No. Ma se anche fosse…potrei lasciarlo tornare? Lasciarmi fare ancora male?
- Magari questo Gabriel poteva essere la cura.
- Quante volte ci si può innamorare in una vita?
- Due. Duecento. Duemila. Non credo che la risposta sia una sola né che valga per tutti.
- Io voglio fermarmi qui, Allegra. Basta avere male dentro. Basta piangere come una cretina. Basta parole cattive.
- Ehi! Un momento! Tu non sei brutta, né grassa né vecchia! Mettitelo in testa. Sono solo parole. Le hanno dette per scaricarti. Perché non avevano il coraggio di dirti in faccia che si erano presi una cotta per un'altra. Sono dei vigliacchi e dei bastardi da competizione. Magari non è nemmeno colpa loro se sono fatti male. Non del tutto. Ma un po' si, accidenti. Hanno l'età e le capacità. Sono uomini. Un po' di sana autocritica e il coraggio di assumersi le proprie responsabilità non guasterebbero.
- Resta il fatto che sono riuscita a mettere via la storia con Xavier. E ci ho fatto due figli. Mentre non riesco a fare lo stesso con Joaquim.
- Ci vuole tempo. Per Xavier ti ci sono voluti tre anni. E non è vero che hai chiuso. Stai fingendo bene. Ma stai fingendo.
- Forse.
- E se Gabriel torna a farsi avanti? Potrebbe sorprenderti. – alzo le spalle
- Ho messo vino nuovo in cantina. – mi sorride con una smorfia.
- Questa non è una risposta.

Non la guardo negli occhi. Non me la sento proprio. Nemmeno io ho capito tutto. E so di non essere alla sua altezza quanto a conoscenza o coraggio. Il fatto è che davvero non voglio più tutto quel dolore. Devo arrendermi, accettare la sconfitta.
Ma questo vorrebbe dire smettere di aver voglia di vivere. Smettere di amare la vita?
Ripenso a mio padre: "Sono terra per i fiori. Eppure mi piace vivere."

- Se non ci fossero loro….se non ci fossero Manuel e Cor, credo che potrei alzarmi da qui, adesso, e cominciare a camminare. Andare dritto, sempre dritto. Finché camminare non serve più. Se non avessi loro sento che non mi piacerebbe più vivere.
- Beh, accidenti. Per fortuna li hai. Tutti e due. E non dimenticarlo. Mai.
- No. – batto l'indice sulla tempia un paio di volte, mormoro – Ma la mia casa è piena di fantasmi. – sospiro piano - La verità che ho appena trovato: non ho bisogno di un uomo. Non mi serve un uomo. Devo imparare a rifiutare le bugie invece di crederci.
- Si, e a ricordarti che vali, con o senza un uomo accanto.
- Si.

La radiolina che ci siamo portate dietro trasmette "La bambina portoghese". Si potrebbe immaginare niente di più significativo? E' il karma? Mio padre è lì. Davanti a noi. Sento che mi accoglierebbe a braccia aperte. Cioè lascerebbe le mie ceneri mescolarsi alle sue. Un pensiero che scalda il cuore. Se potessi perdermi. Se mi fosse dato perdermi. Sollevo il bicchiere continuando a fissare l'oceano davanti a noi.

- Mi manca così tanto.

non domanda a chi mi riferisco ed io non aggiungo altro. Buffo come l'assenza del soggetto nella frase la renda meno soggettiva, appunto. In questo modo la sua vaghezza, la sua imprecisione apre la vita a milioni di possibilità, milioni di sfumature. Allarga i suoi limiti e riesce a racchiudere tutta l'infinita varietà di sentimenti e pensieri che l'essere umano può avere dentro e che lo dilaniano senza farlo sanguinare. Almeno è così per me. E non mi sento blasfema nel pensiero. Non metto mio padre sullo stesso piano di quelli che mi hanno lasciata perché non mi volevano più. E' diverso, lo so. Ma di ognuno sento la mancanza. Sento il mio cuore struggersi di dolore. Sento il vuoto che hanno lasciato e non so colmarlo. Credo che non lo potrò colmare mai. Se almeno avessi qui il mio papà, il mio Quedo, andare avanti sembrerebbe meno difficile. Credo.

- Mi manca da morire. – bevo ancora e poi alzo il calice
- A Primavera.
- A Primavera. – risponde Allegra, alzando il suo e svuotandolo contemporaneamente a me.

Eh già. La mia casa è piena di fantasmi. Non c'è più posto. Non farò posto per nessuno. E lascerò che quelli che la abitano svaniscano col tempo. Come veli sulla luce. Come ombre sul mio cuore.
- Allora che vino hai comprato?

A GABRIEL

*A un tratto ho capito che conosci molte più cose di me di quante io ti abbia raccontato. Ho
capito che quando mi guardavi, tu mi guardavi dentro. Tu vedevi. Ne provo vergogna e sorpresa
Non pensavo potesse esistere qualcuno che mi vedeva oltre me.
Credo di sapere cosa mi dirai quando ci incontreremo, a pranzo. Ma no. E' meglio di no.
La mia felicità è un caleidoscopio, si compone di tanti pezzi di vetro che sono i miei affetti, colorati,
allegri, fragili, bellissimi. Ma il mio caleidoscopio, come sai, ultimamente non fa che andare in
pezzi. E della mia felicità è rimasto ben poco.
Non ho la forza, né la voglia, di ricominciare da capo. Non posso più rischiare di dare il mio cuore
e me stessa a nessuno prima di avere conosciuto un po' meglio me stessa. Il prezzo è sempre
terribilmente alto ed io non ho più nulla da dare, non posso più pagarlo. Spero tu possa capire. La
vita è stata generosa con me. Ho avuto grandi momenti di felicità. E questo ha una sua logica:
bisogna volare molto in alto per precipitare rovinosamente.
Ma ora basta, non posso più.
Non so ancora cosa voglio con chiarezza. Però so cosa non voglio. Non voglio un uomo. Non ora.
Sono forse troppo diretta, ma comincio ora e devo farlo col piede giusto.
Per caso sono venuta in possesso di questo oggetto, e dato che il Caso pianifica ogni evento con
metodo, anche questo ha un senso. Il corallo non si aggiusta, non si ripara, ma rimane vivo anche
fuori dal mare, anche dopo che la mano dell' uomo lo ha modellato e trasformato. Questa cosa ed
io siamo fatte secondo gli stessi principi, e siamo nelle stesse precarie condizioni. A un punto di
non ritorno.
Ora io mi dedicherò ai miei ragazzi, cercherò che crescano bene e che siano felici. Solo loro
contano per me. La mia pelle non è abbastanza spessa per tollerare altre ferite di questo calibro.
Quando ti dai ad un uomo lo fai senza condizioni. Quando lui ti fa a pezzi lo fa senza risparmiarsi.
Sei una cara persona, Gabriel, ed io spero di non averti offeso, spero di non perdere la tua stima
ed amicizia. Ma non verrò via con te. Ho bisogno del mare infinito che è solo qui, è solo
portoghese. Il tuo oceano non sarebbe uguale ed io morirei un'altra volta, andandomene.
Ti auguro una buona vita, amico caro.*

Alba

Alba : Alba, Aurora.
Andorinha : Rondine.
Bacalhau à braz : baccalà con patatine fritte, uova, prezzemolo e salsa di cipolla.
BemVindo : Benvenuto.
Cor De Rosa : Rosa.
Compota : Composta di mele.
Despedida : addio.
Espero : vento primaverile.
Feliz : Felice.
Joia : Gemma.
Pasteis de nata : piccole pastasfoglie ripiene di crema o panna, tipiche e molto rinomate.
Queijadas de Sintra : cestini di pasta croccante ripieni di crema di formaggio profumata alla cannella.
Quedo : Calmo, tranquillo.
Tio, tia : zio, zia.

RAGAZZINI

...”However far away I will always love you
However g I stay I will always love you
Whatever words I say I will always love you”...

Lovesong- Adele

Sei un uomo troppo piccolo
 Per un amore tanto grande
Che non sa tenere un fiore
Senza romperne lo stelo
Che non sa tenere un cuore
Senza farlo sanguinare
Sei un uomo così piccolo
Per un amore tanto grande.

Ti ho sognato tanto tempo
Che sembravi il re del vento
Ti ho sognato che correvi
Come un'ala sopra il mare
E sembravi così forte
da poterti quasi credere
da potermi addormentare
fra le braccia tue sicure
senza avere più timore.

Sei un uomo troppo piccolo
 per un amore tanto grande
che non so nemmeno credere
ti si possa innamorare
che non posso più scommettere
di saperti conquistare
perché ogni scommessa persa
mi trascina giù a morire
e non so vedere gli anni
a cercare di convincerti
che un amore tanto grande
non si può dimenticare
non si può riconquistare
non è amore da parlare,
da potersi raccontare.
Ti ho voluto a braccia aperte
Una gabbia senza sbarre
Ti ho voluto a gambe aperte
Dove nascere e morire.

Sei un uomo troppo piccolo
Per un amore così grande
E non posso più rimpiangerti
Se non vuoi lasciarti amare
Io non posso più aspettarti

Se non sai ancora crescere.
Non posso innamorarmi
Che d'amore poi si muore.

Sei un veleno che non so più bere
Una luce che non posso più guardare
Aria che non riesco a respirare
Ora è tempo di lasciarmi andare.
Voglio un cielo diverso per morire
Costellazioni sconosciute in cui cadere
Un buio più grande per precipitare.

Sei un uomo così piccolo
Per il mio amore tanto grande
Che non posso più svegliarmi
Se il sogno mi prende.

Le tue parole bruciano
I tuoi occhi trafiggono
Non mi sento che morire.

Sei un uomo troppo piccolo
Per questo mio grande amore
E non posso più spezzarmi
Non mi resta più dolore.

Non ho più cenni da offrire
Non ho mani da toccare
Né carezze da finire.

La penombra della biblioteca in quel caldo pomeriggio di inizio estate era confortevole, un sollievo per gli occhi e per la mente. La frescura protetta dai muri antichi aiutava la concentrazione. Amava quel luogo in modo particolare, fin dai tempi del liceo; le ampie ed antiche sale lo facevano sentire protetto, quello era da sempre per lui il luogo più sicuro, una specie di grembo materno nel quale rifugiarsi ad ogni buona occasione.

Ma quel particolare pomeriggio accadde qualcosa di assolutamente insolito. Quel giorno la biblioteca vibrò e si contrasse spostando il suo baricentro per lunghi minuti dalla quiete e dal silenzio consueti in cui avvolgeva i suoi protetti su un luminoso piccolo incendio che divampò in un attimo dall'ingresso. Quando lei varcò la porta della sala di lettura, in quel preciso istante, tutti i presenti alzarono il capo come intuendo il cambiamento e rimasero basiti a fissarla. La porta cigolò richiudendosi alle sue spalle, la donna attese che tornasse la quiete mentre percorreva con lo sguardo i lunghi tavoli da lettura alla ricerca di un posto libero. La sala non era particolarmente affollata. Nel ritrovato silenzio mosse un passo, poi l'altro, ancheggiando. Il rumore dei tacchi echeggiò spezzando una seconda volta il sacro silenzio, gli sembrò che i libri stessi protestassero per quella mancanza di rispetto, ma nessuno dei presenti osò richiamarla al silenzio, e come avrebbero potuto, ammaliati da quella visione di un rosso violento. Scelse un posto proprio di fronte a lui, a due tavoli di distanza. Non c'era nessuno fra loro, soltanto pochi metri d'aria. Sedette ed estrasse un libro dalla borsetta, accavallò lentamente le gambe e si dispose a leggere. Aveva ancora gli occhi di tutti addosso ma sembrava non notarlo, oppure….alzò di colpo lo sguardo e sembrò cogliere di sorpresa gli astanti, percorse lenta tutta la sala, costringendo ogni presente ad abbassare la testa sul proprio lavoro, qualcuno arrossì. Soffermò lo sguardo su di lui, fisso. Lo vedeva, lo vedeva eccome! Xander non distolse lo sguardo, le sorrise, sapeva che l'aveva riconosciuto, lei sorrise di rimando inclinando leggermente il capo. Il saluto. I suoi occhi neri, brillanti, restarono fissi in quelli di lui, di un grigio straordinariamente chiaro, metallico, per un lungo momento, poi li abbassò sul suo libro con naturalezza….Per un breve istante ebbe la certezza che non l'avesse semplicemente riconosciuto, sapeva che lui era lì…rimase basito. Erano passati quattro anni, lei era diversa, più donna…"Meglio adesso…" pensò osservandola, non si erano più sentiti né frequentati…si sentì scivolare all'indietro nel tempo in un attimo.

Si erano conosciuti al liceo, frequentavano corsi diversi e in verità lui l'aveva notata già al secondo anno ma per diversi motivi non l'aveva mai approcciata. Xander stava con una modella da urlo dai lunghi capelli neri, ma si dava parecchio da fare in giro, Rihanne con uno sportivo semiprofessionista alto due metri e largo quasi altrettanto. Ma all'ultimo anno lui si inventò l'occasione. Prese ad incontrarla "casualmente" piuttosto spesso ed a invitarla a chiacchierare davanti ad un caffè mostrando una familiarità che per un poco la spiazzò. Si vedevano quasi ogni giorno, si mandavano messaggini in continuazione durante le lezioni, alla fine si trovarono a far l'amore nei posti più assurdi, sui banchi delle aule vuote, col rischio di essere beccati dai bidelli, negli spogliatoi della palestra, in piscina dopo l'ora di chiusura, in silenzio…

Fu quest'immagine che gli tornò nitida più di tutte alla mente. Loro che si baciavano avidamente, lui la teneva per i fianchi e le si strusciava addosso, il sesso eretto che premeva contro i jeans. Le spinse le mani in basso, lei aprì i pantaloni, lo accarezzò, lo prese per qualche istante nel palmo, poi si inginocchiò e lo accolse fra le labbra umide...d'un tratto lui glielo tolse e continuò a masturbarsi da solo, obbligandola a restare lì in ginocchio, opponendosi a tutti i suoi tentativi di riprendere il suo posto, la sensazione era forte, meravigliosa, Rihanne era nelle sue mani, poteva farne ciò che voleva...alla fine le permise di riprenderlo per un poco e godette...ma non gli bastava. La fece alzare e le abbassò i jeans, cercò l'anfratto umido con le dita

- *Sei già bagnata..- sussurrò*
- *E' colpa tua...- rispose lei nello stesso modo,le prese i seni fra le mani stringendoli con forza, strappandole un gemito di piacere, ne baciò uno lambendolo e succhiandone il capezzolo, poi la penetrò spingendola contro il muro e stringendole i fianchi in uno spasmo, vide che si mordeva a sangue le dita per non gridare e tradire la loro presenza e si eccitò ancora di più...*
- *Mi vuoi?- chiese in un sospiro, lei gemette un " si" soffocato; pochi istanti dopo l'amplesso si era consumato, coronato dal gemito di Xander soffocato sulla pelle di lei. Ansanti e seminudi, si guardavano negli occhi sorridendo... l'emozione l'aveva travolta,li aveva travolti entrambi, ma lui non era disposto a riconoscerlo...*

Continuarono a vedersi come clandestini fino alla fine dell'anno accademico, creando le occasioni per stare insieme, la sera in macchina, dandosi malati e bigiando la scuola, in famigerati gruppi di studio che non potevano esistere....

Rihanne era completamente presa, il suo fascino e le sue attenzioni l'avevano davvero posta nelle sue mani, sembrava non le importasse sapere di non essere la sola con cui lui si divertiva, ma lo amava e non voleva che su questo avesse dubbi, mentre lui rifiutava l'idea. Passavano giorni interi a discuterne, come ragazzini di quindici anni, Xander cercava di smontarla, ma lei era caparbia ed insisteva su questo punto:

- Non puoi parlare d'amore, siamo impegnati tutti e due e le cose non cambieranno. Mi piace la mia vita e voglio che resti così! Piantala di cazziarmi, così non va bene...
- Non puoi pretendere che venga a letto con te senza provare qualcosa, io sono così, non posso cambiare! Ti amo, non dirmi cosa provo, tu non lo sai....e comunque non ti ho chiesto niente. Conosco le nostre situazioni e non farò niente per rovinarti la vita....Tutto quello che ti ho chiesto è di non giudicarmi! Non giudicarmi, ti prego!

Dopo qualche settimana Xander aveva ammesso spontaneamente di aver preso ad amarla, pentendosene quasi subito e dichiarando che era uno sbaglio. Questo l'aveva ferita profondamente, avevano quasi interrotto la relazione, ma i sentimenti erano stati più forti dell'umiliazione e Rihanne era tornata rapidamente sui suoi passi, sempre pronta a perdonarlo, a pezzi ma così terribilmente innamorata da non poter stare senza cercarlo nemmeno per un solo giorno. Avevano continuato a vedersi per mesi, fino alla maturità.

Xander era affascinato dal suo modo di ascoltarlo, di guardarlo, di offrirsi a lui, e dal potere che sentiva di avere su di lei. Ma quell'estate aveva programmato uno stage all'estero e ne approfittò per prendere le distanze, non rispose più ai suoi messaggi che con qualche laconico "Non ora", e lei presto rinunciò.

Ne avevano parlato spesso, sapevano che sarebbe finita e lui scelse quel modo per chiudere, gli sembrava che sarebbe stato meno doloroso, almeno per lei...
- Dev'essere una cosa bella, che ci fa stare bene. Qualcosa che più avanti negli anni ricorderemo con piacere. Ma senza sentimento. Il sentimento porta sempre dolore ed io questo non lo voglio. Nessuno dei due deve soffrire, altrimenti dovremo chiudere. – le aveva detto all'inizio.
Aveva usato queste parole all'inizio del loro rapporto e, sebbene i suoi occhi avessero avuto un brillio particolare, di ribellione, Rihanne aveva acconsentito senza dire una parola, ma poi le cose erano cambiate. Si difendeva continuando a ripetere
- Non posso essere diversa da me stessa...- e lui le rispondeva sempre

- Non ti voglio diversa.

Ma la questione non si risolse mai, cadde, semplicemente. Ed ecco, quattro anni dopo, lei era lì, e gli sorrideva annullando tutta la distanza che lui ed il tempo avevano messo fra loro. "Bellissima." "Meglio adesso" ripetè a sé stesso osservandola ancora. I capelli raccolti dietro la nuca, quegli occhi di un nero così cupo, le labbra morbide che ricordava così bene….Inguainata in quell'abito rosso fiammante dall'ampia, generosa scollatura, corto sopra il ginocchio con un leggero spacco sulla coscia, che spingeva ancora oltre l'immaginazione e le permetteva di accavallare le gambe così delicatamente, strusciandole appena una sull'altra. Un gesto così naturale, innocente, eppure così eccitante. Rimase a guardarla ancora per qualche istante, poi raccolse i suoi libri, si alzò ed andò a mettersi di fronte a lei che lentamente distolse gli occhi dal suo libro e li pose nei suoi senza smettere di sorridere. Le tolse il libro di mano e ne studiò la copertina, lei lo lasciò fare mormorando
-   Ciao.
Lesse: "Banana Yoshimoto. Lucertola."
-   Com'è?
-   Bello. Mi è piaciuto anche la prima volta….- qualcuno protestò
-   Shhhh!- non potè fare a meno di pensare che era tutta invidia
-   Andiamo a prendere un caffè?
-   Volentieri….
Si alzò, prese la borsa ed il libro, si avviò alla porta ondeggiando al suo fianco. Percepì gli sguardi d'invidia ed ammirazione che li accompagnarono alla porta, così rincarò la dose prendendola per il braccio, come a significarne il possesso. Avrebbe voluto metterle la mano sul culo. Quel bel culo fasciato di rosso che ondeggiava ammiccando così maliziosamente. Tentazione fortissima!

-   *Forse dovrei cercarmi qualcuno di più adatto a me - disse guardandosi intorno, un giorno*
    che prendevano un caffè insieme. Era l'intervallo e c'era un mucchio di gente in giro.
    Sapeva che molti avrebbero dato un braccio per stare con lei almeno una volta, per "darle
    due colpi" come si diceva, persino fra il personale docente, persino rischiando il posto,
    anche se era ormai maggiorenne….
-   *Non c'e nessuno che vada bene per te qui – rispose sorridendo – E poi te la farei pagare in*
    modi che non immagini, preferisco che stiano lontani dalle mie cose…

Fuori dalla biblioteca la luce violenta e la calura li aggredirono, spietati. Cercarono subito rifugio nel chiosco di un bar e ordinarono due bibite ghiacciate. Chiacchierarono un poco. Come ai tempi della scuola, Xander faceva domande dirette, imbarazzanti e la costringeva a rispondere, non era cambiato. Seppe che Rihanne viveva ancora in famiglia, che lavorava in città, che aveva lasciato lo sportivo. Lui riusciva a farsi rispondere alle domande più intime…Ma poi lei cominciò a mettersi sulla difensiva, aveva mangiato la foglia, divenne evasiva, cercava di difendersi, di proteggersi, sebbene in modo impacciato, nascondendosi dietro un sorriso da ragazzina, sviando lo sguardo…
Xander frequentava la facoltà di ingegneria aeronautica con profitto, aveva lasciato la supermodella e stava con una ragazza che aveva frequentato il loro stesso liceo, di qualche anno più giovane. Rihanne la ricordava.
Ma non aveva modificato sostanzialmente il suo stile di vita, continuava a piacergli avere molte amiche, anche contemporaneamente.
-   Così vivi ancora coi tuoi. Ti immaginavo a condividere un appartamento con una mezza
    dozzina di ragazze belle e disponibili….

-	Tutte e due le cose. Vivo con mio padre, ma divido un appartamento con alcuni compagni di studi. Così ho un posto per eclissarmi completamente quando devo preparare un esame e posso studiare senza interruzione e senza elementi di disturbo.
-	In pratica un pied-à- terre…- sorrise di nuovo. – o, come dicono i maschi, uno *scannatoio*. Tornò indietro nel tempo un'altra volta.

Quante volte avevano parlato di questo e di altri argomenti, del loro futuro o, meglio, dei loro futuri…l'ultima volta che fecero l'amore erano in macchina, appartati in una tipica zona per coppiette, la teneva ancora fra le braccia e parlavano

-	*Fino a tre volte sono solo scopate, poi mi stanco, non c'è più niente da scoprire, e in verticale non è niente di che…ma a te l'avevo detto che non sarebbe stato solo due o tre, ma tante e tante volte….ti avevo adocchiato da parecchio….sapevo che sarebbe stata una cosa speciale, lo sentivo. E sentivo che lo volevi anche tu…però anche se non vuoi ammetterlo, tu ti aspetti qualcosa dal nostro rapporto…..- gli si strinse addosso e lo baciò*
-	 *Va bene, allora ti dirò cosa mi aspetto dal nostro rapporto. Ti ho sempre detto la verità, ti amo senza condizioni… - Xander ridacchiò*
-	*Io invece vanto parecchi crediti su di te, scema!- Rihanne sorrise*
-	*Puoi riscuoterli quando vuoi….- gli bacio il collo, gli infilò la lingua nell'orecchio, poi lambì la gola del suo amante fino alla clavicola facendo scivolare le dita leggere sulla sua schiena nuda - Ecco quello che voglio dal nostro rapporto: che tu abbia sempre voglia di fare l'amore con me….- cercò i suoi occhi, gli carezzò il viso – E che non mi dimentichi…- poi non parlarono più, e fatalmente, quella fu l'ultima volta che si videro, l'ultima in cui stettero insieme.*

Ora era lì. Sorrise.
-	Esatto. E' qui vicino, vuoi vederlo?- fissò gli occhi nei suoi per un lungo momento, voleva che il messaggio fosse chiaro. Niente equivoci fra loro. Mai.
Grigio nel nero, buio nella luce, tempesta nel cielo limpido. Rihanne sorrise appena, in modo impercettibile, ma in modo diverso, per un attimo ebbe la chiara sensazione di essere caduto in una trappola. Un brivido gli percorse la schiena all'idea di aver percorso un sentiero tracciato da altri, muovendo passi decisi da altri. Lei gli sembrò un enigma da risolvere, ma decise che si sarebbe sciolto da sé, più tardi.
-	Si – si alzarono, pagarono il conto e si avviarono l'uno a fianco all'altra per le vie del centro, chiacchierando ancora. Stavolta cedette alla tentazione e le mise piano la mano sul culo che continuava ad ondeggiare dolcemente, come una barca che beccheggia dolcemente, cullata dalle onde.
Di fronte ad una palazzina antica dall'immenso portone di legno brunito Xander si fermò ed estrasse le chiavi, salirono tre piani di vecchi ed ampi gradini consunti che emanavano il loro biancore nella penombra come il sentiero dorato della favola. Lui suonò il campanello in rapida successione, due squilli brevi ed uno lungo.
-	Il segnale d'allarme? Nascondiamo l'imbarazzo!
-	Più per sapere se c'è qualcuno…No, è vuoto. Prego…
La fece entrare e richiuse la porta – Ingresso, cucina abitabile e tre camere da letto…questa è la mia…- le fece strada.
-	Non avevi detto che ci vieni a studiare? – lo canzonò
-	Anche…vedi la scrivania?
-	Si, certo…scrivania, stereo, una piazza e mezzo…

Di riflesso lui accese la radio, la stanza era in penombra, le imposte socchiuse.
Rihanne si appoggiò alla scrivania flettendo appena le gambe, le braccia all'indietro, il petto
spinto in fuori. La percorse per un lungo momento con lo sguardo, incrociò i suoi occhi e capì
che il suo attento esame era stato a sua volta sorvegliato. Sorrideva, gli occhi socchiusi.
La radio mandava un medley di vecchie canzoni, lei chinò la testa di lato sentendo annunciare
"Lovesong" di Adéle che, quattro anni prima, aveva deputato "la loro canzone", un sorriso
amaro le stirò le labbra, strinse gli occhi vedendo in quelli di lui un lampo di riconoscimento. Se
la ricordava....Si alzò dalla scrivania e mosse un passo verso di lui, incatenato al suo sguardo,
aspettando qualcosa... Xander le prese il viso fra le mani e la baciò dolcemente, poi scivolò sul
sedere e se la premette contro, continuò a baciarla strusciandosela addosso. Un balzo indietro
nel tempo. Tutto come prima. Come se non fosse passato un solo minuto dall'ultima volta.
 Rihanne gli infilava le dita fra i corti capelli castani, gli accarezzava il viso, lo stringeva a sé.
Le chiuse le mani sui seni, ma il cotone teso al limite lo ostacolò, allora ridiscese sulle gambe
nude, allargò le dita solcandole le cosce e cercando di sollevarle la gonna ma, dopo un paio di
centimetri la stoffa gli si oppose di nuovo, sospirò:
-   Il tuo abito è bellissimo, ma sembra un'armatura a prova di sesso! – lei si lasciò sfuggire un
    risolino divertito mentre gli volgeva le spalle
-   Vuoi aprire la lampo? – infilò due dita nella scollatura e fece scorrere la lampo per tutta la
    lunghezza della schiena fino alla curva delle natiche, lei lo sfilò e lo lasciò cadere a terra, poi
    tolse i sandali e rimase con soltanto la biancheria intima addosso, la pelle leggermente
    ambrata dal sole
-   Sei bellissima..- la baciò ancora mentre lei infilava le mani sotto la camicia a cercare la sua
    pelle, gliela sfilò e prese a baciargli il petto glabro e asciutto, gli aprì i pantaloni e liberò il
    membro già eretto. Xander si denudò completamente in pochi attimi, il respiro accelerato.
    Sfiorò le sue labbra, la baciò dolcemente scorrendo la pelle della sua schiena con la punta
    delle dita. Le tolse il reggiseno e lo lasciò cadere, poi scese ancora, si insinuò nelle
    mutandine di pizzo, le strappò un gemito, si chinò a baciarle il seno, poi il ventre piatto,
    scese ancora, le sfilò le mutandine e baciò il sesso nascosto dalla soffice peluria bionda, vi
    insinuò la lingua carezzandole le cosce, stringendo a piene mani i glutei.
Quando si rialzò, lei lo spinse sul letto e gli si mise cavalcioni, lo baciò appassionatamente a
lungo. Mentre le mani percorrevano i loro corpi febbrilmente, le carezze intense ed audaci
risvegliavano i ricordi ed un desiderio che non volevano controllare, strettamente avvinghiati
rotolavano fra le lenzuola, gemendo e tendendosi come le corde di un arco pronto a scoccare.
Non l'aveva mai avuta così, non era mai stata sua così come in quel momento. Seppe che le ore
rubate al caso in passato erano solo briciole di quello che poteva essere, e sentì che l'aveva
sempre desiderata in quel modo, che l'aveva voluta così com'era in quel momento... La spinse
sotto di sé e le bloccò le mani sopra la testa, la schiena inarcata, i seni spinti in alto che
danzavano al ritmo del suo respiro eccitato, gli occhi socchiusi, la bocca umida, morbida, rossa
di baci...in quel momento era nelle sue mani, completamente nelle sue mani, di nuovo.....
La schiacciò sul letto con tutto il peso del proprio corpo e sentì i suoi capezzoli turgidi entrargli
nelle carni come chiodi arroventati, la baciò ancora, violento, profondo, quasi a volerle rubare il
respiro, la sentiva dimenarsi sotto di lui, voleva toccarlo...amarlo. Glielo impedì. Voleva avere
il controllo. Sempre. La voleva in balia di sé, voleva sentire la sua sete, il suo desiderio fino in
fondo, e fino in fondo voleva saziarlo...le baciò la gola, liberò una mano per prenderle un seno
e stringerlo fino a farla gemere, lo baciò e succhiò a lungo, ma lei allargò le gambe per attirarlo
a sé e stringerlo più forte e sentì che non voleva più controllarsi. Che non poteva. La penetrò in

un soffio, sentì il suo corpo guizzare di sorpresa e piacere, assecondare il suo ritmo senza esitazione, la lasciò libera mentre la possedeva e lei gli si aggrappò, sentì le sue unghie sulla schiena, sulle braccia…che scivolavano avanti e indietro eccitandolo di più….al culmine dell'orgasmo la strinse più forte pensando che l'avrebbe spezzata.

Sentì un calore bruciante spandersi in tutto il corpo, nel petto, all'inguine, e trasmettersi a lei. Persero il senso del tempo, quei pochi istanti racchiudevano un segreto di vita ed eternità che loro sfiorarono e penetrarono per poi venirne abbandonati…Fu un emozione folle che non li lasciò per parecchi minuti…e rimase in loro anche dopo…

- *Hai mai provato un vero orgasmo ….quello fisico e mentale?….*
- *Si, ma è passato molto tempo…E tu?*
- *Si, anche io…molto tempo fa…*

Le tenne il viso tra le mani, le dita fra i lunghi capelli ora sciolti, i gomiti puntati sopra le sue spalle, gli occhi socchiusi fissi nei suoi

- Sei stupenda….- lei mosse appena le labbra, credette che volesse rispondere, ma Rihanne non emise un suono. Tornò di nuovo indietro nel tempo, quando lei nell'impeto della passione non riusciva a controllarsi e gli diceva che l'amava. Ma ora non lo disse, sussurrò – Baciami ancora…- offrendogli la bocca calda. E lui vi si immerse, sentendo il desiderio ancora vivo e volendo appagarlo con le carezze, i baci, il bisogno di stringerla, di toccarla tutta….Uscirono dal letto a tarda sera, imbruniva, i lampioni iniziavano ad accendersi per strada, la guardò raccogliere le sue cose da terra ed infilarsi nel bagno, gli piaceva il suo corpo, era bello, aveva affrontato bene gli anni trascorsi. Erano ancora giovani. Tornò per chiedergli di chiudere la lampo dell'abito.
- Non ho più il tuo numero…
- Non importa.
- Tu hai il mio? – scosse la testa, poteva essere si o no.
- Fammi uno squillo così lo memorizzo.
- Non importa….- la trattenne
- Perché? Voglio vederti ancora….come ci mettiamo d'accordo? Il caso ci ha fatti incontrare di nuovo, ora dobbiamo aiutarci….- sorrise, occhi negli occhi, buio nel chiarore…la consapevolezza, l'enigma si era risolto all'improvviso – No. Non è stato il caso. Tu sapevi di trovarmi lì….
- Si….
- Sei venuta da me….
- Si – inclinò il capo di lato – La vecchia biblioteca era il tuo posto preferito… ricordo ancora le cose che ti piacciono…
- Allora fammi uno squillo…, o mandami un messaggio..,.mi piaceva anche parlare con te… mi piaceva tutto quello che facevamo insieme.
- No. Non è vero.
- Perché no?
- Se fosse una cosa che vuoi troveresti il modo di averla…
- Stiamo bene insieme….ci fa stare bene….Se sei venuta a cercarmi c'è un motivo…- disse ponendosi di fronte a lei, aveva ancora il tono del liceo, canzonatorio, sicuro di sé, sembrava sempre un ragazzino, ma così dolce, seducente. Gli sorrise, affascinata dai suoi occhi grigi, dal suo viso giovane, dal sorriso leggero …
- Mmmm…..
- Allora?
- C'era una cosa che volevo lasciarti di me. – ebbe un'intuizione.

-   Si. Ed è stato bellissimo. Io ti voglio ancora.- lo carezzò teneramente, gli baciò le labbra come un sussurro.
-   Io no. Non ti amo più. – disse. Prese la borsa ed uscì senza dargli il tempo di elaborare questa informazione. Era ancora nudo, non potè nemmeno tentare di seguirla, rimase bloccato sulla porta a guardare la tromba delle scale già vuota, la luce temporizzata si spense, sentì il portone richiudersi, tornò nell'appartamento e spalancò la finestra che dava sulla strada, vide la fiammata rossa ondeggiare senza fretta allontanandosi da lui.

Dopo quattro anni…quattro anni senza vederla e poi….”Non ti amo più.”
Ma l'amore con lei era stato bellissimo, ed appagante…. Aveva ancora il profumo della sua pelle addosso, guardò il letto disfatto, cercò e trovò due lunghi capelli e li avvolse attorno all'indice, saggiandone la setosa consistenza, si distese e si tirò le lenzuola addosso, respirando forte l'odore del sesso appena finito con lei. Il libro era rimasto sulla scrivania. *"Banana Yoshimoto. Lucertola."*
- Non ti ho dimenticata…- mormorò.- Mi manchi da morire….

Dovrò odiarti, amor mio
Per guarire le ferite
Per cucire gli strappi del mio cuore….

Dovrò odiarti e maledirti
Per smettere di sanguinare
Per non versare più lacrime.

Dovrò maledirti e dannarmi
Per aver creduto alle tue menzogne,
ai tuoi inganni.
Dovrò pugnalarmi il cuore ed il ventre
Per estirpare ogni traccia di te,
strapparmi gli occhi per non vederti,
forarmi i timpani per non udirti.

Dovrò odiarti per non amarti più.

Quando saprò perdonare
Io non ti perdonerò
Perché quel giorno tu non esisterai

Quando potrò vendicarmi
Io mi vendicherò
Perché tu non possa dimenticare
Quello che io ho cancellato.

Allora sarò guarita da te.

Dentro la pioggia

Il bambino chiama la <u>mamma</u> e domanda:
"Da dove sono venuto? Dove mi hai raccolto?"
La mamma ascolta, piange e sorride mentre
stringe al petto il suo bambino.
"Eri un desiderio dentro al cuore."

Tagore

"Madre è l'altro nome di Dio
Sulle labbra e sui cuori di tutti i nostri figli…."

The Crow

… "E brucerò per te
Mi ferirò per te
Io brucerò per te
Mi ammalerò per te"…

Brucerò per te- Negrita

La ascolto ormai da più di un'ora. A tratti si ferma. I suoi occhi color della bruma sulle montagne fissano l'orizzonte, la spuma del mare ci corre incontro per spaventarci. Non funziona. Stiamo lì. Non abbiamo paura. Da tanto tempo. Gli spruzzi salmastri non ci scalfiscono minimamente. Si volta e mi sorride. Come a significare che non è del tutto assente. Sa che sono qui. Sa che l'ascolto. Pendo letteralmente dalle sue labbra.

- *I fantasmi fanno male. Ci tormentano per molto tempo. Però se riesci a mettere un piede davanti all'altro un giorno dopo l'altro, e continui a respirare.... - si perde lontano per un lungo momento – Col tempo perdono consistenza, si scolorano. La luce li attraversa. Diventano niente. A volte li percepisci. Come quando una nuvola passa davanti al sole e rabbrividisci. Come le vecchie lampadine che perdevano potenza e calavano d'intensità. Il tuo cervello registra la loro presenza, li riconosce. Ma sono così bassi nella scala dei ricordi che le sinapsi reagiscono come ad un valore "v". Vaghezza. Niente dolore, quindi. Quelli si ripresentano, a volte, ci provano.... Ma è inutile. I vivi sono da temere. Dei fantasmi non c'è da aver paura.... Lascia che sia io ad occuparmene. Non pensarci. So come fare. Lasciali a me.*

Mia madre è una donna dolce. Provata dalla vita. Disperata di esistere. Stanca di lottare. Mia madre è una brava donna, ma non ne ha più per nessuno. Nemmeno per sé stessa. Ed io non le farò più domande. Ora so quello che devo sapere. Non c'è da aver paura. La lascerò in pace anch'io. Per tutto l'amore che ho per lei. Per tutto l'amore che ha lei per me. Da sempre.

MATTEO

Qual è il primo ricordo che ho di mia madre? Qual è la risposta giusta? Lei c'è sempre stata. E' in ogni ricordo. Posso andare indietro nel tempo fino a non avere più memoria di me stesso, eppure la sensazione della sua presenza, così come quella di mio padre, mi accompagna da sempre. E' confortante, ti fa sentire forte. Ti fa capire che non sei mai davvero solo. Ed in verità è proprio così. Non credo esistano molte persone al mondo beneficiate di un amore così pieno, così assoluto come quello che abbiamo ricevuto io ed Ester, mia sorella. Ricordo da sempre il suo sorriso, il castano caldo dei suoi lunghi capelli, setosi e gonfi nella brezza della sera in riva al fiume. Ricordo la luce dei suoi occhi malinconici, sorridenti, esasperati e dolci, fissi su di me. E la sua presenza forte e confortante. Lei non mi ha mai abbandonato, non mi ha mai lasciato solo. Sono sempre stato libero di scegliere, di decidere da me. Ma solo mai. Mia madre, ne sono convinto, sarebbe capace di uccidere per noi. Credo che l'abbia fatto.
Mamma si chiama Marta. E' una triestina dai folti capelli castano chiaro, lunghi e mossi sulle spalle. Ha occhi grigi, chiari, che ricordano il colore delle montagne la mattina, quando ancora la foschia avvolge e vela l'orizzonte. Non è una donna grande, è lunga e sinuosa come una danzatrice, ma senza la magrezza e la fragilità tipiche delle ballerine. La vita è stata dura con lei. Non è riuscita a spezzarla. L'ha resa malinconia e taciturna, però. All'età di sei anni è rimasta orfana di entrambi i genitori. Sola con la sorella di nove, Carola, venne accolta da una zia, in un paesino sperduto di alta montagna, e lì rimasero entrambe fino all'età di studiare sul serio. Allora la zia le mandò in città ad imparare un mestiere e poi morì, lasciando loro un titolo di studio, qualche soldo di eredità e la libertà di tornare a vivere al paese da cui se n'erano dovute andare anni prima. Lì tutti le ricordavano ancora e le accolsero come figliole che tornavano dall'America o giù di lì, pendendo dalle loro labbra ogni volta che raccontavano di un aneddoto o di un'usanza, e ce n'erano parecchie, diversi da quelli della piana. Dicono tutti che mia madre era una bambina incontenibile, piena di energia, di inventiva. Che faceva e disfaceva le cose più assurde e pericolose, che inventava storie, creava giochi e passatempi dal nulla e poi andava avanti per tutto il giorno. Ma tornò dalla montagna cambiata, più tranquilla, obbediente, chiusa in sé stessa, meno ciarliera di come la ricordavano. Forse avevano dimenticato perché era dovuta andarci. La sua gioia si spense prima di partire. La gente di montagna è chiusa, diffidente, parla poco, pensa al meglio preparandosi al peggio. Mamma ebbe il peggio ed imparò, diventò una *montanara* nei quattordici anni che trascorse lontana da casa. Questo dicono. Io penso che siano stati i colpi della vita a trasformarla. Colpi bassi e pesanti. Certi dolori troppo grandi sono difficili da mandar giù. Restare senza genitori da un attimo all'altro non può essere una cosa da digerire e metter via in un battito di ciglia. Per nessuno, e per un bambino meno che per chiunque altro. Però poi incontrò papà e cambiò un poco. Dicono. Era più bella, sorrideva sempre, rideva spesso. Aveva di nuovo la gioia di vivere in corpo, era tornata un poco bambina. In montagna, sarà per il freddo, ma la gente è chiusa, quando fa festa cambia come il bosco in autunno. Ma è solo per poco. La vita è dura e la gente diventa dura con lei. Dicono. Nella

piana c'è più ricchezza, si coltiva il grano, l'uva fa vino buono e la neve che viene non dura mai troppo. Non si ha il tempo di farsi prendere da pensieri cupi che viene l'estate e le feste del patrono si accendono e spengono di paese in paese, a catena come in un enorme domino. La gioia di vivere le accompagna e contagia tutti fino all'inizio dell'inverno, così il lavoro pesa meno e la vita scorre come un torrente, allegra e chiassosa. Insomma, meglio la piana della montagna, per decreto insindacabile della medesima, ovviamente.

 Mamma invece diceva sempre bene dei monti, della gente e della zia buona, che si chiamava Domenica e le aveva accolte, lei e Carola, come figlie, cercando di consolarle come poteva della terribile ed improvvisa perdita e che, già molto vecchia, non le aveva respinte ma, anzi, si era adoperata in ogni modo perché superassero quel brutto momento e ne uscissero più forti e non si sentissero mai sole. Mai, perché finché avevano qualcuno che volesse loro bene, che le sostenesse, che stesse loro accanto, sole non sarebbero state. La cara zia Domenica, pur se vedova e senza figli, credeva nella famiglia con tutta sé stessa, e questo segnò profondamente entrambe, lenì il loro dolore, le aiutò a sopravvivere. Così, quando tornarono alla piana, sebbene di nuovo sole, non erano spezzate e vuote. Invece iniziarono a costruire la loro nuova esistenza. Ricominciavano da capo, meste e silenziose, certo, ma chi poteva aver voglia di ridere perdendo quasi tutta la propria famiglia per la seconda volta? Non restavano che loro due. L'una aveva l'altra e basta. Se lo fecero bastare. Zia Carola si sposò quasi subito con un tizio che faceva il camionista e stava fuori otto mesi l'anno e si mise a fare la sarta in casa. Col tempo si inventò un laboratorio in una stanza sul retro e rese stabile il suo mestiere. Aveva un discreto giro di clienti e viveva bene. Quando lo zio Vitale tornava a casa era sempre festa, la zia chiudeva il laboratorio e non c'era per nessuno. Lui portava sempre regali speciali, cose belle ma anche cibi e vini particolari, *"Roba diversa dalla nostra, perché per conoscere la gente devi mangiare come lei e non c'è niente che abbatta le frontiere come sedere alla stessa tavola e dividere il pane"*, diceva. Era un tipo bonario e sempre allegro, un gran lavoratore, instancabile, di mentalità aperta, capace di ascoltare chiunque senza dar segni di insofferenza o noia. Forse a causa di tutti quei chilometri che macinava giorno dopo giorno in estrema solitudine. Zio Vitale aveva sempre sete di gente, di compagnia, e quando tornava a casa, sebbene per pochi giorni soltanto, invece di riposare, pretendeva che si facesse festa per tutto il tempo. Voleva gente per chiacchierare, per bere e scherzare e ridere. *"Quando sarò morto non avrò più altro da fare che riposare. Riposerò per l'eternità. Ora non ho tempo."* Penso di averlo davvero capito solo molto tempo dopo che ci aveva lasciati. La dolcezza del suo ricordo, la sua allegria, mi lasciano sempre un groppo in gola. Era davvero un uomo grande, un metro e novanta con due spalle così, ma soprattutto un cuore grande come tutta la piana, e anche di più. Mamma finì il liceo classico e trovò impiego all'allora nuovissima biblioteca comunale. Retaggio della sua inventiva di bambina? Era il lavoro perfetto. Il più bello del mondo per lei, e molti dovettero prenderla in giro a lungo confrontando la bimba indisciplinata e pestifera di prima della montagna con la ragazza compita e riservata che ora prestava servizio in un tempio del sapere in cui la prima regola era un silenzio pressoché assoluto. Ma lei era serena, quasi felice, e delle chiacchiere degli altri non le importava. Non le è mai importato. Conobbe papà ad una festa di paese, l'ultima prima dell'autunno, e si innamorarono all'istante. Si sposarono poco tempo dopo. Erano davvero molto giovani, ma affrontarono senza paura ogni più piccola parte di quella nuova vita così piena di impegno e responsabilità. Papà si chiama Gianni, ha i capelli castano chiaro come lei, ma gli occhi neri di velluto. Occhi buoni e pazienti. Credo di non averlo mai visto arrabbiato in tutta la mia vita. Anzi no, una volta. Una volta soltanto. Furioso, capace di uccidere. Capace di morire. Pronto a fare a pezzi qualcuno, si sarebbe detto. Ma questo venne dopo. Procediamo con ordine. Papà è sempre stato un uomo mite, paziente. Un buon compagno ed un festaiolo. Lo ricordo passare le notti a parlare con zio Vitale, bevendo vino e mangiando fette di salame e di pane fino all'ora del caffè. Poi si alzava, si stiracchiava un poco e salutava perché doveva andare al lavoro. Papà lavorava per una fabbrichetta che produceva macchine ed attrezzi agricoli nel paese vicino, poco più giù, sul fiume. Da lì uscivano i trattori per le nostre campagne. Era un bravo meccanico, ai suoi tempi, tanto che quando non lavorava, capitava che i vicini venissero a chiedergli di aggiustare questa o quella cosa, per favore, che non volevano ancora buttarla via. Sarebbe stato peccato. E lui andava, orgoglioso di quello che le mani e la testa sapevano fare e compiaciuto di essere davvero utile. Lui e mamma erano davvero felici, sempre quando erano insieme. L'uno la forza dell'altra. Ho sempre la sensazione che quando uno se ne andrà, l'altro non tarderà a raggiungerlo, tanto sono in simbiosi. Quel giorno non so cosa sarà di me, o di Ester. Spero di riuscire a trovare un poco della loro forza dentro di me per preservare quello che resterà della mia famiglia. Come ha sempre fatto lei.

I miei genitori si sposarono e comprarono una casetta poco fuori dal paese. Avevamo un orto, un giardino con un bellissimo olmo che ci offriva la sua ombra d'estate ed un fico per fare qualche conserva in autunno. I miei misero rosai un po' dappertutto, e lavanda, un melograno vicino alla porta di casa per buona sorte, lamponi ed uva spina per ricordare la zia Domenica e la sua montagna, non così fredda e cattiva come credevano quelli della piana, e crocus un po' ovunque, di tutti i colori, mischiati alle viole ed alle pratoline che crescevano spontanee e che non estirpavano mai. Casa nostra era un piccolo giardino dell'eden. Trascorso il primo anno venni io, poi ne passarono altri due e venne Ester. Zia Carola non aveva bambini, così aiutava mia madre occupandosi di noi quando lei era al lavoro. Mamma prese il part-time in attesa che noi iniziassimo la scuola. Devo dire che anche io ero piuttosto indisciplinato, un vero scavezzacollo. Inventavo giochi pericolosi, correvo qua e là, non ubbidivo mai. Ero proprio incorreggibile, mamma a volte perdeva la pazienza e si metteva ad urlare. Solo allora io le prestavo attenzione. Non mi ha mai picchiato, anche se penso di averlo meritato molte volte, al massimo mi dava una sculacciata, quasi una carezza. Poi mi faceva la ramanzina sul fatto che la deludevo perché spendevo male la mia intelligenza, che era tanta, e smetteva di parlarmi. Era questo a farmi davvero male. Io resistevo più o meno un quarto d'ora, poi correvo ad abbracciarla dicendole quanto le volevo bene, e lei mi stringeva al petto e mi baciava. Non le chiedevo mai perdono e ricominciavo a fare quello che mi pareva. La sua lotta non aveva mai fine. Ricordo che mamma non amava essere toccata o sfiorata da nessuno che non fosse membro della famiglia. Il suo disagio era evidente anche per una comunissima pacca sulla spalla. Ma con noi era tutta un'altra cosa, ci baciava ed abbracciava ad ogni occasione. Il suo amore si manifestava anche fisicamente senza il minimo tentennamento, con noi come con papà. Sembrava fosse un bisogno fisico stringerci, carezzarci, sempre. Lei ci manifestava sempre la sua presenza nel modo più palpabile, ci confortava, ci rassicurava, ci amava con pienezza e dedizione. Non eravamo mai soli. Non lo siamo mai stati. La fiducia che abbiamo in noi stessi e nelle nostre capacità, penso la dobbiamo anche a questo. Il suo sostegno incondizionato ed assoluto non ci è mai mancato. Io le devo tutto. E vorrei tanto ricambiarla in qualche modo. Ma forse la mia scelta non la rende fiera, le mette addosso ansia, paura. Non per lei, certo. Mia madre ha smesso di avere paura tanti anni fa. Ma crede che io voglia ripagarla del suo amore nel modo sbagliato. Con un sacrificio. Non capisce quello che voglio fare, non capisce perché. Io non riesco a spiegarglielo. Annaspo cercando di non ferirla. E' l'ultima cosa al mondo che vorrei! Eppure bisogna che riesca a farmi intendere. Bisogna che lei capisca. La mia scelta è mia e basta. Non sacrifico niente. Non vorrei mai farle altro male.

MARTA

Matteo viene a casa per una settima di vacanza. E' parecchio che non lo vediamo. E' bello il mio Matteo. Sono la madre, ovvio che lo vedo così. Me ne frego. Matteo è bello davvero, con quei suoi occhi neri come quelli di Gianni, di velluto, pieni di stelle. Ha un bel viso, dolce, i capelli un po' lunghi, ma a lui piacciono così e a me sta benissimo. Anche Ester è bella, bellissima! Anche lei ha gli occhi del papà, i capelli li porta lunghissimi, fino al sedere, sembra una fata dei boschi. I miei figli sono due capolavori, le creature più belle e più importanti del mondo per me. Non c'è niente che non farei per loro. E lo so perché Matteo è venuto a casa, lo so a cosa pensa. Deve prendere una decisione molto importante, qualcosa che cambierà tutta la sua vita. Ma non è per me che deve farlo. Tutt'altro. Forse prende la strada sbagliata. Ma no, non è così. Lui farà quello che vuole. Deciderà bene, lo so. La cosa importante è che non deve farlo per il motivo sbagliato. Qualunque decisione prenda, non deve farlo pensando a me. Non c'è niente da coprire, niente da rimediare. Non deve nascondere quello che non esiste, quello che non conosce davvero. La sua vita è pulita, sana, limpida. Non ci sono colpe da espiare, debiti da pagare. Niente. Mio figlio è a posto. E' bene che se lo metta in testa, per prima cosa. E dopo faccia quello che vuole. Ma per sé stesso, non per me. Non deve proteggermi. Non mi deve niente, tranne il fatto di vivere bene, e di essere un uomo felice. Ne ha il diritto, no?
Lasciali a me i fantasmi, Matteo. Ho imparato a gestirli tanto tempo fa. Non mi fanno niente.
Avevo sei anni. Carola ne aveva nove. Si era in ottobre, mamma e papà lavoravano a raccogliere l'ultimo fieno insieme a zio Pippo, fratello di papà, in un campo a otto chilometri da casa. Nel pomeriggio io e Carola andavamo nei campi con loro, dopo la scuola passavamo da casa a prendere l'acqua, il vino, pane e formaggio, e li portavamo di corsa in campagna, in bicicletta. Così anche loro potevano fermarsi a mangiare un boccone e riposare nell'ora calda senza dover fare avanti e indietro. In campagna c'è sempre un albero sotto cui rifugiarsi al fresco e chiudere gli occhi un poco. Papà diceva *"fare un passacuore"*. Quel giorno oltre a loro nei campi faceva su e giù una mietitrebbia moderna, di quelle con l'autoradio e la cabina climatizzata. L'operatore era distratto, perse la traiettoria e sterzò troppo a sinistra. Falciò i miei genitori e lo zio in un colpo solo. Non ci fu nulla da fare se non ricomporre i corpi straziati alla meglio e chiamare le autorità. Il fieno era rosso tutto intorno. Non ricordo altro. Noi arrivammo pochi minuti dopo i soccorsi, non ci permisero di avvicinarci per vedere. Non li potemmo vedere nemmeno nella cassa. Un paio di uomini in divisa ci riportarono a casa subito sulla camionetta, giù per le *cavedagne* polverose fra i campi puliti e quasi tutti pronti al riposo invernale. Ricordo le biciclette caricate sul retro che sferragliavano. Ricordo la paglia vermiglia che scuriva seccando. Piangevamo e Carola mi stringeva forte la mano. Ma non avevamo ancora realizzato appieno l'avvenimento. Nonna Amorina, madre di mia madre, vedova da dodici anni, che da dodici anni viveva con noi realizzò molto più in fretta. Le venne un colpo. La portarono di corsa all'ospedale, sempre con noi al seguito, che cominciavamo a sentirci come quei cappelli che tutti si tirano dietro per poi dimenticarli su una

panca da qualche parte finché non sono passati giorni e diventano *perduti*. Rimase paralizzata per metà. Quando mangiava, la pappa le usciva tutta dalla bocca e si sbrodolava come una bimba piccola. Aveva sempre gli occhi umidi. Non so se per l'umiliazione o per il dolore. Le venne un colpo. Di nuovo. E poi un altro e fu l'ultimo. Appena sei giorni dopo i funerali dei nostri genitori e dello zio, andammo a quello della nonna. E restammo lì. Sedute sull'erba, fra quelle tombe fresche, con la terra ancora scura e umida ed i fiori che marcivano piano, aspettando come cappelli abbandonati che qualcuno facesse qualcosa di noi, cominciando a capire davvero tutto quello che avevamo perso e cosa fosse la solitudine. Le autorità ci misero dieci giorni a trovare un parente ancora in vita che fosse disposto a prenderci con sé e a predisporre le carte per l'affidamento. In realtà credo che zia Domenica fosse semplicemente il nostro unico parente. Ed era già allora piuttosto anziana. Zia Domenica, sorella di nonna Amorina, aveva allora ottantuno anni ma non esitò un attimo ad accettare di occuparsi di noi. Andammo a stare da lei, in un paesino arroccato sulle cime di una montagna che ci sembrava lontanissima da casa. *"Siamo una famiglia"* ci diceva sempre *"e le famiglie stanno insieme. Soprattutto nei momenti brutti. E' facile sostenersi quando tutto va bene. Bisogna esser forti quando le cose si fanno difficili, e non lasciare soli quelli del tuo sangue. E' così che si fa".* E' così che fece lei. Se ne andò a novantadue anni suonati. Io ne avevo diciassette, Carola quasi venti, così non fu necessario cercare nessun'altro che si occupasse di noi. Forse lo fece apposta a vivere così a lungo. Se lo impose. Come un compito. Non voleva che fossimo impreparate, che fossimo costrette ad affidarci a degli estranei. Zia Domenica semplicemente decise di vivere fino a quando le cose potessero andare a posto da sole. Io immagino che sia andata così. Era una donna mite, ma di una forza e volontà insospettabili.
Zia Domenica era vedova da tutta la vita. Si era sposata a vent'anni e per vent'anni era stata moglie. Poi basta. Figli niente. Ci lasciò la sua casetta con l'incarico di venderla e dividere il ricavato fra noi, più qualche soldo che aveva messo da parte nel corso della vita e l'augurio di *fare bene*. Noi eseguimmo le sue volontà e tornammo al paese dei nostri genitori dove scoprimmo di avere qualche buono postale intestato e dove Carola trovò subito lavoro ed amore. Io rimasi a vivere con lei ed il marito, Vitale, un omone enorme, buono come il pane che faceva l'autotrasportatore per vivere e quindi restava fuori casa quasi tutto l'anno. Vitale fu ben felice di lasciare la sua novella sposa a casa con la sorella anziché sola ad aspettarlo. Completai i miei studi classici e feci subito un concorso per il solo posto vacante nella neonata biblioteca del paese. Partiva da zero, con i primi tomi ancora incartati e chiusi nelle casse spedite dal capoluogo. Ed io con lei. Eravamo tre aspiranti, ma solo io ero qualificata e con una cultura mediamente discreta per ambire al posto. In pratica gareggiai contro me stessa e vinsi.
Ora che guadagnavo potevo aiutare mia sorella con le spese di casa e non sentirmi una mantenuta. Avrei anche potuto cercarmi una camera per andare a vivere da sola. Ma stavo bene con Carola. Siamo sempre state molto unite. A Vitale non davo fastidio, le poche volte che era a casa, né lui a me, e non sentii il bisogno di cambiare le cose fino al giorno in cui conobbi Gianni.
Avevo preso dalla montagna l'abitudine a parlare poco. Lì la gente è più riservata, ma non meno calorosa, sembrano più ostici, ma sono solo persone che preferiscono ascoltare, sentire come prima cosa. E lasciano parlare il dolore, perché se si sfoga un poco anche lui poi impara a tacere. I montanari fanno festa come tutti gli altri, quando viene il tempo, e anche di più. Ma se c'è da lavorare lavorano, e se non hanno niente da dire stanno semplicemente zitti. Io ero un po' così. In più ottobre non era un bel mese per me, diventavo più triste e taciturna del solito. Malinconica. Succedeva anche a Carola, che si metteva a lavorare di più. Io me ne andavo per i campi a camminare. Da sola. Camminavo anche se pioveva. Senza ombrello. Con solo l'impermeabile addosso. Il cappuccio tirato sulla testa. Come gli antichi viandanti. Mi piace la pioggia. Mi sento come protetta, nascosta dal suo manto di gocce fredde e fitte. Ci sto dentro. La pioggia avvolge, spegne i rumori, offusca le figure. Opacizza le cose, le rende vaghe come i sogni. Lascia spazio ai pensieri, li libera. Li rende più leggeri. Così io camminavo. Anche dentro la pioggia. Ogni giorno, finché la tristezza se ne andava e la vita tornava normale. Lasciavo parlare il dolore perché poi si assopisse un poco.

Però ottobre era anche il periodo dell'ultima sagra dell'anno. I paesani si davano parecchio da fare per far festa, organizzare giochi, danze e pesche di beneficenza e non vedevano di buon'occhio il nostro ritrarci da tutto quel lavorio. Dicevano che la montagna ci aveva imbastardite, dimenticando la tragedia che ci aveva colpite proprio in quel periodo, anni prima. Gli uomini dimenticano in fretta tutto ciò che non li tocca. Per quello che li colpisce ci mettono solo un po' di più. Ma non sanno rinunciare ai festeggiamenti. Lo considerano quasi un peccato capitale.

L'ultimo giorno della sagra Vitale era tornato al paese per riposare qualche tempo. Lui sapeva e cercava di essere a casa in quei giorni, ogni anno, per non lasciare Carola sola con i fantasmi. Veniva dalla Germania ed aveva portato birra non filtrata e salsicce bianche speziate. Roba mai vista. Io ero malinconica come al solito e non tornai a casa dopo il lavoro. Me ne andai a camminare. Li ritrovai, lui e Carola, che passeggiavano insieme fra le bancarelle degli artigiani venuti da fuori per l'occasione. Restammo insieme per un poco. Poi venne Gianni. Era amico di Vitale da anni. Veniva da fuori, era un *foresto* più o meno come me, ma non godeva della compassione dei paesani. Lavorava come meccanico in una ditta della zona che produceva e riparava macchine agricole. A volte riparava o faceva manutenzione anche al camion di Vitale. Restò a parlare con noi e quando gli sposini novelli si congedarono lasciandoci soli mi propose di mangiare qualcosa insieme. Io avevo saltato il pranzo ed accettai volentieri ma lo avvertii di non essere una buona compagnia.

- Eh lo so. Sei montanara! – rise – Ma se uno non ha niente di intelligente da dire è meglio che stia zitto. No? E poi finora mi è sembrato che tu fossi la compagnia migliore in mezzo a questa baraonda.

- Grazie. – andammo a mangiare pane e salsiccia in un chiosco proprio in mezzo alla piazza.

Le occhiate sbalordite della gente intorno la dicevano lunga. Gianni era un bravo ragazzo, ben voluto da tutti anche se non era del posto , mentre io ero considerata una musona. Ero del paese, quindi rispettata come tutti, ma il periodo trascorso lontano, in montagna, aveva fatto di me un'estranea a casa mia. Ero una di loro e non lo ero, tollerata con sorrisetti compassionevoli di finta comprensione. Un po' come il matto della tradizione. In ogni paese ce n'è uno. Giusto? Non mi capivano, non riuscivano a classificarmi, e così mi mettevano un poco da parte, quasi senza rendersene conto. Ma a me non dava fastidio. Io capivo meglio di loro.

Gianni si mise a parlare proprio di questo e senza accorgermi come e perché finimmo con lo sviscerare l'argomento inserendo tutti i tasselli mancanti nella storia della mia famiglia, la mia storia. Lui mi sentiva. E mi capiva davvero. I genitori non li aveva da vent'anni. Aveva solo un fratello che lavorava in città, lontano dal suo mondo. Si mandavano gli auguri per Natale e per il compleanno, sempre. Ma non si vedevano quasi mai. Non erano stati fortunati come me e Carola. Al principio si erano occupati di loro i vicini. Brave persone, compassionevoli e buone. Ma poi le autorità li avevano presi e messi in un brefotrofio. Lì aveva imparato un mestiere. Suo fratello, che aveva otto anni più di lui, era uscito presto e ne aveva chiesto ed ottenuto l'affidamento, *"perché la famiglia deve stare unita e sostenersi"*. Dove l'avevo già sentita? Ma quando Gianni gli aveva detto che aveva trovato lavoro e che voleva trasferirsi qui, non si era opposto. Gli aveva augurato buona fortuna e gli aveva ricordato che erano fratelli. Avesse avuto bisogno di qualsiasi cosa, sapeva dove trovarlo. Non si facesse scrupolo. Gianni non l'aveva mai chiesto. Ma si faceva vivo periodicamente per dire che andava tutto bene e per chiedere notizie di lui, al principio. Col tempo le comunicazioni si erano un po' ridotte. La vita andava avanti.

- Eppure io so che se avessi davvero bisogno di lui verrebbe subito. E lo stesso vale per me, naturalmente. E' una cosa bella, non trovi?, non essere soli.

- Si. Penso che lo stesso valga per me e Carola. Solo che fra noi non c'è distanza. Almeno per ora.

- Ma un giorno ci sarà. Voglio dire, anche tu ti sposerai e dovrai lasciare la sua casa. Pensi che sarà un problema?

- Non so. Immagino che succederà, ma non ci ho ancora pensato davvero. E poi non sono un buon partito qui al paese. Dovrebbe essere uno di fuori che mi sposa. Immagino che così la distanza diventerebbe considerevole.

- Si. Quanti chilometri pensi che potrebbe sopportare il vostro legame? – sorrise

- Non lo so.

- Cinque chilometri sarebbero troppi o potresti adattartici?

- Come? Sulla base di cosa valuti uno stacco di cinque chilometri?

- Sulla base di una casetta che ho trovato poco fuori dal paese, dalla parte dei monti. E' in vendita e ci sono alcuni lavori da fare. Però ha un bel giardino, e c'è un orto piuttosto grande sul retro, e un torrente proprio lì accanto. Potremmo prendere l'acqua per annaffiare, potrei costruire una pergola dove passare i pomeriggi d'estate, e mettere qualche albero da frutto che farebbe anche ombra. Potresti venire a vederla con me e magari decidere che ti piace. – mi prese le mani fra le sue mentre arrossivo fino alla radice dei capelli – Potresti essere malinconica e silenziosa quanto vuoi ed io non direi una parola. Però magari saresti sempre meno malinconica e un giorno ti scopriresti solo un po' distante di quando in quando. Non sarebbe bello?

Bellissimo. In quel momento capii che lui era tutto il resto della mia vita e sorrisi. Si può essere così immensamente felici con una certezza così piccola nel cuore? Certo che si. Accettai e ci sposammo con l'anno nuovo. Conobbi suo fratello, Andrea, che mi strinse fin quasi a spezzarmi e mi diede il benvenuto in famiglia. *"Finalmente un po' di sangue nuovo"*. Andammo insieme a vedere la casetta. Ed era davvero splendida come l'aveva descritta. Costruì una pergola come aveva promesso. Pranzavamo lì sotto da primavera ad autunno inoltrato e, talvolta, sedevamo lì sotto anche d'inverno, con un bicchiere di vino caldo speziato fra le mani per scaldarci. Ero davvero felice. Solo un po' malinconica, a volte. Gianni aveva riempito ogni spazio vuoto della mia vita, ed aveva curato tutte le mie ferite. L'uomo migliore del mondo, per me. Non so se lo merito. Ma lo amo con tutta me stessa. Per sempre.
Prima di tutti arrivò Rosalina, una gattina tutta nera che Gianni trovò in un fosso una sera che pioveva. Moriva di fame ma non era ancora capace di mangiare. Probabilmente la madre stava spostando la cucciolata e l'aveva persa. L'allattammo per due settimane prima che cominciasse a nutrirsi con cibi solidi, giorno e notte, come un bambino. Era una pallina di pelo morbida e lucente, aveva grandi occhi verdi, inteneriva il cuore solo a guardarla. Matteo venne a noi dopo un anno, ne passarono altri due e venne Ester. Chiesi il part - time per occuparmi dei bambini fino all'età scolare. Ma era una fatica immane, a volte. Quando si ammalavano non chiudevo occhio per notti intere disperandomi di non capire cosa avevano e come dar loro sollievo. Quando stavano bene mi esaurivano. Erano sempre pieni energie, faticavo ad offrire loro stimoli e passatempi. Sembra stupido ma, sebbene ricordassi di essere stata una piccola peste, non sapevo poi molto di bambini in generale. Vivere con una persona tanto anziana, per quanto bene ti voglia, lascia dei segni, cancella ricordi e capacità come quella di essere bambini, a volte. Non è colpa di nessuno, però succede. Io non sapevo più giocare, nemmeno con i miei figli. Mi sforzavo di ricordare e di capire. Ma la cosa esauriva le mie energie. Matteo soprattutto metteva a dura prova la mia pazienza. Mi somigliava molto. Non obbediva mai, metteva in discussione ogni richiesta, perentoria o meno, ogni parola,

ogni pratica. Passavo ore a spiegargli, a minacciarlo, ad imporgli obbedienza. Lui ascoltava compito, annuiva, sorrideva. Mi abbracciava e baciava. Diceva: *"ti voglio bene, mamma."* E poi faceva quello che voleva, a prescindere da tutto quello che potevo avergli chiesto o ordinato. Non ho mai cercato di piegarlo, di trasformarlo in un bravo soldatino ubbidiente, di mutilare la sua creatività o la sua personalità così forte e catartica. Volevo proteggerlo, e forse è per questo che non ho insistito di più, che non l'ho mai punito o messo in castigo. Sono sua madre. Io dovevo proteggerlo, difenderlo. E lasciare che fosse sé stesso. Perché il mio bambino adorato doveva diventare un uomo buono e forte. Un uomo grande. Ma la lotta fra noi era comunque impari, e Matteo vinceva sempre, mentre io ne uscivo a pezzi. Inutile ed esausta. Non mi sentivo all'altezza. Il terreno accanto a casa nostra apparteneva ad un anziano signore di nome Geremia. Lo coltivava perlopiù ad erba medica, che tagliava tutta a mano, impiegando giorni. Geremia aveva settantotto anni, eppure ogni mattina all'alba arrivava a piedi dal paese con il fagotto del pranzo ed un fiasco di vino che nascondeva nel torrente, sotto un salice dove sedeva a mangiare e riposare nelle ore calde a metà giornata. A fine stagione veniva un suo nipote col trattore, raccoglievano il fieno e lo portavano alle stalle dove teneva mucche da latte. Sulla parte di terreno che confinava con la nostra proprietà, vicino al torrente, anche Geremia aveva fatto un orto. Coltivava di tutto e per tutto l'anno. Ci insegnò molte cose, diventammo più produttivi anche noi. A volte veniva giù solo per stare fuori. Allora Gianni lo invitava sotto la pergola, tirava fuori pane e salame, una bottiglia di rosso, e Geremia ci faceva compagnia fino a sera. Raccontava storie in dialetto ai miei bambini, parlava degli avvenimenti del paese con noi. Portava cipolle o patate da seminare dicendo

- Mettile giù adesso che è il momento buono. Fallo prima che cambi la luna, mi raccomando. Vedrai come vengono bene queste. E' roba mia. – e strizzava l'occhio.

Geremia era il migliore dei vicini. Non veniva mai a cercarti se non aveva davvero bisogno di qualcosa, era silenzioso come uno spirito dei boschi, rispettava ed era rispettato da tutti. Accettava il tuo aiuto senza cerimonie oppure lo rifiutava recisamente. Ti consigliava solo se volevi, non sparava sentenze, non giudicava, non era saccente. Era un nonno perfetto. Aveva perso moglie e figli da tanto tempo. Viveva solo da quasi quarant'anni e un po' gli dispiaceva non avere nessun cui lasciare il poco che aveva.

- Un nipote non è mica la stessa cosa di un figlio. Ma pazienza. La sorte ha deciso così. Dobbiamo fare con quel che abbiamo.

Quando non venne al campo per tre giorni di seguito la cosa ci parse strana, tanto più che era ora di tagliare l'erba medica ormai in piena fioritura. A volte Gianni andava ad aiutarlo, la sera, tornato dal lavoro, giusto per fare due chiacchiere. La verità era che gli piaceva aiutarlo, passare un po' di tempo con lui. Era la cosa più vicina ad un rapporto padre-figlio che lui potesse conoscere, e quella sensazione gli addolciva il cuore. E poi Geremia era anziano, affaticato, e non poteva fare tutto da solo anche se insisteva che quel lavoro andava fatto a mano perché le macchine avrebbero rovinato tutto. Gianni andò in paese, a casa sua, per vedere se si era ammalato, se aveva bisogno di qualcosa. E lo trovò morto nel suo letto. Stava lì dalla sera prima, aveva mandato a chiedere alla vicina che gli facesse un poco di brodo perché non stava bene. Si era messo a letto presto, augurandosi che qualcuno pensasse al campo, perché lui ormai non poteva più. E la signora gli aveva risposto ridendo che non stesse a preoccuparsi, l'indomani sarebbe stato bene come sempre e sarebbe tornato al lavoro. Ma Geremia aveva scosso la testa, dicendole

- Domani, Teresa, vado via. Mandate a chiamare mio nipote che venga a sistemare le cose. Non voglio lasciare in disordine. Mi raccomando. Domani chiamatelo.

La Teresa lo aveva rassicurato, e stava giusto arrivando col nipote in questione mentre Gianni bussava alla porta.
Ci mancherà molto, per tutta la vita, il buon vecchio Geremia, che Matteo ed Ester già chiamavano nonno. Fu la fine di un periodo felice. E l'inizio della parte peggiore della mia vita.

MATTEO

L'ho già detto che ero una tempesta. Non ubbidivo mai. Sfidavo i miei genitori in continuazione, con qualunque scusa. A tre anni mi iscrissero alla scuola materna e le cose andarono meglio. Stare con altri bambini mi obbligava ad un minimo di disciplina, per non parlare del fatto che giocavo fino allo stremo. Quando tornavo a casa ero più gestibile e, sebbene anche Ester cominciasse a manifestare il bisogno di compagni di giochi più numerosi e vicini alla sua età, mamma era sempre paziente e ben disposta verso entrambi. Occuparsi di tutti e due noi per alcune ore invece che per tutto il giorno era meno faticoso, anche se continuavo a fare il diavolo a quattro.
L'ho detto. Non era mai toppo severa con me, nemmeno quando la esasperavo. Lei voleva qualcosa da me. Ma voleva anche che io ci arrivassi da solo. E ci arrivai. Ma fu mamma a pagarne lo scotto. Non credo di avere mai capito quanto mi amasse come dopo gli eventi di quell'anno. E non so come feci ad accettare il fatto di non essere stato all'altezza di tali sentimenti. Lei non mi incolpò di nulla. Né allora né mai. Papà nemmeno. Nessuno lo fece. Capisco che avevo solo quattro anni e che nessuno al mondo incolperebbe un bambino per ciò che avvenne. Eppure sento dentro di me di aver mancato una cosa semplice, semplicissima. Una cosa che scatenò l'inferno fuori e dentro di me. Una cosa che qualunque altro bambino non avrebbe mancato. Ma io sì. E questo cambiò le nostre vite. Le sradicò dalla loro terra e le capovolse come una grossa quercia con le fronde nel fango e le radici nel vento a seccare e morire. Ci volle tempo e fatica perché tutto tornasse a posto. E coraggio, tanto coraggio da non credere. Ma i miei ci riuscirono. E salvarono anche me. Forse Ester fu quella che ne soffrì meno. Perché visse tutto questo stando ai margini. Fu una grande fortuna. Ricordo con dolore i ventotto giorni in cui ci fu tolta la mamma. Mi sento ancora in colpa verso la mia sorellina che stava per ore seduta sul letto all'ospedale tenendole la mano, con gli occhi umidi, chiedendo

- Non si sveglia neanche oggi?

Avevo inventato una favola per lei. Dato che la nostra mamma era così bella e che le volevamo tanto bene, fu naturale trasformarla in una principessa. Un orco terribile era venuto a casa a farle un maleficio come per la bella addormentata. Ed ecco il perché di tutte quelle urla quel giorno. Ecco perché aveva quei brutti segni sul viso e sulle braccia. Ma papà, che era il nostro eroe, era arrivato in tempo con i suoi cavalieri ed aveva ridotto il maleficio, dato che non poteva cancellarlo del tutto. Doveva cadere addormentata per cento anni secondo il volere dell'orco cattivo. E quando si fosse svegliata non ci avrebbe più trovati e sarebbe morta di tristezza senza di noi. Invece papà aveva combattuto il maleficio. Mamma avrebbe dormito per poco tempo. Non si sapeva quanto, ma presto si sarebbe svegliata perché noi ogni giorno andavamo al suo capezzale e le facevamo delle carezze sulle mani e sui capelli e le dicevamo all'orecchio quanto le volevamo bene. Papà le dava un bacio sulla fronte ed uno sulle labbra e le sussurrava *"torna da noi"*. Ogni giorno il rito si ripeteva uguale, e presto il maleficio si sarebbe spezzato e la mamma sarebbe tornata. Ester ci credeva fermamente ed eseguiva con diligenza commovente ogni gesto come io glielo avevo descritto. Il maleficio si ruppe. Mamma tornò. Erano passati ventotto giorni. Un inferno. Ma ci mise molto di più a guarire davvero. E io con lei. Il senso di colpa mi bruciava il cuore. Sembra folle, ma fu lei a salvarmi. La mia mamma. Uscì dall'incubo perché non ci entrassi io.

MARTA

Geremia aveva tre nipoti che non trovando un accordo sulle sue poche cose, decisero di vendere tutto e spartirsi il ricavato. Il terreno confinante col nostro finì a un tale che viveva a venti chilometri da lì. Esso constava di poco meno di due ettari di terra stesa per il lungo fra strada e torrente. Il tizio la trasformò in frutteto in fretta e furia, con tanto di cartelli illustrativi e bandiere della Cooperativa, convinto di poterci far crescere una rara qualità di pera chiamata Le Lectier, mai vista da queste parti, che aveva avuto occasione di conoscere chissà per quale fortuito caso e la cui coltivazione dava l'accesso ai fondi europei. La coltivazione di questa particolare specie era delicata ed impegnativa, e l'accesso ai fondi era governato da regolamenti e leggi piuttosto rigidi, ma lui non se ne preoccupò affatto. Lo chiamavano *Il Bepi* in paese, uno zotico ignorante, sbruffone e sboccato. Spesso ubriaco, attaccava briga un po' con tutti. Aveva cinquantotto anni. Povero e male in arnese, non si capiva dove avesse trovato i soldi per comprare il terreno ed impiantare il frutteto. Viaggiava su una centoventisette arrugginita e senza documenti. Era sempre sporco e trascurato. Niente di buono sembrava poter uscire dalle sue mani o dalla sua bocca. Aveva lo sguardo di uno che odia il mondo, un perenne sorriso derisorio stampato in faccia. Metà della gente compativa la sua bestialità e ignoranza, l'altra metà detestava la sua violenta rozzezza ed arroganza.
Gianni non lo invitò mai sotto la pergola nemmeno per un caffè. Ricordo che il primo giorno venne a vedere il podere, ci apostrofò malamente insinuando che gli avessimo tolto qualche metro di terra spostando la recinzione, che era vecchia di almeno cinquant'anni (e si vedeva!) e che avessimo saccheggiato l'orto di Geremia approfittando della sua assenza. Gli voltammo le spalle senza nemmeno rispondere. Ma Gianni aveva incassato male il colpo. Il giorno dopo *Il Bepi* venne con un'ascia ed abbatté il salice sotto il quale Geremia riposava. Il salice cadde fragorosamente nel nostro orto mentre Matteo si disponeva a pescare col padre in riva al torrente, proprio a due metri da lì. Distrusse le piante dei pomodori e peperoni, spezzò un ramo del fico ed i fili dello stenditoio vicino casa. Gianni chiamò i carabinieri e dopo meno di un quarto d'ora una camionetta sollevava la polvere fino a casa nostra. *Il Bepi* si beccò una denuncia per aver messo in pericolo la vita di mio figlio e mio marito e aver abbattuto un albero che apparteneva all'ente delle bonifiche provocando danni materiali alla nostra proprietà.
-   In casa mia faccio quello che voglio! – biascicò. Ci volle tutta la pazienza delle divise e la loro mano ferma per fargli capire che aveva sbagliato. Ma lui non capì davvero. Ammiccò e basta. Mettemmo le cose nelle mani di Andrea, il fratello di Gianni, che era avvocato, e non ci pensammo più.

Dopo due settimane tornò alla carica. Arrivò con l'atomizzatore sparando veleno dappertutto, il vento era piuttosto forte, raffiche di trattamento si spinsero fino a noi. Dovetti chiudere i bambini in

casa di corsa. Il bucato era già compromesso. Mi guardai attorno con aria afflitta pensando a quello
che potevo fare per recuperare i giocattoli sparsi sul prato, le verdure nell'orto, il tavolo e le sedie
sotto la pergola. Avevamo anche un paio di arnie, le chiusi senza sapere bene come potevo salvarne
gli abitanti.
Il Bepi mi passò accanto ridendo, fermò il trattore ma non l'atomizzatore e mi apostrofò

-   Che c'hai, sposina? Non è buona l'aria? Respira forte che ti migliora! – furiosa andai in casa
    e chiamai di nuovo i carabinieri.

Stavolta arrivarono in meno di cinque minuti, di corsa. *Il Bepi* si prese un'altra denuncia, per danni
alla proprietà e lesioni personali. Non servì a nulla. *Il Bepi* non rispettava i regolamenti, non aveva
patentini né documenti. Non rispettava nemmeno l'orario del silenzio, o i vicini. Arrivava col
trattore alle due del pomeriggio o alle tre di notte. Sparava trattamenti su tutto e tutti, persino in
strada. Incassava le denunce e covava il suo rancore. Beveva e tornava alla carica.
Tentò perfino di ottenere le sovvenzioni per le coltivazioni biologiche, ma vennero gli ispettori a
verificare lo stato delle coltivazioni, fecero dei prelievi e gli negarono i capitali. Risultò evidente
che aveva fatto i conti senza l'oste e che non aveva né capacità né preparazione in materia, perché il
suo investimento andò in perdita senza nemmeno giungere al primo raccolto. *Il Bepi*, indebitato fino
al collo e senza il becco di un quattrino incolpò noi della sua malasorte e ci accusò di persecuzione
in ogni bar per tutti i venti chilometri da casa sua al campo, bestemmiò i nostri nomi giurando
vendette di ogni genere. E poi passò ai fatti.
Quasi ogni giorno, nel pomeriggio portavo i bambini da mia sorella, facevamo due chiacchiere e
prendevamo il caffè in compagnia. Oppure veniva lei e stavamo in giardino. I bimbi giocavano con
l'acqua in una piscinetta di plastica che Vitale aveva portato da uno dei suoi viaggi, sotto l'olmo.
Un mercoledì tornammo a casa dalla nostra consueta visita a Carola e trovai Gianni che veniva
dall'orto con la testa china. Aveva gli occhi lucidi, le mani sporche di terra. Salutò i bambini e li
mandò in casa perché era ora di fare il bagno. A me fece cenno di seguirlo. Portai i piccoli in
salotto, misi Ester nel box ed accesi la tv per Matteo, poi uscii senza farmi notare. E' sempre stato
un bambino molto sveglio. Se sospettava che c'era qualcosa che non volevi fargli vedere o sapere te
lo trovavi attaccato alle gambe.
Nell'orto, all'ombra del fico, c'era un corpicino nero, rigido e opaco, adagiato nell'erba. Mi
avvicinai piano mentre nella mia mente prendeva forma l'informazione che avevo davanti agli
occhi. Rosalina. La nostra Rosalina. Una gatta buona come il pane, che non sapeva rubare, che a
malapena cacciava i topolini. Rosalina che non sapeva diffidare della gente. Rosalina amica di tutti,
che amava le carezze più di ogni cosa e si faceva grattare le piccole orecchie rotonde anche da un
estraneo purché parlasse con tono basso e dolce. Gianni guardava a terra. Aveva scavato una buca
sull'argine poco fuori dall'orto. Sulla riva del torrente, l'argine non era che un gradino di terra
battuta di poco più di un metro di altezza e largo due. Lo spazio giusto per camminare, per pescare
o fare un pic-nic. O scavare una tomba. L'accarezzai, incredula. Il pelo non era più lucido, non era
morbido come sempre. Sembrava uno di quegli orrendi animali impagliati, buttata a terra come uno
straccio. Non riuscii a trattenere le lacrime.

-   Ha il collo spezzato. – mormorò Gianni, sentivo il mio respiro accelerare, il cuore mi
    premeva come un uccello in gabbia, pazzo di dolore, pronto a schiantarsi sulle sbarre
    piuttosto che rimanere ancora lì.

-   E' stato lui.

-   Non puoi dimostrarlo.

Alzai la voce schiantandola stridula contro il suo tono sommesso

-   E' stato lui!

- E' stato lui. - ammise

- Che bastardo! Come ha potuto! Come ha potuto prendersela con lei! Non faceva male a nessuno. La creatura più dolce del mondo! La gattina più buona del mondo.

- Non diciamo niente ai bambini. Diremo che si è allontanata come al solito. Quando non tornerà… beh, arriviamoci per gradi.

- Si. Povera Rosalina. Povera piccola mia.

 la raccolse da terra e la mise nella buca, aveva uno straccetto pulito in una mano e glielo mise sul musetto perché la terra non le finisse negli occhi o in bocca. L'accarezzò ancora una volta. Lo feci anch'io e di nuovo ebbi la sensazione che non fosse lei. Non più, con quel pelo così opaco e ruvido che sembrava sporco. La mia Rosalina era sempre lucida, pulita e così morbida, così calda di vita. Aveva occhi così intensi e verdi, brillanti. La mia piccola Rosalina non era più lei. Non era più lì. Aveva rifiutato sdegnosamente la morte e se n'era andata, lasciando un involucro che non le apparteneva, che non le serviva più. Gli occhi continuavano a bruciarmi di lacrime mentre pensavo alle mani sporche e colpevoli che l'avevano uccisa per ignoranza. Una bestia ignorante. Ecco cos'era. Ma questo non sminuiva la sua colpa. Avrei voluto schiaffeggiarlo. Spingerlo nel torrente. Tirargli sassi. E non sarebbe servito a niente. Rosalina era andata via e non sarebbe tornata. Mi asciugai le lacrime e presi per mano Gianni, che aveva mestamente chiuso la piccola tomba con la terra. Ci voltammo e vedemmo Matteo, in piedi che guardava il tumulo stringendo le labbra. Sospirai. Non potevamo più raccontare che Rosalina era a spasso chissà dove. Ester era piccola, con lei sarebbe stato più facile. Ma lui era esattamente dove non volevamo trovarlo. Non mi ascoltava mai. Nemmeno stavolta.

- E' Rosalina?

- Si.

- E' morta?

- Si.

- Chi è stato?

- Non si può dire. Papà l'ha trovata così…

- Si. Vicino alla strada. Forse un'auto l'ha colpita…

- Posso portarle dei fiori?

- Certo.

- Domani, con Ester. Ci resterà male…

- Le passerà. E' piccola.

- Si. – chinò il capo e si mise a piangere. Andai ad abbracciarlo.

- Perché è morta, mamma?

- Ci sono persone stupide al mondo. Questo qui avrà pensato che è solo un gatto. Non ha capito che un'azione malvagia è malvagia contro un animale come contro una persona. La stupidità è un brutto male, Matteo, e l'ignoranza è anche peggio. Cerchiamo di difenderci e andiamo avanti. Il dolore passerà. Rosalina ci mancherà moltissimo. Ma abbiamo tanti bei ricordi, vero? Era la micia più buona del mondo, e siamo stati felici con lei.

- Si. – lo baciai sui capelli e lo strinsi forte ripetendo "passerà" non so più quante volte. Anche Gianni si unì all'abbraccio. Fra le sue braccia trovavo sempre conforto. Lui era ed è la mia forza.

La sera, a letto, continuammo la conversazione.
- E' una bestia senza criterio. Non ha paura di niente. Non ha rispetto per nessuno. L'ignoranza è davvero un brutto male, Marta. Ma ora mi fa pensare. E se non si ferma? Se davvero non capisce di fermarsi?

- Cosa vuoi dire?

- Se facesse male ai bambini?

- Parli sul serio?

- Si. Un gatto non può mica difendersi. E il Bepi è bravo a prendersela con quelli che non possono difendersi. La pensava così anche di noi, finché non abbiamo chiamato i carabinieri la seconda volta. Credeva che non l'avremmo fatto, credeva di riuscire ad intimorirci. I nostri bambini però sono indifesi di fronte ad un tipo come lui.

- Ma non sono mai soli. Ci siamo noi, o Carola.

- E a scuola? Quando i bimbi escono in cortile? Non sono tranquillo. Domani lo porto io, Matteo. Voglio parlare con le maestre.

- Va bene.

- Se facesse qualcosa a Matteo o ad Ester….

- Non pensarci nemmeno, Gianni. Non voglio pensarci.

- No. Nemmeno io. Ora proviamo a dormire.

MATTEO

Inutile dire che avevo colto il segnale di papà. Inutile dire che finsi di lasciarmi guidare docilmente in salotto. Appena sentii la serratura della porta della cucina scattare ero già dietro a mamma. Non mi aspettavo di vedere Rosalina così immobile, così rigida. Non pensavo mai che l'avrei vista morta. Finsi di credere alle loro spiegazioni. Ma avevo sentito la voce stridula di mamma, gonfia di rabbia e di dolore dire:
-   E' stato lui. – ed avevo sentito papà rispondere semplicemente

-   Si. –

Dovevo solo capire chi era "lui".

Si trattava di ragionare, pensare. Ero arrabbiato anch'io. Quella era la prima volta che venivo a trovarmi faccia a faccia con la morte e con la malvagità. Faceva davvero male. Cominciavo a capire perché gli altri piangevano, smettevano di uscire di casa, di mangiare, di parlare quando perdevano qualcuno. Era un dolore devastante. Che cominciavo a conoscere anch'io. Questo fu il primo passo. Il secondo fu peggiore, e le conseguenze si propagarono per mesi. Fu allora che mia madre dimostrò tutta la sua forza, e tutto il suo amore per me e per la nostra famiglia.
Naturalmente i miei genitori andarono dalle autorità a raccontare di Rosalina. Quelli alzarono le spalle, era solo un gatto. Ma promisero di avere un occhio di riguardo per la nostra famiglia e soprattutto per noi bambini. I miei uscirono tutt'altro che soddisfatti dalla caserma. Presagivano una imminente tragedia e si preparavano a fronteggiarla. Ma non sapevano da dove sarebbe arrivata né quale portata avrebbe avuto. Erano così preoccupati per noi da non dormirci la notte.
Dopo quasi un mese in cui non successe niente di rilevante e il Bepi non si faceva vedere in giro, sembrò che potessimo continuare ad avere una vita normale. Di lì a qualche giorno sarebbe passato a trovarci lo zio Andrea che, ultimamente, veniva da noi con una certa regolarità.
Una sera che tornammo a casa da scuola ed eravamo tutti particolarmente stanchi e sporchi perché avevamo giocato molto nel parco della scuola, mamma mi chiese di badare ad Ester per pochi minuti. Questo significava che lei stava nel box, io le sedevo vicino e guardavamo la tv mentre mamma cucinava o faceva la doccia. Cominciava a rinfrescare e lei usava il bagno per prima. Le piaceva fare una doccia molto calda e così scaldava anche il piccolo ambiente per noi che potevamo lavarci insieme e restare un poco a giocare con l'acqua e le spugne senza prender freddo.
Quando sentii l'auto entrare nel cortile pensai subito allo zio Andrea e, ovviamente, corsi ad aprire la porta. Mi piaceva moltissimo ricevere visite. Era sempre una festa per me. Non pensai nemmeno per un momento alle raccomandazioni di mamma di non aprire a nessuno e di lasciare che fosse lei a vedere chi era. Non pensai nemmeno al botto fragoroso che era arrivato da fuori subito dopo il rumore del motore che entrava, né al fatto che dopo era piombato un silenzio innaturale sulle cose.

Tolsi il chiavistello e spalancai la porta salutando a gran voce lo zio. Una mano nervosa e ossuta, la mano di un vecchio, mi artigliò per la spalla e mi sollevò dolorosamente da terra, guardai verso l'alto e fui investito da un'acre odore di bestia selvatica e di alcool, di fumo e sporcizia. Gli occhi piccoli e cattivi di Bepi mi guardavano malevoli, aveva un odioso sorriso sulla bocca sdentata e guasta. Mamma arrivava in quel momento, chiusa nell'accappatoio, coi capelli umidi ed il suo buon profumo di violetta, ripetendo per la milionesima volta la frase

- Matteo! Ti ho detto che non devi aprire la porta senza di me o papà!

No, mamma. Hai ragione. Quanto vorrei averti dato ascolto almeno quella volta! Quella volta sola! Il colore sul suo viso defluì di colpo, gli occhi erano così sgranati che pensai fossero ingigantiti per magia. Non l'avevo mai sentita usare un tono più tagliente e freddo di quella sera. Scandì imperiosa e altera come una Dea

- Togli le mani di dosso a mio figlio ed esci da casa mia immediatamente!

- No, *putana*! Sono venuto a darti il tuo. Oggi regoliamo i conti. E comincio da lui, o da te. E' uguale. – aveva la bocca impastata, ma le mani erano forti e ferme. Mi faceva paura. Lei non gli diede un momento per riflettere. Quando disse che cominciava da me, gli si scagliò contro come una furia.

- Lascialo! - mi liberò e mi spinse via.

- Scappa Matteo, prendi Ester e scappa! Chiama papà! Chiama aiuto! – cercò di prendere il cellulare, ma il Bepi le strappò l'accappatoio di dosso e la fece cadere a terra.

Lanciò il telefono verso me prima che lui riuscisse a toglierglielo di mano, continuando a gridare parole che io non riuscivo più a capire. Piangevo, avevo paura. Corsi dalla mia sorellina che, sentendo tutto quel baccano si era messa a piangere disperatamente quanto me. Non potevo tirarla fuori dal box, non ne sarei stato capace. Feci il numero di papà che rispose subito. Riuscii a spiegargli fra le lacrime che il Bepi era in casa e che stava picchiando mamma. Papà perse un colpo, lo sentii distintamente. Mi disse le stesse cose di mamma: "prendi Ester e nasconditi, nascondetevi bene e non uscite finché non arrivo io. Son già per strada!" Nascondermi dove? Prendere Ester come? Rimasi lì con lei fra le lacrime, accarezzandole le piccole dita infilate nella rete del box e mormorandole parole di conforto in cui nemmeno io credevo. Raccolsi il mio coraggio e gattonai fino alla porta d'ingresso dove mamma continuava la sua disperata lotta contro il Bepi. Era nuda, lui le stava sopra con i calzoni calati fino alle ginocchia, tempestandola di pugni e parolacce. Lei si divincolava, gridava piangendo senza sosta.
- Sta ferma, *putana*! Sta ferma, *ti venga un canchero*! Tanto non scappi. E dopo sistemo anche i tuoi figli! Ti passa la voglia di dirmi cosa posso o non posso fare in casa mia! Mi hai rovinato! Non ho più niente! Ma a te ti sistemo prima di finire! Te e quei due di là. E poi anche tuo marito! Vedrai!

- No! NOOO! Non toccarmi! Non toccare i miei figli! Non ti avvicinare a loro! Bastardo! Va via! Va viaaa! NOOO!

Continuavo a guardare anche se non volevo vedere quello che stava accadendo. E piangevo, piangevo tanto da non vedere quasi più niente. Avrei voluto chiudere gli occhi, ma non potevo. E comunque c'erano le grida. Le sue grida disperate. Non potevo chiudere anche gli orecchi, non ne avevo la forza. Passarono solo pochi minuti, lo so. Me ne rendo conto. Eppure a me sembrò un tempo infinito, l'attesa. Quando finalmente entrarono correndo i poliziotti e lo strapparono letteralmente da sopra mia madre che continuava a gridare come un'ossessa, vidi che era una maschera di sangue. Gli aveva graffiato il viso ed il petto, un orecchio gli pendeva sanguinante dal lato sinistro ed anche sugli avambracci c'erano tagli e morsi che necessitavano di cure. Lei si divincolava. Si divincolava ancora, anche fra le braccia degli agenti che cercavano di calmarla, di coprirla, di vedere se era ferita e dove. Aveva il viso pesto, un occhio chiuso, la bocca spaccata, il collo viola, le braccia sanguinavano. L'aveva picchiata senza pietà. L'aveva stuprata. E lei continuava a divincolarsi gridando *"Non toccare i miei bambini!"* Tornai gattoni accanto ad Ester, continuando a piangere ed a ripetere "Va tutto bene, Ester, va tutto bene. Sono arrivati i cavalieri. Siamo salvi. Mamma è salva." Ma non riuscivo a smettere di piangere. Stringevo il cellulare di mamma tra le mani. Papà venne a prenderci dopo un minuto. Lacrime silenziose gli correvano sul viso. Ci strinse tanto forte da toglierci il respiro, sollevato che il Bepi non fosse arrivato a torcere un capello a nessuno di noi. Ma non ci permise di andare da mamma. Ci consegnò a zia Carola, misteriosamente apparsa sulla porta, e tornò nell'ingresso. C'era un ambulanza con i lampeggianti che rischiaravano la sera. Mamma era sulla lettiga, priva di sensi, legata e con un lenzuolo bianco ed una coperta color terra addosso. I suoi capelli castani incrostati di sangue riempivano il bianco del cuscino come un fiore disfatto. Mi sentii morire. Papà stava lì accanto, le carezzava la mano inerte piangendo in silenzio. Scivolai via dalle mani di zia Carola che cercava di calmare Ester e mi avvicinai a lui. Parlava con un agente mentre mettevano la mamma sull'ambulanza e la portavano via. Senza quella nel cortile vidi la vecchia scassona del Bepi schiantata e distrutta contro il muro del garage, di spigolo. Il lato passeggero inesistente. Se avesse sterzato solo un poco a destra non sarebbe mai entrato in casa… ma questo pensiero l'ho potuto formulare solo qualche anno dopo.

- Papà…. ho aperto la porta. Ho sentito la macchina, credevo…. Ho aperto senza aspettare la mamma. – sussurrai piano. Lui guardò l'agente che fece un cenno d'intesa. Poi mi prese fra le braccia.

- Non è colpa tua, Matteo. – mi abbracciò e mi baciò.

Dentro sentivo che era sincero. E che sbagliava.

MARTA

Gridavo. Gridavo forte. Ma non avevo più voce. Mi battevo senza sosta. Ma non avevo più forze.
Non doveva toccare i miei bambini. Non doveva arrivare a loro. Le cose terribili che aveva detto….
Non doveva toccarli. Rosalina. Rosalina! I bambini! Sarei morta piuttosto di lasciargli fare! Le cose
terribili che mi aveva fatto!.. Dio! Dio! Perché non arrivava nessuno ad aiutarmi? Non ce la facevo
più. Ogni volta mi immobilizzava sotto il suo peso e dovevo ricominciare daccapo. Tentare, cercare
un punto debole. Sfilare la mano, alzare di scatto la testa, colpirlo con tutto quello che potevo, con
me stessa. Mordere, graffiare, sputare, colpire, colpire, colpire! Tenerlo lontano da loro. Sentivo il
suo odore di bestia addosso, soffocante, l'alito schifoso mentre mi diceva cose orribili, gli occhi
gialli su di me, la sua bava addosso. Vomitai. Gli vomitavo addosso e lui mi insultava con le
peggiori parole. Ma restava lì, non riuscivo a liberarmi di lui. Ad un certo momento qualcosa
cambiò. Cambiarono le mani, lui si alzò. Avevo lottato tanto per difendermi, ora lottavo per tenerlo.

-   Nooo! Non toccarli! Non toccare i miei bambini! Brutto schifoso! Non ti avvicinare! Non
    toccarli!

Altre mani mi presero. Non capivo. Piangevo. Mi dimenavo come una pazza, senza più forze.
Gridavo e piangevo disperata. Quelle mani erano più gentili, ferme. Cercavano di coprirmi, di
trattenermi. Mi bloccavano a terra senza farmi male. Ma ero così stanca che sembravano mani
di titani. Sentii pungere sul braccio, mi fece male, ma dopo un attimo tutto cominciò ad
allontanarsi da me. Il pavimento, le mani, le voci. Precipitavo verso l'alto, nuotavo nell'aria. Mi
venne da vomitare ancora, ma questa volta non vomitai. C'erano delle voci, ma erano così
lontane che a stento le sentivo e non le capivo quasi. Dicevano: *"I bambini sono salvi, Marta.*
Nessuno farà loro del male. E' tutto finito. E anche a te non farà più male. Siamo tutti salvi,
ora. Sei stata coraggiosa, Marta. Calmati, adesso. E' tutto finito." Una di quelle voci poteva
essere quella di Gianni, credo. Ma era così lontana che non ne ero certa. E così non gli credetti.
Precipitai nel buio. E ne riemersi a tratti per giorni e giorni. Ogni volta gridando e dimenandomi
come una pazza assoluta. Ogni volta venivano mani gentili ma decise a fermarmi, a tenermi.
Ogni volta mi pungevano sul braccio e ricominciavo a nuotare nell'aria, le lacrime si fermavano
sugli occhi e li affogavano. Ogni volta venivano quelle voci distanti a cercare di convincermi
che tutto era a posto. Ma non ci credevo. Continuavo a non credere, il male era troppo grande,
non potevo fidarmi e rischiare l'incolumità dei miei bambini, finché riconobbi finalmente la
voce di Gianni, che parlava, raccontava, rassicurava…E poi vennero anche le voci di Matteo e
di Ester. Smisi di precipitare e tornai a terra. Matteo raccontava una favola di cavalieri ed orchi
e principesse, la piccola ascoltava, chiedeva…chiedeva qualcosa. Quando l'ultima volta aprii gli
occhi li trovai tutti lì. I miei bambini seduti sul letto, il mio Gianni dietro loro che mi osservava
con un sorriso triste. Aspettava.

-   Mamma... mamma, sei sveglia! – Matteo era raggiante, ma anche spaventato

-   Si…- non mi usciva la voce, dovetti tentare due o tre volte per farmi sentire. La gola mi
    bruciava da morire. Mi si buttarono addosso stringendomi forte, sentii un dolore intollerabile
    al petto.

-     Attenti. Mamma sta ancora male. Dovete fare attenzione bimbi. – li fece staccare piano e sedette sulla poltroncina vicino a me. Mi prese la mano e se la portò alle labbra, poi mi baciò piano sulla bocca e sulla fronte.

-     Non volevano farli passare perché avevi proprio un brutto aspetto. Temevano che li spaventassi. Ma dopo la prima settimana ho deciso che dovevano venire da te. E avevo ragione. Ha fatto bene a tutti. Tu hai smesso di agitarti, e loro sono più tranquilli. Avevano paura che non tornassi più. Siamo venuti ogni giorno, mattino e sera.

-     Quanto tempo? – gracchiai piano

-     Ventotto giorni. Spero che ti dimettano presto. A casa con la tua famiglia andrà meglio. Guarirai prima. - lo tirai piano verso me, non volevo che i bambini sentissero

-     Ho ancora addosso l'odore! – sussurrai - non va mai via. Sono sporca! Sono lurida! – lui si staccò per guardarmi fisso negli occhi, mi strinse forte le mani.

-     No, Marta. Non sei sporca. Sei forte, hai coraggio. Hai protetto i piccoli come nessun altro avrebbe saputo fare. L'hai ridotto male, proprio male! E se lo meritava tutto. Si meritava di più. Ma ora non devi pensare a lui. Il Bepi sta in galera e spero che ci marcisca dentro. Tu vieni a casa con noi appena ci danno il via. Andrà tutto a posto. Io ti amo. Sei il mio tutto, insieme a questi due contastorie! Andrà a posto, amore. Vedrai. – aveva parlato con tono normale, sereno.

 I bambini lo avevano ascoltato. Matteo mi guardava fisso negli occhi. Voleva qualcosa da me. Non capivo cosa. Non riuscivo a pensare lucidamente. Mi abbandonai sui cuscini chiudendo gli occhi. Lo sentivo, il suo schifoso odore. Sulla pelle, sulle mani, sul viso. Non se ne andava. Non sapevo cosa fare.
Ci fu il processo. Per direttissima, dissero, perché il Bepi non era tutto in casa ed era meglio per lui dichiararsi colpevole e chiuderla lì il più in fretta possibile. Avevo ancora i segni sul viso, gialli, quasi guariti, due costole incrinate, graffi e lividi un po' ovunque. Le foto scattate al pronto soccorso parlarono per me con eloquenza. Anche lui non era conciato bene. Gianni diceva la verità. Guardavo le prove e mi sorprendevo di esser stata capace di tanta violenza. Ma le sue parole contro la mia famiglia e le minacce fatte ai miei figli dovevano aver chiuso un interruttore che non sapevo di possedere. Con ciò che ne conseguiva. Gli diedero due anni. Dopo sei mesi lo rilasciarono per buona condotta con l'obbligo di frequentare un gruppo di sostegno ed uno psichiatra due volte la settimana. Gli era davvero convenuto!
Io non ebbi quasi reazioni. Ero sempre intontita dai farmaci. La vita mi scivolava addosso e non la sentivo. Non mi accorgevo di nulla. Tornai al mio lavoro per un poco, ma era troppo difficile. Mi prendeva il panico nei momenti più impensati. Scivolavo a terra dietro il bancone e scoppiavo in singhiozzi incontrollabili. Chiamavo Carola o la scuola in continuazione per sapere dei bambini. Telefonavo a Gianni per chiedere a che ora sarebbe rientrato e cercavo di non arrivare mai prima di lui. Mi convinsero a prendere un periodo di aspettativa. Non ero in grado di lavorare. Ma quando lo sarei stata? La mia vita era diventata una prigione come non lo sarebbe mai stata per quel maledetto del Bepi. Ed il suo odore… il suo maledetto odore non se ne andava mai. Cambiavo docciaschiuma continuamente, mi strofinavo la pelle fino a scorticarmi. Mi lavavo in continuazione, mi cambiavo d'abito. Non serviva a niente. Ce l'avevo sempre addosso. Non riuscivo ad essere pulita. Mi arresi. Non ne potevo più. Gianni mi osservava senza parlare, accondiscendeva sempre alle mie scelte, mi sosteneva, mi difendeva. Aspettava. Non facevamo più l'amore. Quando mi sfiorava per una carezza iniziavo a piangere. Era come se volesse accarezzare un sacco di letame puzzolente, per me.

Come se io fossi emersa tutta nuda da una discarica e lui avesse voluto abbracciarmi comunque, stringermi a sé. Non potevo accettarlo. Mi vergognavo troppo.

Dormivo fino a tardi, disinteressandomi della casa, allontanandomi dai bambini. Le medicine mi tenevano intontita, lontana dal male e dalla mia famiglia. Matteo continuava a guardarmi senza parlare. La sua domanda restava fra noi, inespressa. Io non riuscivo a capirla. Lui non trovava il coraggio di esprimerla. Sembravamo due sulle sponde opposte di un fiume grande come il Po. Fermi a guardarsi senza poter parlare, senza capirsi. I mesi scorrevano nel mezzo come la corrente. Un sabato mattina caddi giù dal letto mentre Gianni usciva. Lo avevo sentito girare per casa, preparare il caffè, riordinare la cucina, controllare i bambini. Mi aveva baciata sulla tempia e se n'era andato a fare qualche commissione. Io rotolai fuori dalle coperte e mi ritrovai sul tappeto, gli occhi guardavano sotto il letto. Era tutto perfettamente pulito e in ordine. Ci aveva pensato lui. Ci pensava da quando ero tornata a casa, e anche da prima. Io non servivo più a niente. Ero malata. Non guarivo. Mi alzai e mi trascinai stancamente fino al bagno, lasciai cadere il pigiama a terra. Lo osservai per un momento… di solito lo mettevo nel cesto della biancheria sporca per via dell'odore. Lo raccolsi e lo ripiegai, lo misi sul ripiano. Lo ripresi e lo annusai…. lo riposi di nuovo. Mi infilai sotto la doccia. Non riuscivo a pensare lucidamente. Da parecchio tempo, in verità. Era perfino piacevole. Se stai così qualcun altro si occuperà di tutto. Qualcun altro farà le cose per te, deciderà per te, sceglierà per te. Lascia fare… Girai il rubinetto sull'acqua fredda. Uno shock! Respirai affannosamente per qualche minuto, poi mi ripresi. Chiusi l'acqua e mi rivestii. Dovetti preparare di nuovo il caffè perché Gianni lo aveva bevuto tutto. Era parecchio che non prendevo una tazza di caffè. Il suo profumo mi rincuorò. Uscii in giardino. Trascurato… Si occupava della casa, dei bambini. Di me. Andai nell'orto… Trascurato. Sedetti a terra, davanti all'insalata, Invasa dalle erbacce stentava a crescere. Il torrente scorreva davanti ai miei occhi, placido, potente. Così seduta cominciai a togliere qualche filo d'erba a mani nude. Poi mi misi in ginocchio e ripulii tutto il pezzo destinato alla misticanza. Non avevo preso le medicine. Decisi di non prenderle affatto. Ogni momento che passava mi sembrava di acquistare lucidità di pensiero, di vedere più nitidamente. Andai nel capanno e cercai gli attrezzi. Se dovevo farlo allora l'avrei fatto bene. Misi i guanti e tornai nell'orto, ma non durai a lungo. Dopo meno di un'ora non avevo più fiato. La debolezza mi spinse a cercare un posto all'ombra dove riposare un poco. Guardai dietro di me, l'insalata, le carote, i ravanelli e le melanzane erano liberi. Pomodori e peperoni avrebbero dovuto aspettare. I piselli andavano raccolti o sarebbero marciti. Alle patate non occorreva niente. Sedetti in riva al fiume con un senso di pace ed appagamento quasi buono. Potevo tornare quella di prima? Sarei stata capace? Uno scricchiolio alle mie spalle mi richiamò indietro, mi voltai piano. Matteo era lì, silenzioso e serio. Con una bottiglia d'acqua fra le braccia, così grande per lui.

- Hai sete mamma? – bisbigliò insicuro

Era straordinariamente a fuoco. Capii in quel momento che da giorni e giorni la mia famiglia mi scivolava accanto senza quasi toccarmi. Come fantasmi. Perennemente avvolti in una foschia che non era mai giorno o notte. Non c'era sole, né luna né stelle per me. E nemmeno loro. Le medicine mi avevano tenuta in un limbo che rasentava paurosamente il nulla assoluto. *Ed io non mi sono nemmeno accorta…* come il vecchio davanti alla vita nel *Giardino dei ciliegi* di Chechov. Ma allora il fantasma ero io, non loro. Continuavo a guardarlo, incapace di comporre la parola che avevo sulla lingua. Avevo dimenticato? Annuii e tornai a guardare il torrente. Sulla riva opposta il proprietario aveva creato un bosco ceduo e come tale lo curava, cioè ogni tanto puliva il sottobosco, faceva un po' di legna tagliando solo alcuni alberi e solo in determinate condizioni. Lasciava il resto così com'era. La comunità gli dava un contributo e lui lo usava per pagare le tasse. A noi piaceva molto quello che aveva creato, passavamo ore a guardarlo, il bosco di là dal fiume. Matteo mi venne accanto e porse timidamente la bottiglia che aveva ancora in braccio. C'era l'impronta delle sue piccole dita sulla condensa. Il suo sguardo…. quella domanda che continuava a farmi in silenzio e che non riuscivo a codificare. Cercai la mia voce e faticosamente domandai

- Ester?

- C'è zia Carola con lei. Viene ogni mattina per aiutare.

bevvi a lungo e con piacere inusitato l'acqua fresca che Matteo mi aveva portato. Mi sembrava che ogni cosa quel mattino fosse una specie di preludio alla vita, il mio personale risveglio dopo cent'anni di sonno sotto maleficio, come ricordavo di avergli sentito raccontare. Ma forse mi sbagliavo. Sognavo.

- Stai meglio?

- Ancora non so. Siedi qui con me, amore.

lo feci sedere davanti a me, fra le mie gambe sul declivio, così potevo abbracciarlo come avevo sempre fatto. Il suo profumo di bambino mi inebriò e mi fece venire le lacrime agli occhi. Gianni diceva sempre che i nostri bambini avevano il mio odore, la loro pelle era come la mia, anche al tatto, che poteva riconoscerli anche bendato. Gli bastava annusarli per ritrovare il profumo dei suoi piccoli, della sua famiglia. Io non sentivo che lo schifoso odore di quell'animale su di me, mentre Matteo sapeva di buono, di bimbo. Desiderai con tutto il cuore che il suo odore mi si attaccasse addosso e cancellasse quell'altro.

- Non ti ho obbedito… non lo farò mai più, mamma. Lo prometto. – aveva parlato così piano che per un soffio non mi era sfuggito. Aveva il pianto nella voce.

- Cosa?

- Ho aperto la porta… credevo fosse lo zio… ma è entrato lui, e ti ha fatto male. – tremava, piangeva, lo strinsi a me, gli baciai il capo, i suoi bei capelli folti e lucidi.

- E' passato, Matteo. E' passato.

- Mi dispiace, mamma. Mi dispiace, non essere arrabbiata. Mi dispiace.

- No, amore. Non sono arrabbiata. Non pensare più a quella cosa. E' passato. Non è stata colpa tua.

- Si, invece.

- No, Matteo. No. Le persone sono buone o cattive. Non puoi saperlo finché non le incontri e ci vivi accanto. E dopo è tardi, ma prima non è niente. Possiamo solo imparare e provare a difenderci, a proteggerci. Pensavamo che quello fosse solo un poveraccio e un ignorante. Ora sappiamo che è una bestia malvagia. Non lo faremo avvicinare mai più. Ci proteggeremo. Ma tu non hai colpa per quello che lui è. Capito? – annuì titubante, e mi accorsi che tremava, mi accorsi che indossava un maglione a maniche lunghe mentre la giornata si preannunciava afosa. – Non vuoi toglierlo, questo? Fa troppo caldo per stare tanto vestiti, andiamo a cercare qualcosa di più leggero, dai.

- No, mamma. No. – perché rifiutava? Sembrava ancora tanto spaventato. Io cominciavo ad essere davvero stanca. Senza medicine sembrava tutto molto difficile, per quanto molto più chiaro. Non ero affatto certa di poter restare da questa parte del precipizio, anzi. Per un fugace momento pensai che poteva essere piacevole tentare di attraversarlo e… cadere. Ma la sua domanda inespressa aveva preso forma nella mia mente ed ora cominciavo a capire, c'era di più. Non dovevo fermarmi. Matteo stava lì, mi guardava. Aveva bisogno di me. Dovevo restare ed essere pronta. Sveglia. Vigile. Per lui.

- 	Perché no, Matteo? Cosa c'è che non va? –

scivolai con le mani sotto il maglione, sulla sua pelle nuda, leggera come una piuma, lui si irrigidì. Cercai sulla schiena, poi sulle braccia. E lì trovai. Percepii i segni, erano diversi, non li contai. Le croste erano ancora morbide, alcune correvano di traverso per tutto il braccio, dal polso al gomito di entrambi, altre erano più piccole e sembravano più vecchie. Lo costrinsi a scoprire gli avambracci e controllai con gli occhi quello che le dita avevano trovato.
Maledetto! Maledetto animale! Mi aveva spinta a perdermi fuori di me, a restare lontana dalla mia famiglia. Mi aveva quasi distrutta e distruggeva i miei cari. Strinsi gli occhi per non piangere ma una lacrima sfuggì e corse sul viso solitaria.
- 	Non devi farlo più, Matteo. Mi ascolti? Mai più. Non hai colpa di quello che è successo. La colpa è sua. Soltanto sua! E' un malvagio, una bestia senz'anima. Tu non c'entri niente con lui. Hai capito?

annuiva piangendo, lo strinsi più forte sul cuore, accarezzando e baciando il suo bel viso contratto dal dolore, troppo grande per i suoi pochi anni. Quella bestia gli strappava l'innocenza di dosso come aveva fatto con i miei vestiti. Lo volevo morto. Con tutto il cuore, volevo che morisse.
- 	Guariremo insieme, amore mio. Vedrai, ci vorrà tempo. Ma tu ed io guariremo insieme. Mi credi? Te lo giuro, Matteo. Te lo giuro.

i suoi occhi umidi fissi nei miei sembravano non voler lasciare il contatto. Cercava la forza che gli avevo promesso, ne aveva bisogno. La domanda silenziosa cambiava forma, rapidamente. Ma ora l'avevo afferrata, compresa. Non l'avrei lasciata sola e muta, non più. Stavo tornando e non sarei scomparsa di nuovo. Mi alzai faticosamente, tenendolo per mano. La bottiglia quasi vuota nell'altra.
- 	Sono stanca da non credere, e mi sono appena alzata. Ma ho davvero bisogno di riposare, e forse anche tu… Mi fai compagnia? Faccio una doccia e poi mi stendo un poco, possiamo leggere una storia insieme. Ma se mi addormento… non arrabbiarti, Matteo. Sono davvero stanchissima.

- 	Si, mamma.

rimase ad aspettarmi seduto sul letto, quando mi distesi venne accanto a me con uno dei suoi libri preferiti, non lessi più di tre pagine. Matteo dormiva, rannicchiato fra le mie braccia, le guance ancora rigate dalle lacrime. Chiusi gli occhi anch'io, tenendolo così. Col capo sul mio petto. Mi svegliai un momento sentendo le mani di Gianni che ci mettevano addosso una coperta leggera.
- 	Siamo stanchi… - mormorai

- 	Lo credo bene. Ho visto che sei andata nell'orto.

- 	Si.

- 	E che non hai preso le medicine.

- 	Non le voglio più.

- 	Va bene. Carola è andata a casa, io ed Ester ci mettiamo un poco in giardino. Voi riposate quanto volete. Sono felice che tu stia tornando, Marta. Mi sei mancata da morire.

mi baciò sulla fronte, poi sulle labbra. Chiusi gli occhi e tornai a dormire, pensando fugacemente al maledetto odore che non voleva andarsene, e al profumo dei miei cari che non riusciva ad attaccarsi alla mia pelle.

MATTEO

Quel giorno terribile, mentre papà stava all'ospedale con mamma, mentre le somministravano le prime cure e la imbottivano di sedativi perché non si facesse del male, io ed Ester eravamo a casa di zia Carola, restammo lì alcuni giorni, mentre la polizia scientifica faceva rilevamenti e raccoglieva prove. A casa nostra non potevamo stare. Mi chiusi in bagno a piangere da solo. La zia mi lasciò fare mentre anche lei piangeva piano cullando Ester. Quel giorno, in bagno, cominciai a tagliarmi. C'era il rasoio di zio Vitale, dimenticato sul mobiletto a specchio. Lo presi e lo feci scivolare sull'avambraccio senza pensare. Cominciò così. Mi sembrava che il dolore fisico cancellasse almeno un poco quello che mi sbranava il cuore. E poi quello potevo controllarlo. Potevo chiamarlo quando non ne potevo più, quando ne avevo bisogno, mentre l'altro stava sempre lì. Mi toglieva il fiato, la voglia di vivere. Sentivo di essere io il mostro. A quattro anni.
Mamma mi salvò.
Prendersi cura di me, salvarmi da me stesso e dal male che era entrato violentemente nella nostra casa salvò anche lei. Volevo chiederle aiuto, perdono, protezione e amore tutto insieme. Ma non trovavo le parole. Avevo paura che non mi amasse più per quello che il Bepi le aveva fatto. Perché era stata colpa mia. Io avevo aperto la porta al mostro! E per proteggere noi, lei non aveva potuto fuggire a nascondersi aspettando che tornasse papà. Lei era stata la vittima sacrificale della mia disobbedienza, del mio rifiuto verso tutto ciò che mi chiedeva di fare. Non le disobbedii mai più. Ma lei, di contro, non mi chiese mai più nulla se non una volta sola. Capitava che, distratto, non la sentissi nemmeno. Ma lei non ripeteva le sue richieste. Non mi faceva raccomandazioni se non *"stai attento, divertiti"* o *"abbi cura di te"*.
Credevo che non mi amasse più. Invece mamma riuscì a capire quello che avevo dentro senza quasi che parlassi. Lei ascoltò le mie lacrime, i battiti furiosi del mio cuore, i balbettii colpevoli che mi uscirono di bocca. Lei mi trovò dov'ero nascosto e mi riprese con sé. Sentirle dire che saremmo guariti insieme, che mi voleva bene fu l'emozione più potente che si possa provare. E un balsamo miracoloso per me. Abbandonato fra le sue braccia stentavo a credere di essere ancora io, spossato com'ero, e mentre lei si diceva così stanca e mi proponeva un sonnellino alle undici di una domenica mattina afosa, mi stupii di come fosse quella la sola cosa al mondo che desideravo in quel momento. La più importante di tutte. La più bella. Dormii come non mi accadeva ormai da settimane, stretto fra le sue braccia. Non l'avrei lasciata andare per niente al mondo, la mia mamma. L'amavo più di tutto. E lei mi amava ancora. Sempre.
Nei giorni seguenti la trovai sempre più attiva e presente. Non prese le medicine se non in alcuni sporadici casi in cui sembrava che il terrore l'assalisse senza darle scampo. Ma più spesso chiedeva a papà di stringerla o di portarla fuori a fare un giro in macchina, a volte anche alle tre del mattino. Papà diceva sempre di si, allora ci mettevano i giubbotti addosso, una coperta sulle gambe e scivolavamo per le strade nei dintorni finché lei diceva *"E' passato, Gianni. Torniamo a casa."*
Quando compii sette anni, mamma mi iscrisse in una palestra dove si praticava la boxe, a pochi chilometri da casa. Non perché imparassi a difendermi, o a picchiare. No, quelle erano cose cui non pensava neppure. Ma perché tirassi fuori tutto il veleno che avevo dentro. Così non mi sarei più fatto male e mi sarei sfogato come si deve senza prendermela con nessuno. Veniva ad ogni allenamento, assisteva ad ogni incontro. Non commentava mai, non diceva una parola. Restava lì,

seduta a guardare senza fiatare. Sorrideva, mormorava *"va bene"* oppure *"bravo"*. Nient'altro. Poi un giorno, a dodici anni, feci il mio primo incontro agonistico, e lo vinsi. Avevo un occhio pesto, l'allenatore era orgoglioso di me, ma sapeva che non ci sarebbe stato un seguito. Le propose di andare avanti, disse che potevo fare una buona carriera perché ero bravo, disciplinato, avevo autocontrollo. Ma lei scosse la testa sorridendo.

- No. La cosa finisce qui, almeno per quanto mi riguarda. Se Matteo vuole continuare deve dirlo lui. Lo so che ora stai bene. Lo vedo. Puoi fare altro, e poi mi dispiacerebbe che ti rovinassi questo bel viso. La boxe è uno sport cruento.

Andava bene anche per me. Iniziammo a fare trekking, insieme. Tutta la famiglia. Un vero balsamo per l'anima.

MARTA

Era sempre tutto avvolto dalla nebbia. Come in mezzo ai pioppi, giù in golena. Solo che si accompagnava ad una sottile paura. Senza spiegazioni, senza logica, serpeggiante, onnipresente. Dal periodo in ospedale al processo, breve, alla convalescenza a casa. Fino al giorno in cui andai nell'orto. Il giorno in cui il mio bambino venne a portarmi l'acqua. Di ciò che accadde prima allora non ricordo quasi niente. Solo sensazioni, perlopiù fastidiose e fonti di perenne disagio. Accanto alle cose che non ricordavo c'erano cose che avrei voluto dimenticare. Non potevo. Al processo ebbi una crisi di nervi. Gridai e caddi a terra priva di sensi. Lui era all'altro capo del corridoio. Di sicuro l'avevo percepito prima ancora di vederlo. Matteo rilasciò una dichiarazione, con l'aiuto di uno psico-pedagogo, a porte chiuse, ma non dovette subire il confronto col Bepi. A me la cosa fu risparmiata a causa delle mie condizioni psichiche e, implicitamente, della mia reazione ogni volta che venivamo a trovarci vicini. Non ero controllabile, si rischiava lo scontro, l'infarto, l'aggressione e chissà cos'altro.
Fu condannato a due anni di carcere, ne scontò appena sei mesi. Rilasciato con indulto tornò a casa ed alla vita di sempre. Il frutteto era in malora, non poteva rimetterlo in sesto non avendolo mai curato con coscienza. Soprattutto non poteva lavorarci. Andrea, il fratello di Gianni si era affrettato a richiedere una restrizione che tutelasse me e la mia famiglia. Il Bepi non poteva avvicinarsi a meno di cinquanta metri da noi tutti, visti gli atti del processo e la condanna a suo carico. La cosa non lo toccò. *"A casa mia faccio come mi pare"*.
Non prendevo più le medicine. Non volevo. Ma tutto era difficile. Limpido e difficile. Cominciavo a tremare incontrollabilmente da un momento all'altro. Senza motivo. Bastava una parola. Un rumore. Una voce. Scoppiavo in lacrime e cadevo sulle ginocchia, mi stringevo in un angolo. Nascondevo i bambini dietro di me, spaventandoli. Quante volte era proprio Matteo a riportarmi alla realtà, accarezzandomi la mano, stringendola fra le sue, e mormorando che andava tutto bene, che era tutto a posto. Lui più di tutti sembrava comprendere ed apprezzare ogni mio sforzo, incoraggiandomi a non cedere, confortandomi. Convinto, forse, che la sua salvezza fosse legata a doppio filo alla mia. Si può chiedere così tanto ad un bimbo così piccolo!
Eppure io resistevo, lottavo contro il panico, contro l'orrore. Per lui. Per loro. Ma il Bepi stava sempre lì. Si era procurato una *nuova* scassona, smarmittata e piena di ammaccature e ruggine. Roba da rottamazione, ma funzionava, e anche bene, almeno per noi, perché lo sentivamo arrivare da lontano e potevamo metterci in allarme per tempo. Passava ogni due o tre giorni. Andava al campo, tagliava l'erba e si avvicinava a casa nostra urlando minacce e parole sconce. Chiamavamo le forze dell'ordine ogni volta. Arrivavano ogni volta. Lo prendevano e lo portavano via con la camionetta. Ci lasciava in pace per qualche giorno. Poi tornava.
Non aveva paura di niente e di nessuno. Così ignorante, così bestiale da non riconoscere nessuna autorità che non fosse la propria. L'ultima volta lo trovammo appoggiato sulla recinzione di confine. Strappava i miei gladioli, gli ultimi della stagione, sporgendosi vistosamente oltre la rete e bestemmiando, come suo solito. Telefonai ai carabinieri mentre entravo in cortile con l'auto. Ero

sola coi bambini, tremavo come una foglia e non riuscivo a smettere. Balbettavo visibilmente. Non sapevo cosa fare. Per entrare in casa dovevamo ripercorrere il vialetto passando davanti a lui. Non mi sentivo sicura in auto. Dovevo proteggere i bambini, non potevamo restare lì fuori. Feci un respiro profondo e mi accinsi a scendere, presi per mano i miei piccoli e li condussi lentamente verso la porta, parlando a bassa voce.

- Non c'è da aver paura. Non può farci più nulla, lo sai vero? Matteo, stai tranquillo. Ester, dammi la mano. La spesa la prendo dopo.

- I gelati si sciolgono…

- Ma no, giusto il tempo di aprire la porta. Non si scioglieranno, vedrai.

- Veh! Sposa! Quando vieni a trovarmi? C'ho ancora qualcosa per te, qui. – si toccò i calzoni sotto la cintola con eloquenza. - Son sicuro che t'è piaciuto. La prossima volta ti piacerà anche di più, vedrai…. - si sporse abbassando la voce e fissandomi negli occhi – La prossima volta ti ammazzo di legnate, sposa. Prima te e poi loro. – fece un cenno verso i bambini.

Ero atterrita, arrabbiata, e non volevo darlo a vedere, sentivo le forze abbandonarmi, correre giù per le gambe fino a terra, togliendomi la capacità di reggermi ancora in piedi. I piccoli con le mani nelle mie erano confusi, nervosi, Matteo mi strinse forte. Le parole del Bepi mi diedero una sferzata. La rabbia si fuse al terrore, riuscii a controllarmi per qualche secondo. Non tremavo più. Lasciai i miei bambini davanti alla porta aperta e tornai indietro rigida come un manico di scopa, mi avvicinai alla recinzione dove i miei gladioli rossi più belli giacevano a terra, ridotti a pezzi, come una enorme pozza di sangue. Li fissavo e camminavo, li fissavo e respiravo a fondo, lentamente. Mi fermai davanti a lui mentre la volante a lampeggianti accesi frenava sull'ingresso di casa. Gli sputai in faccia, dritto sull'occhio sinistro. Un centro perfetto.

- Io non ho paura di te. – la rabbia lo fece scattare in avanti, le braccia tese come artigli, ma mi mancò. I poliziotti lo afferrarono prima che potesse anche solo sfiorarmi- Lo estrassero da dietro la recinzione che aveva già quasi scavalcato e se lo portarono via. Urlava

- *Quela putana*! L'avete vista! Mi ha sputato in faccia, *quela putana*!

- Nossignore. Io non ho visto niente. Devi piantarla di venire qui, se non vuoi tornare subito in galera e restarci per un pezzo! Non meno di cinquanta metri, Bepi. Non meno. La vuoi capire! Piantala di venire a far danni, piantala di provocare rogne e di minacciare questa famiglia. Dacci un taglio, Bepi, o sarà peggio per te.

Li guardai andar via, incerta se le gambe mi avrebbero retto quel tanto per recuperare la spesa dall'auto e rientrare in casa. Matteo era dietro di me, la mano aggrappata all'orlo della mia camicia. Non me n'ero nemmeno accorta.

- Ti voglio bene, mamma. Sei forte e molto coraggiosa. Sei stata brava. Ti voglio tanto bene.

- Noi siamo forti, Matteo. Non ci deve rovinare la vita, quello. Né lui né nessuno. Non dobbiamo avere paura. Non dobbiamo lasciare che ci domini…. Vieni. Andiamo a prendere i gelati prima che si sciolgano.

Non lo vedemmo più per tre settimane. Ma il nostro scontro verbale aveva lasciato dei segni su di me. Ricominciavo a sembrare assente, fissavo a lungo ed in silenzio il vuoto. Orizzonti lontani che

nessuno oltre me vedeva. Figure oscure e nebbiose che mi venivano incontro. Ascoltavo ogni rumore, ogni fruscio, giorno e notte. Sentivo. Vedevo. Mi preparavo. Al peggio.
Con Gianni pianificammo una vacanza di fine stagione. Ci era sempre piaciuto andarcene a zonzo quando gli altri tornavano dalle ferie. C'era meno confusione al mare, meno ressa in montagna. Le città d'arte erano pacificamente operose e, salvo casi speciali, non si dovevano fare ore di coda per entrare nei musei o nei palazzi storici. Così noi ce ne andavamo in montagna a maggio, al mare alla fine di settembre. Era meno costoso e più rilassante. E faceva bene ai bambini. In più ci piaceva partire di notte, così arrivavamo prestissimo al mattino per fare "colazione con vista" nel nostro luogo di villeggiatura. Prenotavamo un appartamento in un paese non troppo grande, vicinissimo ai posti che volevamo frequentare, ed entravamo nel primo pomeriggio, quando avevamo già fatto la spesa al mercato e pranzato in un localino del posto o fatto un pic-nic all'aperto. Quella volta decidemmo di andare in una località del sud, sul mare. Lontanissima da casa. Avevamo trovato un bungalow con tutti i comfort a venti metri dalla spiaggia, in un camping che sarebbe rimasto aperto ancora solo per due settimane, giusto la nostra disponibilità in termini temporali. L'impianto era dislocato fra ulivi secolari e pinete, in una baia circondata da alte scogliere. Un posto piuttosto isolato, dove rilassarci e goderci un poco di pace, lontani dalla strada. Il viaggio sarebbe durato più di sette ore, quello che ci voleva per perdere dietro di noi i fantasmi. Pianificammo le soste per sgranchirci, poi alcune località da visitare. Preparammo i bagagli e sistemammo casa. Mi piaceva pulire tutto a fondo, prima di partire. Rimettere in ordine. Lasciavamo le chiavi a Carola perché ci ritirasse la posta e annaffiasse un poco le piante. Chiudevamo tutti i contatori, lei prendeva quello che le occorreva e poi chiudeva di nuovo. Due settimane sono lunghe per una casa vuota e sola. Ma quando tornavamo era sempre un piacere, ci sembrava volesse accoglierci con amore. Una mamma con le braccia spalancate solo per noi. Il profumo di pulito, le pareti fresche, l'acqua calda del bagno, gli asciugamani morbidi e profumati, le lenzuola fresche di bucato… sembrava tutto meno scontato quando rientravamo, anche se in vacanza stavamo ugualmente bene. Era confortante. Gianni avvertì il maresciallo, del quale era ormai diventato amico, che saremmo rimasti fuori per due settimane e che Carola aveva le chiavi per ogni evenienza. Il nostro recapito lo avevano da mesi ormai. Questi ci augurò buone vacanze e ci consigliò di godercele fino in fondo. Almeno noi andavamo incontro al sole, mentre qui stava per iniziare il maltempo e sarebbe durato anche parecchio. Sorridemmo. Saremmo partiti la notte seguente. Il cielo si preparava a buttar giù tutta l'acqua di cui era capace, e noi ce ne andavamo a sud. Rincorrevamo l'ultimo sole di fine estate. Io continuavo a muovermi per casa come un automa. Pronta a recepire i segnali. Tesa e vigile. Sapevo cosa fare. Lo sapevo. Pensavo ad ogni passo, ad ogni mossa, giorno e notte. Il rumore dei meccanismi che si muovevano nel mio cervello stava diventando ormai intollerabile. Ma non potevo farne a meno. Alla fine si sarebbe spento e avrei riavuto il silenzio.
Ero pronta. Aspettavo il momento. E il momento venne.
Venerdì finii prima di lavorare, passai a prendere i bambini a scuola e rientrammo. Feci loro il bagno come al solito e li lasciai a giocare davanti alla tv in salotto mentre preparavo la cena. Quando uscii a raccogliere qualche aroma fresco nell'orto il cielo era già piuttosto scuro, la sera si univa al carico di pioggia che si sarebbe rovesciato su di noi di lì a poco. *"Appena in tempo"* pensai, ma due luci a meno di un chilometro da casa richiamarono la mia attenzione. Erano parallele ed equidistanti. I fari di una macchina. Il vento che aumentava gradualmente si portava via il rumore ma io sapevo che era lui. Le luci entrarono nel frutteto e scomparvero. Tornai sui miei passi, diedi un'occhiata ai bambini, mi tolsi il grembiule da cucina e lo misi sul tavolo. *"Torno subito. Quasi."* Chiusi piano la porta ed andai nella rimessa. Estrassi un grosso coltello da cucina da un ripiano molto in alto. Spaiato. Era di Geremia. Lo usava nell'orto. L'avevo trovato un giorno, per caso, conficcato nel terreno dell'argine, quando ormai lui non era più. L'avevo tenuto per l'orto. Per ricordo. Lo avevo affilato con cura ed attenzione dal giorno che sputai in faccia *al Bepi* e poi lo avevo nascosto. Lo tirai fuori e lo infilai nei pantaloni dietro la schiena, presi dei vecchi guanti da lavoro e scesi nell'orto. Scesi in riva al torrente piegai la rete di confine verso casa e scavalcai. *"Qualcuno ha piegato la rete per entrare."* Tornai sull'argine e cominciai a camminare fra gli

alberi del frutteto. Non lasciavo impronte, l'erba umida tornava subito in forma. Cadeva già qualche goccia. L'avrei presa tutta.

Il Bepi era lì, accanto alla sua nuova vecchia scassona con la portiera aperta, orinava sui suoi alberi, ubriaco fradicio, biascicando parole ininttelleggibili e bestemmiando con eccezionale chiarezza. Ondeggiava come una barca in mare, appoggiandosi ora ad un tronco, ora all'altro. Si era bagnato i pantaloni. Il suo puzzo maledetto arrivava fino a me, mozzandomi il fiato in gola. Cominciò a piovere e potei respirare. La pioggia ha il suo odore, non ne ammette altri. Mi fermai un momento. Avevo una sola possibilità. Lui non doveva averne nessuna. Non potevo correre rischi. Non dovevo esitare. Avanzai ancora, tenendo la mano dietro la schiena, le dita chiuse sull' impugnatura del coltello, lo estrassi lentamente dai pantaloni e lo tenni lì. Pronta ad usarlo. Il Bepi si voltò e mi vide. Rimase fermo un momento, forse faticava a mettermi a fuoco, fra i fumi dell'alcool. Ma mi riconobbe subito, mosse rapido gli occhi attorno come per sincerarsi che ero sola, aveva ancora il membro in mano. Ghignò mostrando i denti marci

- Lo sapevo che venivi… Ne vuoi ancora eh… lo sapevo. Adesso ti sistemo io, *putana!*

fece un passo avanti. E anch'io. In verità non avevo smesso di camminare. Muovevo un piede avanti all'altro, lentamente, determinata a non fermarmi fino alla fine. Avanzavo e non smettevo di fissarlo. Dritto negli occhi. Non mi distrassi un solo secondo. Avanzai ancora, fino a trovarmi completamente avvolta dal suo lezzo, in asfissia, aveva la camicia aperta sul petto, abbottonata male, le brache gli scendevano alla ginocchia mentre mi veniva incontro. Non se ne curò. Alzai il braccio in un secondo. Ed era già affondato nel suo petto. Non sentii opposizione mentre affondavo, segno che non avevo incontrato le costole, spinsi fino all'impugnatura, e ancora, muovendo un altro passo, facendolo cadere all'indietro, cadendo sopra di lui. *"Lurido. Disgustoso. Schifoso."* Cercai di torcere la lama, ma non si muoveva.

Pioveva più forte. Nemmeno il Bepi si muoveva. Estrassi il coltello e lo usai per tagliargli il pene, glielo infilai in bocca e spinsi fino a quando non gli si bloccò in gola. Ormai ero sotto un nubifragio. Aveva gli occhi aperti, strabuzzati. Io il respiro corto ed affannato. Il cuore mi rimbombava negli orecchi. Gli arti, i muscoli, tutto mi doleva, tutto era pesante. Eppure continuavo a muovermi, a fare quello che dovevo. Lucida e precisa. Come facevo a sembrare così dannatamente calma e controllata? Non lo so.

Decisamente non se l'aspettava. Non me ne credeva capace o non ci aveva pensato. La pioggia correva forte ed abbondante portandosi via tutto il sangue. Io invece non facevo che pensare. Respiravo e pensavo.

Da quando ero tornata lucida. Da quando avevo smesso di prendere le medicine le sue parole, le minacce a me, ai miei bambini, mi tormentavano ogni notte. Quello che mi aveva fatto non riusivo a dimenticarlo. Come il suo schifoso odore. Quello che aveva fatto a Matteo, poi…. Pensa, pensa, pensa… *"Le persone che pugnalano si tagliano con la stessa arma nell'atto. La prima cosa che li rende sospetti."* Sfilai i guanti e mi guardai bene le mani. Nessun taglio. Li rimisi e infilai il coltello nella cintola, dietro la schiena, dopo averlo pulito sui suoi abiti. Poi lo presi per le gambe e lo trascinai sull'argine fino alla riva. *"Se lo tiri per le braccia lo sforzo può slogargli le spalle post mortem."* Un pensiero inutile. Non lo avrebbero trovato mai. Pensa, continua a pensare… ragionare per non cedere. Pensare ed agire. Finire quello che avevo iniziato. Le assurdità si accumulavano nella mia mente. Ero lucida e calcolatrice o mi aggrappavo alle congetture per restare presente a me stessa? Pioveva tanto da togliere la vista. Ero completamente zuppa. Dovevo fare presto. I bambini erano a casa da soli. Non dovevano accorgersi. Gianni sarebbe rientrato tra poco. Anche lui non doveva vedere. Nessuno doveva sapere. Mi fermai un momento riprendere fiato. Il sangue uscito a fiotti dal petto e dall'amputazione correva via rapido verso il torrente perdendosi nell'erba. Lui non sanguinava più. Non lasciava tracce. Il maltempo sembrava volermi appoggiare. Ripresi a trascinarlo lungo la riva pensando a cosa fare dopo. Le braccia doloranti, i muscoli contratti, rispondevano a fatica. Dovevo finire. Dovevo finire! Pensa, Marta, pensa. A casa avevo preparato un vecchio telo di nylon per avvolgere il corpo, una corda recuperata da qualche parte pulendo il garage, e poi? Non me ne importava niente, mi resi conto. Quello che volevo era proteggere la mia famiglia, impedire a quella bestia di arrivare ai miei figli, a Gianni, a me. E l'avevo fatto. Non poteva più niente, ora. L'avevo annientato. Del resto non mi importava. Ma sarei finita in prigione… e Matteo? Ester? Il mio Gianni? Cosa avrebbero fatto loro? Gli rovinavo la vita invece di salvarli? Dovevo continuare questa cosa che avevo iniziato. Dovevo finirla. Nascondere il corpo. Farlo sparire per sempre. Potevo caricarlo in macchina. Aspettare che gli altri andassero a dormire e poi uscire. Gianni si sarebbe preoccupato da morire… No. Gianni se ne sarebbe accorto prima ancora che accendessi il motore. Lui vegliava sempre su di me. Giorno e notte. E allora? Potevo dirgli che avevo bisogno di uscire un poco… No, non mi avrebbe lasciata andare sola. Avrebbe insistito per accompagnarmi. Lui si preoccupava per me. Lui mi amava. Il corpo del Bepi aggrappato alle mie braccia pesava come un macigno. Continuavo a trascinarlo come una forsennata ma ero stanca. L'adrenalina scivolava via insieme alla pioggia. Non ce la facevo più. Non ce l'avrei fatta. Svanita la rabbia e l'urgenza. Svanite le forze… Mi resi conto di averci messo più tempo del previsto. Ormai ero a casa, ma l'auto di Gianni era lì, parcheggiata in cortile accanto alla mia. Che fare? Mi fermai un momento per riprendere fiato e tentare di riflettere, avevo le caviglie del Bepi strette nelle mani, la rete piegata proprio davanti a me. Dovevo finire il lavoro e nascondere i vestiti sporchi. Non potevo presentarmi a casa in quelle condizioni… Li avrei fatti morire di paura. Pensa, Marta, pensa accidenti!

 Gianni era lì. Con tutta quella pioggia se ne scorgeva appena la sagoma, sotto il portico del garage, all'ingresso dell'orto. Stava lì, immobile, al riparo dalla pioggia. Mi guardava, Mi fissava. Perfettamente immobile. Da quanto tempo? Non avevo più niente da inventare, niente da costruire o da nascondere. Gianni mi vedeva, mi osservava chissà da quanto. Lui sapeva già tutto. Con un sospiro spinsi il mio carico oltre la rete e mi adoperai per rimetterla in piedi alla meno peggio. Cosa mi avrebbe detto? Come avrebbe reagito? Ripresi a trascinare il corpo, dovevo arrivare fino alla porta. Lui non era più immobile. La sua sagoma non occupava più il vano sotto il portico. Mi raggiunse quando ormai stavo per entrare nel garage. Non avevo il coraggio di alzare lo sguardo su di lui. E nemmeno quello di smettere ciò che stavo facendo.

Senza dire una parola Gianni mi aiutò a sollevare il corpo. Lo adagiammo sul telo che, vidi, aveva disteso per bene sul pavimento. Mi guardò legargli le caviglie. Non potevo fare a meno di chiedermi cosa stesse pensando di me, di quello che avevo fatto. Se mi avesse respinta, lasciata… se se ne fosse andato con i bambini… Che cosa avrei fatto? Cos'ero io senza il mio Gianni? Sentii un groppo salirmi in gola. Volevo piangere. Volevo gridare. Capiva perché l'avevo fatto? Capiva che non avevo più scelta? Dovevo di proteggere la mia famiglia. Ero pronta a qualunque cosa per loro. Capiva? Rimasi un momento indecisa su cosa avrei dovuto fare a quel punto. Averlo lì accanto, consapevole delle mie azioni, mi aveva destabilizzata. Alzai gli occhi cercando i suoi… mi guardava fisso. Non c'era rammarico, disgusto, riprovazione. Nessuna traccia di rifiuto. Non vacillava. Non aveva smesso di amarmi, non mi respingeva. Tutt'altro. Una nuova determinazione gli faceva brillare gli occhi. Sembrava dirmi *"Va bene. Andrà bene. Io sono con te, non ti lascio"*. Potevo sbagliarmi? Cominciai a tremare visibilmente. Non so se a causa della tensione, della fatica o per la pioggia. Ero spaventosamente provata, e zuppa fino al midollo.

- Devo portarlo via.

- No. – disse.

Andò in fondo al garage, dove teneva l'attrezzatura per la pesca, prese un grosso sacco di pastura per pescigatto e la sparse sul corpo. Poi avvolgemmo strettamente il telone e lo caricammo in auto, accanto ai bagagli per le vacanze, sui quali aveva steso un altro telo per proteggerli dal contatto. *"Nessun trasferimento di tracce organiche."* La mia mente continuava a farneticare per trattenermi nel mondo reale. Mi tolsi tutti i vestiti e li misi in un sacco per i rifiuti non riciclabili, insieme al coltello, alle scarpe e ai guanti da lavoro. Lo gettai accanto all'altro sacco, quello grande. La pioggia mi aveva lavato tutto il sangue addosso. Sembravo pulita. Eppure l'odore non mi lasciava.

Gianni richiuse l'auto e mi accompagnò in casa riparandomi alla meglio, mi aiutò ad entrare nella doccia e mi frizionò ben bene finché non smisi di tremare. Mi lavai ripetutamente, strigliando la pelle fino a non poter più tollerare il bruciore. Quando ne uscii ripassai la doccia con la candeggina versandone abbondantemente nello scarico. *"Nessuna traccia organica riconoscibile".* L'odore sarebbe svanito presto. Gianni aveva finito di preparare la cena, ci mettemmo a tavola con i bambini cercando di nascondere la sola cosa che richiamava costantemente i nostri pensieri. La cosa che stava nel bagagliaio. Inghiottivo meccanicamente ogni boccone. Avevo una sete tremenda, bevvi qausi due litri di acqua. Matteo ci distrasse un poco cercando di contagiarci a tutti i costi con l'entusiasmo per l'imminente partenza. Sentiva il nostro turbamento? Credo di si. Faticavo a focalizzare l'attenzione su di lui, ma mi sforzai per non perdere una parola. Nascondemmo bene i pensieri cupi. Mancava poco. Poche ore per decretare la fine del periodo buio in cui avevamo vissuto. Tutto sarebbe tornato normale. Io sarei guarita. E Matteo con me. E poi Gianni, Ester. Tutto sarebbe ridiventato bello. Io ci credevo fermamente. Volevo che accadesse. Avevo fatto tutto perché accadesse.
Andammo a letto presto, dovevamo partire verso le cinque del mattino. Ma io non feci che rigirarmi nel letto. L'attesa era snervante. Avevo bisogno di muovermi, di fare qualcosa. Qualsiasi cosa. Non era finito. Fuori la pioggia continuava a battere sulle imposte, annegava i campi e gonfiava il torrente. Non sarebbe rimasta traccia nemmeno per un segugio. Alle tre non ne potevo più e mi alzai. Gianni accese subito la luce, mi guardò negli occhi. Nemmeno lui aveva chiuso occhio.

- Andiamo? - domandò

- Si.

Ci preparammo in silenzio. Svegliammo i bambini per vestirli e metterli in auto. Si riaddormentarono subito, sorridendo. Partimmo, e quasi subito Gianni deviò su una stradina di paese dove stavano facendo dei lavori. Accostò e caricò in auto un grosso sasso da macero, o forse era uno spezzone di una vecchia colonna di granito, o di cemento. Non so. Dovette faticare un poco, a caricarlo. Poi iniziammo il viaggio vero e proprio. Prendemmo la provinciale, poi la statale e scendemmo per un'ora buona. Arrivammo al ponte sulle barche che attraversava il Po. Iniziando ad attraversare io misi la mano sulla sua, appena un tocco. Ma Gianni capì subito. Quasi a metà si fermò. Non c'era nessuno, era ancora notte fonda. Scendemmo insieme e scaricammo il sacco, lo srotolammo e lui legò il masso alle caviglie del mio nemico. *"Ex nemico,"* pensai,*" ora non sei più niente. Non esisti più. Non farai altro male."*
Lo trascinammo fino alla prua e poi lo spingemmo fuori, nell'acqua. Si inabissò immediatamente, come un galleggiante trascinato dal piombo. Gianni crollò il telo facendo cadere una pioggia di pastura tutto intorno. Pensavo alle storie che si raccontano sui pesci e sulla voracità di alcune specie: i lucci, per esempio, che viaggiano perennemente a bocca aperta, gli spazzini del fiume. O i siluri, pescigatto dell'est europeo, che attaccano tutto quello che si muove, perfino i cani da caccia e i sub. O le anguille, che entrano dagli orifizi e svuotano gli animali dall'interno. Lasciando a malapena la carcassa ad altri spazzini affamati, batteri e vermi di ogni genere. Le correnti al centro del fiume lo avrebbero fatto muovere quanto bastava ad attirare l'attenzione di tutta la fauna nei dintorni, il naturale processo di decomposizione stimolato dalle condizioni ambientali, avrebbe fatto il resto.
Io non mangio pesce.
Avvolgemmo il telo su sé stesso e lo infilammo nel sacco che conteneva i miei vestiti e il resto. La pioggia aveva ridotto lentamente d'intensità lungo la strada. Qui era ormai solo una leggera pioggerellina primaverile che accarezza la pelle e inanella di fili brillanti i capelli. Come alle fate. Matteo. Mi voltai a guardarlo prima di salire in auto ed ebbi un fremito. Aveva gli occhi aperti. Mi sorrise e li richiuse dopo un lungo momento. Respirai piano. Dormiva. Ester non si era mossa. Ci liberammo del sacco al primo bidone incontrato per strada, ben lontano da casa. Rifiuto non riciclabile. Avrei voluto camminare dopo aver scaricato il Bepi, ma Gianni non me lo permise.

- Ho la nausea.

- Terremo il finestrino abbassato. Se incrociassimo qualcuno ora non potrebbe dimenticare una donna con un abito leggero che cammina sola alle tre di notte sul ponte. Resisti ancora un poco, Marta.

Tenni il finestrino aperto e la testa appoggiata alla portiera per diversi chilometri prima di ricominciare a respirare bene. Lo richiusi e misi la mano in quella di Gianni, chiusi gli occhi e mi addormentai per una mezz'ora.

GIANNI

Ho amato Marta nel momento stesso in cui ho posato gli occhi su di lei. Quella sua malinconia, la tenerezza che emanavano i suoi occhi color della pioggia, i gesti delicati, il tono basso e dolce della sua voce, la timidezza dei suoi sorrisi. Tutto ciò che lei era, io l'ho amato. Perdutamente. Da subito. E non potevo certo biasimarla per ciò che fece quel giorno. Potevo solamente starle accanto, aiutarla, sostenerla. Essere la sua forza, la sua spalla. Il suo complice. Stare dalla sua parte. Perché non ho alcun dubbio: ho voluto uccidere il Bepi dal giorno che le ha messo le mani addosso. L' ho voluto con tutta l'anima. Non pensavo ad altro ogni minuto di ogni giorno da allora. Non desideravo altro. Vorrei soltanto averne avuto l'occasione. Voglio credere che sarei stato capace di fare quello che ha fatto lei.
Avrei voluto ammazzarlo con le mie mani. E non avrei provato nessun rimorso. Ma forse è giusto che l'abbia fatto lei. Per lavare via i segni del male. Di tutto il male. Per permetterle di dimenticare. Non c'è niente che non farei per lei. Marta è tutto. E' la vita. La mia vita!
Ecco. Questo è il solo rimpianto che ho avuto in tutti questi anni. La sola cosa che avrei voluto fare e non ho fatto. Avrei voluto ammazzarlo io, quel maledetto. Marta è tornata. Ma così lentamente, così leggera ed eterea, che a volte mi capitava di restare ad osservarla per ore in cerca di un segnale. Mi mancava la certezza che fosse davvero lei. Avevo paura che tutto si sperdesse in un soffio, che lei cadesse di nuovo in quella specie di catalessi che l'aveva imprigionata così crudelmente e dalla quale riemergeva solamente gridando come un'ossessa e lanciandosi contro chiunque le stesse di fronte: *"non toccare i miei figli! Non toccarli!"*. Invece tornò e rimase, sempre. Ma io avevo ancora paura di perderla. Ho trascorso anni a vegliare su ogni espressione del suo viso, su ogni piega della bocca, sull'intensità dei suoi sguardi. Sebbene avesse perso la fiducia, la serena positività con cui aveva affrontato il mondo fino ad allora, aveva perso anche la paura.
E' cambiata. Ora vive con una forza ed una caparbia sicurezza di sé che non le avevo mai conosciuto. Sembra disposta perfino alla crudeltà pur di proteggere noi, la sua famiglia. Mi fa male pensare a quale fattore abbia determinato la sua nuova visione del mondo, al fatto che nonostante il destino si fosse accanito contro di lei per molto tempo, fosse riuscita a conservarsi fiduciosa e innocente fino all'evento che l'ha così brutalmente colpita. Quella cosa ha cambiato tutto. Quello è stato troppo per lei. E l'ha indurita, allontanata dall'umanità più di quanto i paesani avrebbero mai creduto. Non è più malinconica, non si perde più nei suoi pensieri. Il suo essere distaccata è una misura protettiva. Sebbene appaia distante non abbassa mai la guardia, non concede confidenza a nessuno. La sua cortesia, i suoi sorrisi hanno perduto il calore. Il distacco, la distanza sono palpabili. Sembra sempre pronta a subire un'aggressione, armi in pugno, pronta a difendersi, a proteggere i suoi figli. Non tollero la metamorfosi che ha subito. Nessuno potrebbe mai biasimarla per come è diventata. Ma io non perdonerei in mille anni la bestia che le ha fatto questo. Marta era una donna dolce, coraggiosa e forte. E quell'essere l'ha trasformata in un animale braccato, l'ha fatta a pezzi, violentata nell'intimo e non solo nel corpo. L'ha torturata, terrorizzata. Le ha tolto la capacità di avere fiducia nel prossimo, ma non soltanto. Le ha tolto anche la capacità di vedere il

bene negli altri, o di volerlo almeno cercare. Le ha tolto la capacità di avere compassione degli altri. In certo modo, quel mostro le ha mostrato la crudeltà e gliene ha lasciato un pezzetto addosso. Non dico che la mia Marta sia diventata una donna cattiva, fredda. Ma lui le ha strappato tutta la sua dolcezza e l'ha costretta ad indossare una corazza per proteggersi dal mondo, una corazza che non toglie mai. Lei ha rimesso insieme i pezzi, ha trovato la forza ed è tornata da noi. E' tornata a vivere. Ma non ha più tolto la corazza. Credo non sappia come farlo, o che non ne abbia il coraggio. Ecco. Credo che sia questa, ora, la sola cosa a farle davvero paura. Perché per il resto non ne ha più. Si getterebbe letteralmente nel fuoco per noi. Nessun altro potrebbe mai riuscire a farle male nello stesso modo. E' stato fatto un danno troppo grande. Nessuno potrebbe farne di più. Marta non fu più Marta con nessuno che non appartenesse alla nostra piccola cerchia familiare. Ritrovava sé stessa solo con noi. Quante volte ho dubitato che volesse solo rassicurarci, che fingesse per non metterci in ansia, per non addolorarci….
Avrei tanto voluto averlo ammazzato io.
Non so perché non lo feci.

MARTA

Quando aprii gli occhi non pioveva più. Eravamo ormai sulla costa, il sole usciva lento dal mare bagnandolo d'oro caldo. Incredibile! Guardai l'orologio, era trascorsa poco più di un'ora e tutto era così cambiato. Niente pioggia. Niente oscurità. Avevo dormito. E bene, come non dormivo da mesi. In mezz'ora mi ero tolta di dosso la stanchezza e le ombre dalle spalle. Restava solo l'odore. Sfiorai la mano di Gianni, quella che teneva per abitudine sulla leva del cambio. Lui si volse a guardarmi e trovò qualcosa di buono nei miei occhi perché sorrise dolcemente. Uscimmo dall'autostrada e raggiungemmo la spiaggia. Una spiaggia isolata, vicino al letto di un torrente in secca. Portò l'auto fino a lì ed ancora un poco avanti, fin dove si poteva avanzare senza rischiare di impantanarsi. I bambini continuavano il loro sonno. Io scesi e lo invitai con un cenno a seguirmi. Camminai fino al bagnasciuga. Mi tolsi tutti i vestiti ed entrai in mare andando incontro ai raggi caldi e infuocati del sole. Curioso che il colore e la temperatura non coincidessero affatto. L'acqua conservava appena il calore della notte, ma le correnti fredde si insinuavano invisibili verso la riva sfiorandomi il corpo mentre nuotavo sempre più lontana. Quando mi fermai vidi Gianni che si impegnava in bracciate vigorose per raggiungermi. Gli andai incontro.

- Credevo volessi compiere la traversata a nuoto. - mi fece ridere, ma era preoccupato, lo abbracciai e baciai appassionatamente

- Sono pulita, Gianni. Sono pulita!

- Lo sei sempre stata, amore. Sempre…

Mi strinse più forte contro il suo corpo nudo ed io mi abbandonai al desiderio di cancellare il male, il mondo cattivo, le ombre scure e pesanti che mi avevano artigliata e tenuta in ostaggio per tutto quel tempo. Le affogai una per una nell'acqua e nel sole. Facemmo l'amore. E non accadeva da tanto, come compresi dopo. Gianni sembrava affamato di me, mi ricordò la prima volta. Fu meraviglioso. Fu straordinario. Fu come nascere di nuovo. Nessuno al mondo poteva amarmi quanto lui, con la stessa forza, la stessa abnegazione, la stessa perfetta pienzza di cuore e coscienza. Non esiste un altro Gianni.
Uscimmo dall'acqua esausti e felici, tenendoci per mano, nudi come bambini, dentro e fuori. Ci rivestimmo ridendo. Lo abbracciai forte e lo baciai con tutta la dolcezza e la passione di cui ero capace
- Ti amo, Gianni. Te solo. Per tutta la vita. Con tutta me. - sorrise

- Ti amo, Marta. Sempre.

L'odore, il puzzo non c'era più. La mia pelle sapeva di mare e dell'amore con mio marito. Il sole mi scaldava piano, i capelli mi gocciolavano lentamente. Sentivo il sale sulle braccia quasi asciutte. Non sarebbe mai tornato. Le mie narici non l'avrebbero mai più trovato nell'aria nè in nessun luogo sulla terra. Lo abbracciai ancora premendo il capo sul suo petto.
- Ho fame.

-   Andiamo avanti ancora un poco. I bambini si sveglieranno e faremo colazione tutti insieme.

-   Si, va bene.

Un paio d'ore dopo i piccoli aprirono gli occhi e cominciarono a stiracchiarsi. Mancava ancora parecchio all'arrivo, ma noi non avevamo fretta. Ci fermammo in un bar sulla spiaggia per prendere caffè e paste. Lasciammo che i piccoli giocassero sulla sabbia e ci beammo dei loro sorrisi e della loro spensieratezza, *finalmente!* prima di riprendere il viaggio. Verso mezzogiorno eravamo arrivati a destinazione. Cominciammo facendo spese al mercato del paese: frutta, verdura, formaggio. Poi ci registrammo al villaggio turistico presso cui avremmo alloggiato e disfacemmo i bagagli. Iniziò così la nostra routine vacanziera. La sera dopo cena facevamo lunghe passeggiate attraverso i viali del villaggio, sotto gli ulivi, oppure scendevamo al paese a guardare le vetrine dei negozi aperti fino a tardi per attrarre i turisti. Le giornate le passavamo quasi interamente al mare. Un paio di volte andammo in esplorazione dei paesi nei dintorni. Le giornate furono tutte belle e soleggiate. Una vacanza stupenda. Fra le migliori che io ricordi. Sembrava tutto nuovo. Come se avessi appena cominciato a vivere.

MATTEO

La vacanza più bella della mia vita. Dieci giorni di pace. La mia mamma era di nuovo la mia mamma. Non volevo tornare a casa. Volevo rimanere lì per sempre e volevo che le cose rimanessero belle. Avevo paura di tornare a casa. Avevo paura di quello che ci avrei trovato. Paura che ricominciasse tutto da capo. Certo le cose erano migliorate parecchio. Ma c'era sempre quella tensione nell'aria, quel senso di attesa della catastrofe. Nel nostro piccolo appartamento al mare, invece tutto era sereno, luminoso e leggero. Io ero felice, lì. Lo eravamo tutti. Non volevo che finisse. Non volevo tornare. Avevo paura della paura.

Il decimo giorno papà ricevette una telefonata e lo vidi cambiare espressione rapidamente. Non doveva essere zia Carola, perché fece un cenno impercettibile alla mamma ed uscì sotto il portico per parlare. Io volevo seguirlo, ma volevo anche tenere d'occhio mamma. Lei mi sorrise appena, i suoi occhi dicevano *non preoccuparti*. La sua bocca non l'avrebbe detto mai. Lo sentivo, questo, ma non riuscivo a capire. Così raccolsi il mio coraggio ed uscì anch'io. Rimasi accanto a mio padre ascoltando metà della conversazione e cercando di immaginare l'altra metà. Mamma rimase in casa con Ester, puliva le verdure e gliene allungava qualche pezzetto perché le assaggiasse. A mia sorella piaceva molto stare a tavola con mamma quando cucinava. Veramente anche a me. Ma sentivo che quella telefonata era importante e non volevo restare tagliato fuori dalla cosa. Lei ci proteggeva. Io volevo proteggere lei. Capii che anche mamma tentava di seguire la conversazione di papà, pur senza interrompere il gioco.

- Buongiorno, maresciallo, mi dica…. Si, tutto bene. Abbiamo lasciato a voi la pioggia. Qui c'è un bel sole ogni giorno… i bambini se la godono, e anche Marta… direi che la vacanza le ha fatto proprio bene. Forse dovevamo farla prima…. Lo immagino, dica pure... Ah. No. Niente. E comunque se l'avessimo visto voi l'avreste saputo subito. Non abbiamo fatto che chiamarvi continuamente in questi mesi…. No, no. Siamo partiti di notte, come le avevo detto, pioveva di brutto… Certo, certo. Assolutamente. Mia cognata Carola ha le chiavi, le dò il numero però senta, le raccomando… lei sa con chi abbiamo a che fare. Non la faccia entrare in casa, non voglio che corra rischi, qualunque cosa possiate trovare. Va bene, grazie…. Apprezzo molto tutto quello che state facendo, mi creda, senza di voi non so dove saremmo, ora. Vuole che telefoni a Carola per avvertirla? D'accordo, maresciallo, allora… ha da scrivere? – diede il numero della zia, che io conoscevo a memoria – Crede sia il caso che rientriamo? Davvero? Mi tenga informato, la prego… ma certo. Potete fare tutto quello che credete necessario. Sicuro… mi faccia sapere. Buona giornata, maresciallo.

Quando chiuse la conversazione mi aspettavo che dicesse qualcosa del tipo *"dobbiamo rientrare, fate le valigie"*, o che la paura entrasse con lui nell'appartamento. Non accadde nulla del genere. Non era nemmeno nervoso. E non lo era mamma. Mi accarezzò la testa e sorrise

- E' tutto a posto, Matteo. Sta tranquillo. – rientrammo. Mamma ed Ester continuavano serene il gioco delle verdure, mi offrì un pezzo di peperone sorridendo, cercò lo sguardo di papà.

- Dovrò portarmi il telefono in spiaggia, mi spiace. Ma potrebbe essere importante, se chiamano….

- Certo.

- Hanno trovato la scassona del Bepi nel campo, con la portiera aperta. Qualche animale ci ha fatto la tana perciò deve stare lì già da diversi giorni. Voi l'avete sentita?

- No, papà. Quando siamo tornati non c'era. E poi ha cominciato a diluviare. Non si sentiva altro che la pioggia. – mamma annuiva come per confermare, i suoi occhi non si staccavano da quelli di papà.

- Va bene. In ogni caso… noi siamo qui e qui non c'è pericolo di incontrarlo. – mi accarezzò ancora i capelli, poi prese Ester in braccio e sedette a tavola, lasciandosi imboccare da lei e facendo le smorfie che la facevano sempre ridere di gusto.

- Carola?

- Il maresciallo la contatterà per farsi dare le chiavi di casa, ma non la metterà in pericolo. Non la farà entrare finché non si sarà sincerato che la situazione è tranquilla. Mi sono raccomandato a lui anche se capisco che non era necessario. Sa fare bene il suo mestiere, non ne dubito.

- Credi che il Bepi sia entrato in casa nostra, papà?

- Può darsi. Magari per fare danni, visto che noi non c'eravamo. Ma tu non darti pensiero, Matteo. Sono sicuro che è tutto a posto.

Sicuro lo era davvero. E questo mi rasserenò molto. Solo col tempo mi resi conto che era *troppo* sicuro. Che non aveva nessun pensiero, nessuna preoccupazione. Nemmeno per la mamma, o per me. E nemmeno lei era preoccupata. Un argomento morto di cui era inutile continuare a parlare. Qualcosa che non li sfiorava. Ma ero piccolo e non percepii i cambiamenti nell'aria. Solo molti anni dopo, quasi per caso, inciampando sull'inchiesta e ragionando sugli eventi di quei giorni. Sulle parole, gli sguardi, gli atteggiamenti della mia famiglia. Capii che c'era qualcosa di troppo, come la calma assoluta nella voce di mio padre. E che qualcosa mancava. Mancava la paura. Non c'era più. Semplicemente. E mi venne in mente che stavo aprendo gli occhi sul mio mondo come dopo un lungo sonno, come mi accadeva talvolta, da bambino. Aprivo gli occhi. E vedevo. Ma li richiudevo subito e continuavo a dormire. Pensai che una notte li avevo aperti sul viso di mia madre, bagnata da una pioggia leggera, come coperta dal mantello di una fata, tutto brillante di goccioline. Aveva occhi freddi come il ghiaccio, lontani, sgranati, quasi folli. L'aria fredda entrava in camera e mi sbatteva sul viso. Ma non ero in camera, non ero nel mio letto. Ero seduto in auto, e il tepore dell'abitacolo vinse subito il freddo e lo cancellò. Continuai a dormire il mio sogno mentre il motore ripartiva cullandomi dolcemente.

La sera il maresciallo chiamò per darci notizie. Casa nostra era perfettamente a posto. Tutto in ordine come lo avevamo lasciato. Solo la rete di recinzione era tutta piegata verso l'orto, segno che qualcuno era passato da lì. Ma non avevano trovato nessun danno. Anche il garage era chiuso e in ordine. *"Avevamo fatto le pulizie?"* Certo. Mamma le faceva sempre prima di partire, le piaceva lasciare le cose in ordine. Aveva perfino svuotato il frigo, pulito con l'aceto e staccato la spina. *"E in bagno?"* Pulito, con abbondanza di candeggina negli scarichi, per evitare l'invasione di ospiti sgraditi e di cattivi odori, lasciandolo inutilizzato per tutti quei giorni. E poi avevamo chiuso l'acqua, il gas e la luce, ovviamente. Ma questo zia Carola lo sapeva, e sapeva riattivarli tutti, in caso di necessità. Certo. Tutto a posto. Però del Bepi non c'era traccia e non se ne aveva notizia da circa una settimana. Beh, noi eravamo via da dieci giorni e non lo segnalavamo da quasi un mese. Non avevamo informazioni utili da dare. Dovevamo rientrare? *"Ma no, ma no! E perché poi? Macché!"* Tutto a posto, la casa in ordine, nessun segno di effrazione.

"Magari quell'animale si è ubriacato ben bene, cioè come al solito, ed è andato al campo a pisciare, magari è scivolato nel fiume e con tutta quella pioggia e un aiuto dal cielo è riuscito anche ad affogare. No, restate lì e godetevi la vostra vacanza in pace. E scusate tanto se in qualche modo ve l'abbiamo interrotta dandovi pensiero. E' tutto a posto. Ci vediamo al vostro rientro per le formalità. Quando tornate? Tre giorni? Perfetto, il lunedì seguente, allora. Statemi bene."

- Certo, non piangerei sulla sua tomba. – fu il solo commento che si permise mio padre al telefono. Non ne parlò più.

Al rientro i miei genitori furono convocati in caserma, fecero delle deposizioni, firmarono delle autorizzazioni per i sopralluoghi che erano stati fatti in casa nostra ed ebbero un lungo colloquio con il maresciallo. Non mi raccontarono quasi niente. Il Bepi era via da almeno una decina di giorni. Nessuno ne sapeva niente. Papà andò da un tale che conosceva e che aveva un allevamento di cani ad una cinquantina di chilometri dal paese, tornò con un cane da guardia. Non era addestrato del tutto. Terminò lui il lavoro. Era enorme, un colosso di rottweiler, cinquanta chili di muscoli scattanti, un muso dolce e tenero, dallo sguardo attento e intelligente che poteva diventare la faccia vera del terrore se non gli andavi a genio. Lo chiamammo Tito. Con noi era tenerissimo, ci trattava come cuccioli suoi. Mamma poi, l'adorava proprio. La guardava con occhi da innamorato, pendeva letteralmente dalle sue labbra, la seguiva come un'ombra perfino al lavoro. Passava intere giornate accucciato fuori la porta della biblioteca sorvegliando in silenzio ogni poveraccio che andava a fare o restituire un prestito, con suo enorme disagio. Qualcuno provò anche a protestare ma dovette rassegnarsi. Tito non entrava in biblioteca, stava sulla porta e non muoveva un muscolo se mamma non lo chiamava. Non dava fastidio a nessuno, a patto che nessuno infastidisse lei. Continuò a sonnecchiare sulla porta con buona pace dei frequentatori dell'edificio. Dovettero rassegnarsi e col tempo ci fecero l'abitudine.

Ma papà era il capo branco. Tito lo aveva eletto e non c'era discussione. Gli obbediva ciecamente, qualsiasi comando gli impartisse. Se con noi titubava o cercava di aggirare l'ostacolo, la voce di papà lo trasformava in perfetto soldato. E non si smuoveva dal suo compito dovesse cascare il mondo, non finché papà non gli dava il consenso. Al paese tutti trovarono che la cosa aveva una sua logica. Papà era preoccupato per noi, Tito era la conseguenza della sua preoccupazione. A saperlo, forse lo avrebbe comprato prima. A saperlo.... *Fammi indovino e ti farò ricco.*

A pensarci bene, sarebbe stato meglio sapere dov'era, il Bepi. Le forze dell'ordine avrebbero potuto sorvegliarlo, intervenire più in fretta, in caso di necessità. Non era quello che avevano fatto fino ad ora? Ma così, in una nebulosa di eventualità, tutto si complicava, diventava difficile. Un grosso cane da guardia era proprio quello che ci voleva. Una pattuglia continuò a girare in zona per diversi mesi, ma non accadde nulla. Lasciarono perdere gradualmente. Non avevano mica solo noi per lavoro. Non accadde nulla. Mai.

Tito continuò a vegliare. Non aveva altri compiti, lui. Vegliò su di noi e sulla mamma per quattordici anni senza mai prendersi un giorno di riposo. Quando la vecchiaia ebbe il sopravvento, mamma operò uno scambio di ruoli, si occupò di lui con amore e dedizione, come Tito aveva fatto con noi. Lo aiutava a passeggiare, lo imboccava e gli dava da bere quando ormai non poteva più farlo da solo.

Fu mamma a trovarlo stremato nella sua branda, che penava ogni respiro, ogni battito di ciglia senza emettere un solo guaito. Fu mamma a chiamare il veterinario perché portasse il dolce sonno al nostro caro amico, custode della nostra pace. Fu lei a restare fino alla fine, parlandogli con dolcezza, ringraziandolo, accarezzandolo e coccolandolo fino al momento in cui perse il dolore sulla strada del sonno. Io ero all'università, Ester a scuola. Tornammo a casa e la trovammo che piangeva piano, seduta accanto a papà, sull'erba. Le mani sporche di terra, in fondo all'orto, sulla riva bassa del fiume, dove anni prima avevano sepolto Rosalina e dove papà aveva piantato un salice. A memoria di quello abbattuto, ma dal nostro lato della proprietà. L'altro lato era incolto, gli alberi lottavano con le erbacce per un raggio di sole. Il Bepi non aveva parenti e non lo si poteva dichiarare morto, sebbene non se ne avessero notizie da quasi quindici anni.

Non ci fu un altro Tito, come non c'era stata un'altra Rosalina. Non perché non ci fosse più pericolo e quindi bisogno, come avevano commentato alcuni del paese. Ma perché gli amici non si possono sostituire, solo acquisire, nel tempo e nella vita, come disse mamma. E Tito era stato un caro, caro amico. Sempre. Capisco ora che non c'era mai stato davvero bisogno di lui come cane da guardia. Quello che occorreva a noi bambini era il senso di sicurezza che Tito ci dava. Il pensare che saremmo sempre stati protetti come da una forza soprannaturale, da qualcosa di più grande e indomito di ciò che un uomo, perfino nostro padre, poteva offrire. Per mamma fu sempre e solo un caro amico. Qualcuno che le impediva di sentirsi sola e di perdersi nel susseguirsi dei giorni che venivano *dopo*. E lui, con la sua costante, silenziosa presenza assolse brillantemente anche questo compito.

Ma sono io che mi perdo. Ora mi perdo in corridoi ed aule buie dove non ho mai avuto bisogno di lasciare segni per ritrovare la strada. Ho bisogno di mamma, adesso, a trentadue anni, ho bisogno di lei. Perché lei soltanto conosce la strada. Lei è il mio faro. Vorrà aiutarmi? Avrò il coraggio di chiederglielo?

Quanto male potrebbero fare, le mie domande? Quanto dolore porteranno i ricordi? Vorrei evitarlo. Ma non posso. Proprio non posso.

Il resto della nostra vita familiare si potrebbe considerare senza storia dal punto di vista della cronaca locale. Ma io non cancellerei nemmeno un giorno. A parte quello. Siamo stati felici. Abbiamo vissuto bene. Ho amato mia madre come non mai ed ogni giorno di più, vedendo con i miei occhi quanto faceva per la mia pace, per la mia felicità. Le mie ferite, il dolore guarivano insieme a lei. La paura è morta. Il rancore è venuto molto tempo dopo, e poi se n'è andato. Non ha trovato posto nella nostra vita. Avevamo bagagli più lucenti e leggeri da portare. Ester ha dimenticato. Conosce i fatti solo attraverso i racconti, ma non chiede mai. E d'altra parte non ha davvero *visto* quello che accadde, come me. Bloccata nel box, nella stanza accanto, le circostanze le hanno risparmiato quello che invece io ho vissuto troppo da vicino. Le grida ed il pianto si sono lentamente affievoliti nella sua memoria lasciandola libera di vivere senza il peso delle mie colpe e della mia inettitudine di quattrenne. Ester in un certo modo si è salvata e non chiede mai. Non vuole far male alla mamma, o a me. E non vuole far rivivere la paura. La preferisce dove sta: morta. Vuota. Nulla. La preferisco così anch'io.

Quando papà è andato in pensione io vivevo già fuori casa, per motivi di studio vivevo dallo zio Andrea, che mi ha molto aiutato. Studio giurisprudenza. Ester ha frequentato l'istituto alberghiero e con il suo fidanzato ha preso in gestione un rifugio nel vecchio paese di montagna dove avevano vissuto mamma e zia Carola, che si è trasferita da lei quando lo zio Vitale ci ha lasciato.

Si chiama *"Domenica"*. Tira bene. Ester è felice. Si sposerà presto. In effetti è anche per lei che ho iniziato questo viaggio fatto di chilometri e di anni. Ester ha cominciato a dormire male. Ha gli incubi. Francesco, il suo ragazzo, dice che si sveglia piangendo con voce di bimba e dicendo *"mamma, Teo, brutto, brutto!"*, continuamente. Solo quéste due parole, ma con insistenza, finché non riesce ad emergere dal sonno e dal sogno.

- Mi capita di vederlo entrare dalla porta del rifugio, in mezzo ad una comitiva. Uguale come allora, Teo. Sporco. Con quel ghigno cattivo sulla faccia. Come se fosse schifato del mondo intero. Te lo ricordi, vero Teo? Non dire che non te lo ricordi. Sarebbe una bugia.

- No. Me lo ricordo bene. Ma perché adesso?

- Non lo so. E' tutto così bello, così perfetto, adesso. Come quando tornammo dalle vacanze e papà andò a prendere Tito. Forse è proprio per questo. E' tutto troppo bello e perfetto. Il locale funziona. Io e Francesco ci sposiamo in autunno. Zia Carola sta qui con noi. E' serena, ci aiuta moltissimo e… col bambino avrò ancora più bisogno di lei. Sono incinta, Teo. Nascerà in pieno inverno, e non ho il coraggio di dirlo a mamma e papà. Loro se ne sono andati al mare ed io li trascinerò qui con la neve, l'isolamento pressoché totale e tutto il resto. Mi dispiace. Mi dispiace tanto. Ma io sto bene qui, sono felice. E anche mamma diceva di esser stata felice in questo paese lontano dal mondo degli uomini.

- Beh, accidenti. Congratulazioni! Ma non credo che a mamma e papà dispiacerà trasferirsi qui per un po'. Neve o pioggia. La casa al mare è stata una scelta non condizionata dal clima o dall'isolamento. Credimi. Li farai felici.

- Ma gli incubi. Lui che torna…

- Non è plausibile né realistico. Soprattutto per quanto riguarda il suo aspetto. Ti rendi conto che dovrebbe avere una novantina d'anni?

- Ma forse lui rappresenta il male. Ed il male modifica il suo aspetto senza cambiare natura.

- Fai la cuoca metafisica? – ridiamo, la tensione si scioglie. Ester si rilassa visibilmente. La questione è seria. Irrisolta da troppo tempo. Ora i nodi sono al pettine e vanno sciolti, a costo di usare le maniere forti come fece Alessandro il Grande con quello di Gordio. – D'accordo Ester. Chiariamo il concetto. Il Bepi non entrerà mai da nessuna porta di casa o del ristorante o della cucina tua, mia, di mamma né di nessun altro membro della famiglia. Siamo d'accordo fin qui? – annuisce, le mani aperte posate sul ventre, gli occhi grandi fissi nei miei. La mia sorellina che pende dalle mie labbra, come sempre, come all'ospedale, quando le dicevo che mamma era vittima di un maleficio ma che presto si sarebbe risvegliata per tornare da noi, come quando le raccontavo favole che inventavo sul momento solo per lei, mischiando senza logica gli eventi della giornata ai miei sogni e alla mia fantasia o ai libri che mamma ci leggeva la sera, prima di dormire. – Bene. Detto questo…. è una storia vecchia. Loro non vorranno parlarne, anche se siamo noi a chiedere. Lo capisci? Farò qualche indagine. Cercherò di capire e tornerò a raccontarti quello che ho scoperto. Ma,

Ester… quello ha rovinato solo un pezzetto della nostra vita. Noi siamo stati più forti. E' finita. Non permettere che torni. Nemmeno nei pensieri.

- E' questo il problema. Non voglio che torni. In nessun modo… ho paura.

- Non devi. Lui non tornerà.

- No, credo di no. Però…

- Però?

- Perché non tornerà, Teo? Possiamo dirci una cosa rassicurante come: perché è in prigione o in casa di riposo, confinato su una carrozzina, o è morto. Però non lo sappiamo per certo. Io vorrei dirmi che non tornerà perché… E basta.

- Io penso che non tornerà perché non può farlo. Non ha più potuto tornare, dopo l'ultima volta, dopo che i carabinieri sono venuti a prenderlo. Dopo che ce ne siamo andati noi. In vacanza. Ricordi?

- Certo. Una vacanza bellissima. Cominciò sotto la pioggia e finì col sole. Allora pensai che tutta quell'acqua dal cielo se lo fosse portato via per sempre.

- Credo che sia proprio così, Ester. In un certo senso.

- Spero che sia vero. – mi alzo per abbracciarla.

- Ne riparleremo fra qualche giorno, va bene? Nel frattempo solo pensieri buoni, per te e per il piccolo. Rilassati, sei al sicuro. E chiamali. Faranno salti di gioia quando gli darai la notizia.

- Va bene. – mi bacia – Devo avvertirli che vai a trovarli?

- Lo sanno già. – scuoto il capo. – Ci sono diverse cose di cui voglio parlare con loro.

- Anche tu porti pensieri pesanti, eh?

- Nooo, solo un po' ingombranti. Me ne libererò presto.

Anche mamma è andata in pensione, un paio d'anni dopo papà. Hanno messo la casa in vendita. *"Ormai è guarita anche lei e può fare felice un'altra famiglia"*, ha detto mamma. Ne hanno comperata una al sud, quasi sul mare, piuttosto distante dal paese. Un rifugio tranquillo ed isolato. Si sono trasferiti lì con tutti i loro ricordi e vivono una vecchiaia piuttosto serena. Ogni tanto fanno i bagagli e vengono a stare qualche giorno da me o da Ester. Le chiamano vacanze. Arrivano carichi di provviste e regali, ci sommergono con la loro felicità, ci travolgono con la loro esuberanza e poi se ne vanno via, lasciandoci commossi e nostalgici, perfino un po' soli, in attesa della prossima incursione. A volte siamo noi a raggiungerli al mare. Non cambia niente. Siamo felici, ogni giorno è una festa. Ripartiamo carichi di provviste e regali, di nostalgia e rammarico per lo scorrere rapido del tempo. Un po' soli, ma con la rasserenante consapevolezza della loro esistenza in questo mondo e del loro amore. E questo cancella il senso di solitudine.
Questa volta arrivo io, col mio bagaglio ingombrante e, lo ammetto, un po' fastidioso. Certe ombre non basta la luce di mezzogiorno a farle svanire.

MARTA

Ha chiamato Ester. Aspetta un bambino. Gianni ha pianto…. beh, anch'io. Poco. Però si, mi sono commossa. Pensare alla tua bambina che cresce e diventa madre a sua volta…. Mi viene in mente lei che ciangottava seduta a terra, circondata da macchinine e pupazzi di peluche. Matteo che la guardava senza parlare e poi si avvicinava piano per giocare insieme. Il suo viso sorridente la mattina quando mi chiamava dal lettino e diceva: *luce.* I pasticci a tavola, i capricci all'ora del riposino. Il suo imperativo categorico: *latte, no* oppure *mio* senza che fossero mai corredati da verbi, soggetti o complementi. Eppure si capiva subito cosa voleva o rifiutava. Senza ombra di dubbio. E adesso tocca a lei. La nostra bambina che diventa mamma. So già come organizzare la cosa. Saremo da lei qualche settimana prima, ovviamente. Non può continuare a lavorare troppo a lungo, e avrà bisogno di molte cose, oltre che di calma e riposo. Sarà bello passare un inverno in montagna, una volta tanto. Non che non ci piaccia qui, d'inverno. E' bellissimo. E così tranquillo. Ma andremo e staremo bene…. E' Matteo che mi impensierisce un poco. Aveva l'aria cupa quando mi ha chiamata. Sembrava volesse mettermi all'angolo e nello stesso tempo cercasse di svicolare. Penso di sapere cosa lo tormenta. Aspetterò. Certe volte le ombre sembrano acquistare consistenza sotto il sole. Ma io ho imparato a farle svanire. Bisogna essere spietati con quelle, perché non si intrufolino nella nostra vita. Perché non si azzardino a toccarci, a minacciare i nostri cari. Io so come si fa. E non ho paura di farlo.

MATTEO

   Eccomi qui. Alla fine del viaggio nello spazio e nel tempo. Un viaggio davvero lungo. In tutti i sensi. Scendo dall'auto stazzonato come i miei vestiti. Ho le gambe intorpidite, le spalle ed il collo rigidi, stanco morto, morto di sonno. Ma è una stanchezza che mi piace. Cancella l'inerzia di certe giornate in cui ti sembra di non combinare niente e ti concede un riposo senza pensieri. Accolgo con piacere l'aria fresca del mattino sulla faccia e sulle braccia scoperte. Mi rinvigorisce immediatamente. Mi avvio verso il molo e la vedo in lontananza, a testa alta con lo sguardo dritto nel mare. Resta ferma ancora qualche minuto, poi si volta verso di me ed inizia a camminare con passo leggero ma si ferma quasi subito. Mi ha visto. Mi ha riconosciuto. Come io lei. Le persone che ami entrano nei tuoi occhi e nel tuo cuore come le informazioni che porta il dna. Incancellabili. Le riconosci al primo sguardo in qualunque situazione, sole nel deserto o in mezzo a milioni di altri, persino al chiarore modesto di un raggio di luna, sotto la pioggia battente, nel fumo di un incendio, fra gli alberi della foresta, in mezzo ad una fitta nebbia. Le riconosci e basta. Senza esitazione. Senza ombra di dubbio. E non sbagli mai. Perché sono i tuoi occhi a parlare. E il tuo cuore. Le obiezioni del cervello, per quanto logiche ed attendibili, non le senti nemmeno.
Mamma è lì. Mi guarda e già sorride. Non le è servita nemmeno una frazione di secondo per riconoscermi. Non è sorpresa perché mi aspettava anche se non le ho dato un'ora precisa. Riprende a muovere i passi verso di me. Le vado incontro. E' ancora tanto bella, con la brezza leggera del mattino che le scuote appena i capelli così castani e lucenti. Ha gli occhi che brillano. Ma una leggera ruga sulla fronte la tradisce. Sta pensando. Sta già pensando. Vorrei non dover chiedere. Ma non ho scelta e l'abbraccio forte cercando il suo perdono per le parole che devo dire.
   - Tuo padre è uscito in barca con alcuni amici. Vanno a pesca di sgombri. Tornerà nel
     pomeriggio.

   - Si diverte, eh?

   - Si. A volte ci vado anch'io. Ma non sono molto utile, al massimo pulisco il pesce mentre
     qualcun altro lo cucina. Si passano belle giornate.

   - Ma tu non lo mangi, il pesce. – alza le spalle

   - Papà mi prepara dei panini buonissimi. Ti va di fare colazione qui al bar?

   - Certo. Ho proprio bisogno di un caffè.

   - Tu hai bisogno di dormire e di prendere un po' di sole. Una settimana di mare ti ci vuole
     proprio. Hai fatto bene a deciderti.

- Ma si. Avevo bisogno di una pausa prima di continuare. Devo prendere una decisione importante e volevo prima parlarne con voi. E' una cosa seria. Poi devo tornare dalle parti di Ester. Ti ha dato la bella notizia?

- Si. Sono felici, si sente. E noi non possiamo che esserlo. Di riflesso. E' bello vedere che fate una vita buona e piena. Sono orgogliosa di voi.

Ci fermiamo al bar del porto, pieno di pescatori che hanno passato la notte in mare ed hanno appena concluso le vendite del pescato. Mangeranno qualcosa e se ne andranno a dormire per qualche ora prima di tornare al lavoro. Osservo i loro volti che parlano di fatica e salsedine. Sono facce pacifiche, serene. Non ci sono ombre nei segni incisi dal tempo e dal mare. Ci prendiamo un cappuccino ed una pasta. Mi racconta le sue giornate in perenne vacanza. Mi racconta i particolari della telefonata con Ester, la sera prima, e che sta già organizzandosi per trascorrere l'inverno da lei. E' raggiante. E anche papà, hanno perfino pianto. Lo sapevo. Sorrido. I miei genitori non hanno bisogno di niente per gioire della nostra gioia. Gli basta saperci felici per esserlo a loro volta. Semplicemente. Potrei dire *"me ne vado a vivere a Capo Nord, o in Cile"* e loro farebbero una festa e riderebbero e verserebbero qualche lacrima, solo vedendo me felice. Non si sono mai opposti alle mie scelte, né a quelle di Ester. Non hanno mai ostacolato le nostre decisioni, in qualunque ambito, anche quando poi si rivelavano sbagliate. La fidanzata troppo esigente, un'improbabile corso di scrittura cinese, le lezioni di basso. E non ci hanno mai fatto la ramanzina dopo. Nessun *"te l'avevo detto"*. Nessun *"te lo proibisco"* o *"te ne pentirai, stai facendo un errore"*.
Loro chiedevano solo *"è quello che vuoi? "*. Ovviamente la risposta era sempre si. Ci assecondavano e, anzi, ci sostenevano con dedizione. A volte andava bene. A volte no. Quando era la volta *no*, non sentivamo una parola di rimprovero. Nessuna critica. Ci consolavano, continuavano a sostenerci. Ci incoraggiavano ad insistere. A fare le nostre scelte. Il vero errore, dicevano, sta nel fare quello che ti dicono gli altri. Prendete voi le vostre decisioni. Fate i vostri errori, non quelli di qualcun altro, e non avrete l'amaro in bocca. Quando andrà bene sarà solo merito vostro e il sapore della realizzazione sarà ancora più dolce. E in ogni caso le esperienze servono a farci crescere, a temprarci. Niente è buttato, né la fatica né il tempo che impiegate.
A voler ben vedere, le nostre realizzazioni passano attraverso fatiche e tempo investito dai nostri genitori quanto da noi. E il dolce sapore deve essere condiviso con loro. Cosa saremmo senza questi bravi mamma e papà? Cosa sarei io? Credo di sapere esattamente quanto devo alla mia famiglia. Forse per questo le parole mi si fermano in bocca e non vogliono saperne di uscire. Ma hanno un sapore di marcio e non ne posso più di sentirlo. Devo proprio cacciarle fuori. Mamma mi guarda e smette di sorridere con gli occhi. Solo la bocca tiene ancora quella dolce piega che le dona così tanto. Lo sguardo è malinconico, mi sfiora il braccio dove un giorno trovò i segni brucianti della paura.

- Facciamo due passi, Matteo?

- Si.

Torniamo al molo, camminiamo fino alla fine. E' come essere in mezzo al mare. Le onde che si frangono sugli scogli creano un frastuono tutto intorno che ci isola dal resto del mondo. Per questo sono venuti a stare qui? E' come stare sempre *dentro la pioggia*, una cosa che diceva lei quando ero piccolo. E' il passo che precede il silenzio assoluto, il centro del Maelstrom. Mamma siede su uno scoglio abbastanza piatto da ospitare almeno due persone. Le siedo accanto.

- Ester ha un problema, da un po'.

- Il bambino?

- No. Ma penso che c'entri, in qualche modo. Ha incubi e sensazioni spiacevoli. Le capita di credere che *il Bepi* entri alla locanda, le sembra di vederlo fra gli avventori. La notte chiama te e me piangendo, con voce di bambina. Francesco è preoccupato. E un po' lo sono anch'io. Nelle sue condizioni la serenità ed il pensiero positivo sono tutto.

- Si, hai ragione. – guarda il mare – Magari la chiamo. E' un po' presto per andare a romperle le scatole, e non ho ancora preparato niente. Però una telefonata può aiutare. Due chiacchiere…

- Anche la verità può aiutare… - si volta a guardarmi fisso negli occhi. La determinazione è venuta dopo. Dopo l'ultimo scontro con il Bepi. Dopo le vacanze. E' venuta ed è cresciuta con forza. E non se n'è andata più. Fa quasi paura. Ed io ho paura di chiedere, di nuovo. Ho paura della risposta.

- E tu? Non hai niente da dirmi? – sospiro. Beccato. Come diavolo fa!

- Ho deciso di diventare magistrato. Converto i miei anni di studio e continuo a studiare. – sorrido per allentare la tensione. La battuta non ha sortito l'effetto sperato.

- Perché questa scelta? E' un lavoro triste, difficile. Loro arrivano sempre dopo, nel momento peggiore.

- Si. Però le persone hanno bisogno di qualcuno che si occupi di loro, di amministrare la giustizia con coscienza. Con rispetto…. Le vittime non devono sentirsi sole, abbandonate….

ho perso il filo del mio discorso. Volevo convincerla, spingerla a credermi capace di operare per… cosa? Bugiardo. E pessimo anche! Voglio il suo appoggio perché per me è importante e proprio ora dubito che mi darà il suo sostegno come ha sempre fatto. Ipocrita! Voglio che mi dica "bravo!" per poi iniziare l'interrogatorio. Comincerò la mia carriera da mia madre? Lampada puntata, stanza grigia e sedie scomode? Stupido!

- Hai ragione. Sarai un buon magistrato.

- Lo spero…

- Certo che lo sarai. – sorride guardandomi fisso negli occhi - Ma vuoi cominciare da qui? Da me? Perché?

No. Non andrà così. Mamma non è mica scema. Non sarà un interrogatorio in stile poliziesco. Siamo sul suo terreno e la conversazione la guida lei. Sono io che la seguo. Lei traccia il percorso ed io non riesco a deviare. Che bravo! Cominciamo bene! Ma forse è il modo giusto, dopotutto. Un punto di vista diverso: *l'altro, lo stesso.*

- Ho bisogno di spiegarmi certe cose, certi ricordi che non sembrano nemmeno ricordi. Sembrano più sensazioni, sogni.

- Lascia che restino così.

- Non ci riesco. Non posso.

- Non vuoi.

- Come la metti la metti. Non cambia.

- Si che cambia. Vuoi fare un mestiere difficile. Pieno di segreti, compromessi, catene che ti appesantiscono il cammino. Così cominci male.

- Perché? Avete fatto qualcosa?

- Cosa?

- Mamma… dimmelo.

- Lascia che sia io a fronteggiare le ombre. So farlo bene. Non ho nessuna paura. Non ho più paura.

- Mamma…

- No. Tu la vedi in un altro modo. Cerca di capire. Come la vedi tu ora, ha un senso, e forse è anche giusto. Ma un giorno potresti capire. Un giorno potresti cambiare visuale. Il senso si perderebbe, ne verrebbe un altro. Non deve per forza succedere quello che è successo a noi, per arrivarci. Basta poco. Davvero poco. Forse Ester sta male per questo. Forse lei ora sente le cose che cambiano. E cambia anche lei. Cambia visuale. La aiuterò. Supererà questa cosa. Non lascerò sola mia figlia. Lo sai, vero?

- Certo che lo so, mamma. Ma….

- Ma… Ma non ti basta. Perché vuoi un segreto. Vuoi delle spiegazioni speciali per una cosa che non esiste più. Hai ancora male dentro?

- No. Ma voglio sapere…

- E le braccia? Ti fanno male?

- No.

- Nemmeno io ho più male dentro. Sto bene. Sono serena. Tranquilla. E mi sento forte. Lo capisci?

- Si.

- E' quello che provi anche tu?

- Si… si è così.

- Va bene. Qui è il posto giusto per parlarne. Qui c'è il mare che lava via gli odori cattivi, che cicatrizza le ferite e pulisce tutto. E c'è il vento. Porterà via le parole e le sperderà. Nessun altro capirà niente. Parliamone qui, oggi. E poi mai più. Sei d'accordo, Matteo?

- Va bene.

- Ricordi tutto quello che accadde?

Inclina appena il capo tenendo gli occhi grigi nei miei. All'improvviso mi sembra di essere dentro la pioggia, ma non è così. Sono i suoi occhi a darmi questa sensazione. Sembra sia lei, ora, ad aver paura di farmi male. La mia mamma, amorevole e premurosa, protettiva come una tigre. Sempre attenta alla mia esistenza, alla mia serenità.

-   Si. Ricordo il giorno del male. Aprii la porta pensando che fosse lo zio. Invece era lui.

Un groppo mi sale in gola mentre rievoco con la mente quegli interminabili minuti. Di nuovo. Mamma che gridava e piangeva, che mi incitava a prendere Ester e scappare a nascondermi mentre lottava furiosamente con il Bepi, incapace di vincerla nonostante tutta la sua superiorità fisica, incapace di contrastare la sua lotta per proteggerci, per impedirgli di finirla e prendere noi. Ricordo la telefonata. La più difficile della mia vita. Ricordo Ester che piangeva disperata e spaurita nel box in salotto, ed io che rimanevo fra lei e la porta cercando di confortarla, con le dita infilate nella rete, unite alle sue, mentre la pregavo di non piangere, che papà arrivava di corsa e sistemava tutto. Ricordo i militari che lo portavano via in manette, ferito e sanguinante come se avesse lottato contro un orso, l'autoambulanza che caricava mamma, pesantemente sedata, pesta e sanguinante anche lei, incapace di riconoscere chiunque, nemmeno sé stessa. E ricordo papà che mi diceva *"non è colpa tua"* mentre io sapevo perfettamente che sbagliava.

-   Io rimasi all'ospedale per un tempo infinito. Non riuscivo a tornare. Forse non volevo. Non credevo di potermi difendere. Di potervi proteggere. Così restavo là. In un posto che non esiste. Fatto di medicine e vuoto. Dove il tuo corpo non è più tuo, e le emozioni sono spente, inconsistenti. Lontana.

-   Dicevo ad Ester che eri sotto maleficio. Dovevamo aspettare e un giorno papà avrebbe trovato la magia giusta per svegliarti. E lei mi credeva. Piano piano dimenticava i fatti e si calava nella fiaba.

-   Hai sempre avuto un forte ascendente su di lei. Era facile ascoltare i tuoi racconti appassionati ed entusiasti. Tu infili la magia in tutto ciò di cui parli. Sei un oratore di alto livello. E' il tuo talento naturale.

-   Io però stavo male. La mia colpa mi pesava come un macigno sul cuore. Avrei voluto cancellarmi dal mondo.

-   Tu non hai colpa, Matteo. Non si possono scaricare colpe su un bambino di quattro anni per la malvagità di un uomo fatto. Sarebbe una giustificazione? E' inammissibile! – si accalora ancora nel difendermi, anche da me stesso, come sempre. - Quando mi svegliai sul serio, non so perché lo feci. C'erano voci fuori di me, attorno. Voci che mi ripetevano in continuazione che io ero forte. Più forte di tutto. Che potevo farcela, mi bastava volerlo. E che la mia famiglia aveva davvero bisogno di me.

-   Papà. E zia Carola.

-   Si. Loro mi riportarono qui. E voi. Tu, Matteo. Tu… Mi spingesti a restare. Quello aveva rovinato ogni cosa. Mi aveva precipitato in un abisso che nemmeno oggi posso dire di conoscere. E stava facendo lo stesso con te. Non l'avrei permesso.

-   Non l'hai fatto. Mi hai salvato….

-   Ci siamo salvati insieme.

si ferma un momento a riprendere fiato. E' difficile. Ma è cominciato e bisogna finirlo. Lo sa anche lei. Guarda nel mare. E il mare le dà forza.

- Poi quello è uscito di prigione. Ha pagato lo stupro, le percosse, le minacce come se avesse rubato una lattuga al negozio. Ha spezzato le nostre esistenze, ha cancellato la vostra infanzia… la legge si è mostrata inadeguata. – mi fissa per un lungo istante - La giustizia è un'altra cosa. La giustizia… non è di questo mondo, dicono. – deglutisco a fatica

- Ed è tornato… mi ricordo che lo incrociavamo in continuazione, al mercato, in piazza, dal droghiere. Ricordo che ci insultava, che minacciava te e noi… voleva farci cose orribili. Cose che io non capivo, allora…

- Eri piccolo…

- Già. Eppure sentivo una rabbia e un'impotenza così grandi, così forti, dentro… mi sembrava di morire un pezzo per volta. Ad ogni incontro, quando lo vedevo anche da lontano.

- E' così che mi sentivo anch'io.

- Ma arrivavano sempre gli uomini in divisa e lo portavano via, arrivava papà… e tutto tornava a posto.

- Si… tutto tornava a posto. Per un po'. – torna a mettere i suoi occhi grigi dentro i miei, malinconici, determinati. – Ti ricordi l'ultima volta che lo abbiamo visto? – annuisco

- Venne a casa, bevuto come una botte grande. Disse che ci avrebbe sistemati una volta per tutte, te e noi…

sentivo ancora le mie piccole mani aggrappate alla sua gonna, le stavo dietro. Lei non sembrava essersene accorta. Ester era sulla porta che guardava. Aveva paura ma rimaneva lì inchiodata, muta e con gli occhi sgranati come una bambola di porcellana, in attesa degli eventi. Io invece non avevo resistito al bisogno di seguirla, di stare al suo fianco davanti a quel mostro. Ricordavo perfettamente il loro colloquio *"La prossima volta ti ammazzo di legnate, sposa. Prima te e poi loro."* e i passi di mamma, precisi, misurati, il suo corpo teso, la voce più fredda e altera che le avessi mai udito. Stentai a riconoscerla: *"Io non ho paura di te"*. Gli sputò in faccia. Non l'avevo mai vista fare una cosa del genere. Mi sgridava se sputavo in cortile i semi del cocomero… lei invece sputò sulla faccia del Bepi, lo prese in pieno, facendolo infuriare. Cosa sarebbe successo se non fossero arrivati i carabinieri? Quel giorno pensai, sentii che era lui a dover avere paura. Con certezza assoluta capii che stava davvero rischiando grosso a continuare a tormentarci. Che aveva passato il segno. E se fosse tornato avrebbe dovuto pagarne le conseguenze. Ma non successe più nulla. Quella fu l'ultima volta che lo vedemmo. Ci lasciò in pace. Realizzo ora che pensai avesse capito, che avesse scoperto la paura. Realizzo ora che non era abbastanza intelligente per concepire quel pensiero e decidere di lasciarci finalmente in pace.

- Matteo… si dice sempre che una madre è pronta a qualunque cosa per i propri figli. Capita che non si debba mai dimostrare la veridicità di ciò che si afferma.

- Ma tu si…

- Non c'è niente al mondo che non farei per voi…. Non ho paura.

- E papà?

- Vale anche per lui. Non c'è niente che non farebbe per te ed Ester. Siete tutto per noi.

- L'avete fatto insieme?

- Fatto cosa?

non riesco a dirlo. Se chiedo e e lei dice *si*, finisce tutto il mio mondo ed io entro in uno di cui non so niente… preferisco continuare a camminare sulla linea di confine, guardare senza fare il passo successivo e non trarre ancora la logica conclusione. Sbirciare le possibilità sfiorando appena le certezze perché non acquistino consistenza e peso.
- Credo che il Bepi non tornerà mai. Papà….

- Tuo padre farebbe qualsiasi cosa per voi, te l'ho detto. Ma non ha mai fatto male a nessuno in vita sua. – beh, accidenti! Questa è una dichiarazione chiara e precisa che non lascia spazio alle interpretazioni. Sono sollevato e spaventato insieme. Stare sulla linea di confine all'improvviso è diventato un'impresa degna di un funambolo. Precipiterò.

- Però hai ragione. Il Bepi non tornerà. Mai. Non può farlo.

- Perché? – dico in un fiato

- Perché io ho voluto così.

- Cos'hai fatto, mamma?

come faccio a pronunciare quelle parole? Mi sembra di avere la carta vetrata in gola, mi trema la voce. Ho domandato perché è nella mia natura. Ma voglio davvero una risposta? Voglio davvero sapere? Cazzo, si! E no! Sembra fatta col ghiaccio. Non mi guarda. Lei non mi guarderebbe mai con quel volto, con quegli occhi. Li tiene per gli altri, non per noi. Guarda il mare.
- Non tornerà.

Poi i suoi occhi mi inchiodano sullo scoglio accanto a lei come un incantesimo. La sua certezza è assoluta. Lo sono anche le mie. Ma non ha ammesso niente. Non mi ha detto niente. Eppure ora credo di sapere. Posso crederle. Non ha mentito. Mia madre non l'ha mai fatto, con nessuno di noi. Papà è un uomo buono, un brav'uomo che non ha mai fatto del male a nessuno in tutta la sua vita. Malgrado tutto…. E lei è mia madre. Non c'è niente che una madre non farebbe per proteggere i suoi figli. Niente. Mamma ci ama sopra ogni cosa al mondo. Lo so. Ester lo sa. Chiaro. Il Bepi non tornerà. Non può. Semplicemente perché lei non vuole. E credo proprio che si farà come lei dice. Dopo quello che le ha fatto. Non si provoca la tigre senza pagarne lo scotto. Anche quando la tigre non riconosce sè stessa. I suoi occhi ora si tuffano in mare, scivolano fra le onde schiumose che vengono ad abbattersi sugli scogli abbracciandoci con una pioggerellina sottile.
- Andiamo, ora? Mi è venuta fame e non ho ancora fatto la spesa. E' un po' tardi….

- Vedrai che qualcosa troviamo lo stesso. Ti aiuto io, mamma.

- Bene. – ci alziamo e percorriamo a ritroso la banchina per poi avviarci lenti sul molo.

- Mamma…

- Si?

- Ti voglio bene, mamma. Con tutto il cuore. – L'abbraccio forte e sento che si commuove, mi chino a baciarla sulle guance. Ha gli occhi umidi

-    Anch'io, amor mio. Tutta la vita.

Vorrei dirle grazie, ma è una parola troppo stupida. Non può esprimere tutto quello che ho dentro, tutto quello che sento per ciò che lei ha fatto in tutti questi anni per me, per Ester, per papà. La forza che ha trovato dentro di sé, e che ha tirato fuori senza mollare un solo momento, senza piegarsi. Il modo in cui si è presa cura di noi, in cui ci ha protetto... *grazie* non vorrebbe dire niente. Non avrebbe senso. Sarebbe quasi un insulto di fronte a tanta abnegazione, ad un amore così incondizionato, generoso e altruista.

La convinco a pranzare con me in una trattoria in riva al mare, piacevolmente cullati dalla risacca. Nel pomeriggio facciamo la spesa e poi torniamo a casa a preparare la cena. Papà rientra con un bel viso abbronzato e sereno ed una cassa di sgombri già puliti e pronti da cuocere. Li mettiamo in freezer in porzioni per due, raccontandoci l'un l'altro gli ultimi eventi. Non mi è sfuggito uno sguardo-sentinella che le ha lanciato appena entrato. Ma lei ha sorriso baciandolo. Tutto a posto. Lui sa. Credo che papà sia il solo oltre a lei a sapere tutta la verità. *Innocente ma informato sui fatti. Complice.* E credo che si farebbe ammazzare piuttosto che dire una sola parola. Quanto pesante può essere un simile fardello da portare per tutta la vita sulle spalle? Ma esistono anche altre visuali. Altri punti d'osservazione. Se cambiamo angolazione, cambia la visuale. Tutto è diverso. Cambia anche il peso, nel modo di guardare.

Trascorro una felice settimana con i miei, torno bambino. Riposo, faccio il bagno, prendo il sole. Rimetto a posto le idee ed i pensieri. Quando mi preparo alla partenza sento che non vorrei proprio. Vorrei restare bambino per sempre. Fermarmi a sei anni, a quella vacanza così perfetta. Quella in cui le nostre vite hanno ripreso da dove si erano così violentemente fermate, e tutto era ridiventato bello e luminoso. Vorrei tanto. O magari a quattro. Non aprire la porta. Chiamare papà e farlo tornare subito a casa. Si poteva fermarlo allora? Avrei fatto in tempo? Sarebbe stato tutto diverso. Magari. Ma la vita cammina, e noi con lei. Ho da fare. Devo lavorare. E poi devo andare da Ester. Ho una favola per lei. Nuova e vecchia insieme. Una bella favola a lieto fine, dove le ombre svaniscono nella luce del giorno ed il mare le sbriciola e sparge lontano perché non possano più tornare. Le farà bene.

ESTER

- Ti ricordi, Ester… la mamma stava in quel letto triste e bianco e non si svegliava mai.

- Mmm. Dicesti che era vittima di un maleficio. Uno stregone malvagio e geloso della nostra felicità cercava di portarcela via. Di imprigionarla nel regno del dolore. Ma trascorso il giusto tempo si sarebbe svegliata per tornare da noi e non ci avrebbe lasciati mai più. Perché papà era riuscito a bloccare l'incantesimo prima che fosse compiuto.

- Si. Ed è tornata. Ma il malvagio che l'aveva fatta cadere addormentata non voleva saperne. Aveva deciso che le avrebbe fatto un maleficio più grande perché non potesse tornare indietro. E siccome eravamo stati noi a farla tornare, con il potere delle parole e del nostro amore e delle nostre lacrime, il malvagio decise che avrebbe usato la sua magia anche su di noi. Perché non potessimo più aiutarla a tornare dal sonno oscuro.

Ester ascolta rapita come quando era bambina, tiene in mano un bicchiere di latte e miele, la pancia è tesa, ogni tanto percepisco un movimento, la tensione della pelle. Il piccolo si muove, manifesta la sua vitalità.

- Allora lei si dispose ad aspettarlo, armata di uno specchio magico. Sapeva che sarebbe tornato perché lui glielo aveva promesso. Ma non aveva più paura. L'amore dei suoi bambini e del suo Re la rendevano forte. L'avevano già salvata una volta e l'avrebbero protetta ancora. Il malvagio venne e si preparò a scagliare su di lei la sua magia nera più potente. Rideva, e le diceva che avrebbe fatto lo stesso con noi. Saremmo caduti tutti in un sonno eterno e nessuno avrebbe potuto salvarci mai più. Ma la mamma alzò lo specchio e la magia nera rimbalzò precipitando contro di lui. Lo investì come una montagna e lo nascose agli occhi del mondo. Lei disse: *"Non tornerai mai più nel mondo. Per l'eternità. Così io comando!"* e così fu da allora e per sempre.

- Non tornerà?

- Non tornerà. Mai più.

- E' quello che mi ha detto lei, al telefono. Mai più.

- Puoi crederle.

- Perché?

- Lo sentirai dentro di te, presto. Forse lo senti già… Non c'è niente che una madre non farebbe per i suoi figli, Ester. E' proprio così. – mi guarda ancora, affascinata dalla storia. Convinta o desiderosa di esserlo. Beve un po' di latte.

- Si. Ci credo. Non tornerà. Non tornerà perché mamma ha deciso così..

- E' così.

- Con una magia. - annuisco

- Magia.

- Bene. Tu invece, tornerai per conoscere il tuo nipotino?

- Ma certo.

- Gli piaci già. La tua voce lo calma, lo sento.

- Bene.

- E gli piacciono le tue storie, come a me.

- Bene. Devo lavorare. Dare degli esami e fare il concorso. Ma verrò ancora. Mamma e papà arriveranno presto ed io farò un po' il pendolare. Ester…

- Si?

- Io ci sarò sempre, di qualsiasi cosa tu senta di aver bisogno. Non sentirti mai sola. D'accordo?

- Certo.

- Ti voglio bene, Ester. E anche al piccolo.

- Anch'io, Teo. Anche noi. Per tutta la vita.

- Per tutta la vita.

IL BIGLIETTO VINCENTE

Siede con le mani conserte, adagiate sulla coperta di lana. Gli anziani hanno sempre freddo. Lo sguardo oscilla in cerca di qualcosa che ha dimenticato, vacuo, sena peraltro trovare nulla.

Una donna siede di fronte a lei, in paziente attesa; è elegante, tiene le gambe delicatamente incrociate di fianco, indossa un bel tailleur rosso vivo. Deve essere nuovo.

Sembra appena uscita da un istituto di bellezza, curata nel minimo dettaglio: manicure, piega, trucco delicato e perfetto. Ha qualcosa di familiare. E sembra aspettare. Continua a guardarla e ad aspettare... lei.

Com'è difficile focalizzare il punto. Ci sono delle incongruenze. L'abbigliamento: di solito veste in modo più semplice, anonimo, casual. E poi non si trucca da anni, non può permettersi la parrucchiera o l'estetista, le unghie poi...

Si è preparata per l'incontro. Si è preparata con cura, ha avuto attenzione per ogni dettaglio. Perché?

All'improvviso capisce. La riconosce. E' come una doccia gelata. O calda. La felice sensazione di avere finalmente afferrato un pensiero sfuggente dopo ore di penoso inseguimento. Apre di più gli occhi, la guarda fissa in viso e fa un cenno col capo, sorride cercando l'altra figura familiare che le è sempre accanto. Non c'è. Non c'è nessun altro, non riconosce nessuno. E' sola. Nessun'altro. Non funziona così, di solito. Lo sente più che ricordarlo. Ormai non ricorda mai molto. Mai a lungo. Eppure lo sa. Sono solo loro due.

 Lei, che nasconde sotto la coperta l'imbracatura che la lega alla sedia ed il pannolone per l'incontinenza, e la bella signora, sua nuora, che attende elegantemente seduta di fianco,già pronta ad andarsene da quel posto. Una fuga che a lei non è più concesso compiere.

- Elsa.

- Buongiorno. Oggi mi riconosci? – un lieve cenno del capo.

- Bene. Perché sono venuta a salutarti. Non ci rivedremo più per molto tempo. Direi, anzi, che non ci rivedremo affatto. – sorride freddamente. Prepara il colpo. Pronta all' affondo.

- Sono venuta a dirti che hai rovinato la vita di tuo figlio, la mia e quella dei miei bambini. E che non ti perdonerò mai per questo. Con la tua malattia. Perché oggi il gioco è una malattia per la nostra società. Mentre io l'ho sempre considerato un modo per non assumersi le proprie responsabilità. Per non rimboccarsi le maniche e mettersi a lavorare. Per evitare i propri doveri. Perché è questo che hai fatto, non è vero? E grazie a te abbiamo passato cinque anni d'inferno. Sommersi dai debiti che tuo figlio si è dovuto accollare, incapaci di comprare vestiti per i bambini, a volte persino di mettere a tavola un piatto di minestra. – abbassa lo sguardo, ricaccia indietro le lacrime – Non sai quello che abbiamo dovuto fare perché non mancasse lo stretto necessario in casa... quante umiliazioni abbiamo dovuto ingoiare, quanti bocconi amari... pregando che i bambini non capissero.

Deglutisce piano, serra a mascella, poi sospira pesantemente, alza gli occhi. Occhi duri e freddi come il Polo. Anche il suo sorriso è freddo, taglia la carne senza pietà…

- Ma le cose sono cambiate. Non ci crederesti mai. Qualche tempo fa ero con le colleghe al bar, abbiamo preso un caffè ed un biglietto della lotteria. – pausa ad effetto - Ed io ho vinto. Ho vinto una cifra che non potresti mai nemmeno immaginare. –

Un lampo di cupidigia, desiderio ed invidia al contempo, le attraversa lo sguardo. Ora è attenta. Ma non sa essere contenta per lei, per suo figlio. Nemmeno ora, nemmeno lì, in quel posto. Prova solo invidia. E desiderio. Non è cambiata.

Non ha mai saputo gioire per i piccoli colpi di fortuna capitati a suo figlio, mai una volta, nel corso degli anni, che si trattasse di uno sconto speciale sulla lavatrice, di una buona occasione nell'acquisto di un'auto usata, di una promozione al lavoro…. Spregiava sempre l'evento e si rammaricava di non avere avuto lei quel beneficio. Il fatto che si trattasse di suo figlio, che potesse guadagnare o risparmiare qualche soldo quando lei stessa non faceva che chiedergliene, non la turbava minimamente. Dopotutto era suo dovere provvedere ai bisogni della madre, non era a questo scopo che l'aveva messo a mondo?

La donna sta ancora parlando. Cerca di concentrarsi sulle sue parole. Sente che diventa difficile.

- Dopo tutti i soldi che hai sperperato giorno dopo giorno, anno dopo anno: io ho vinto. Ho acquistato   un solo biglietto nella mia vita. Ho acquistato il biglietto vincente. E lo sai cosa farò, adesso? – si avvicina al suo viso. Forse è il tailleur a renderla minacciosa, di quel colore così vivido, o la voce bassa e suadente. Istintivamente cerca di ritrarsi, ma non può.

- Adesso prendo i bambini e me ne vado. Ho lasciato il lavoro. Ho depositato i soldi su un conto di cui lui non sa niente. Spariremo. Non ci vedrai mai più. E nemmeno tuo figlio. Lo lascio. Gli porto via i bambini, per sempre. Lo lascio con te, una madre che non lo ha mai amato, e con la tua eredità, tutti i debiti che restano ancora da pagare. Lo lascio solo e rovinato perché sei stata tu a rovinarlo. Tu lo hai distrutto. Hai quasi distrutto me. E non voglio più vivere così per colpa tua.

La donna col tailleur rosso ha parlato in fretta. Non sapendo quanto tempo aveva a disposizione ha cercato di essere più incisiva possibile. Ha tentato di dire tutto quello che aveva dentro nel modo più feroce e brutale di cui si sentiva capace. Ha buttato fuori tutto il veleno che aveva dentro. Per lasciarlo lì, fuori di sé. Per non portarselo più dietro come un 'ombra grigia che brucia l'aria ed il sole. Vuole ricominciare da capo. Senza ombre. Senza dolore. Senza rancore. Senza quel peso che le ha tolto il sonno per tutti quegli anni. Vuole ricominciare a dormire, a sorridere. A vivere. E vuole che lei si riprenda tutto il veleno che le ha iniettato addosso in questi anni. Si ritrae lentamente, in attesa. Ma dopo un momento vede che lo sguardo della vecchia è di nuovo perso ed assente. Il suo tempo è finito in fretta. Si domanda se sia bastato a lasciarle dentro la radice di quel dolore che si è trascinata dietro in tutto questo tempo di sacrifici e patimenti. Ma si accorge che non le importa. Lo ha lasciato lì, sulla poltroncina e non ne sente più il peso. Spera che sia bastato. Spera che abbia afferrato il messaggio e che esso riemerga, di quando in quando, prima o poi. La guarda ancora a lungo e capisce che non le importa nemmeno di questo. Uscirà dalla casa di riposo più leggera, senza la rabbia e la frustrazione che l'hanno accompagnata in questi anni. Non e fa pena, la vecchia. Sola in questa struttura che odora di disinfettante e di vecchiaia, senza volti familiari attorno. Circondata da estranei che si prendono cura di lei con professionale distacco.

Nessun affetto per lei. Ma alla donna col tailleur rosso non importa nemmeno più. E' così sollevata dopo lo sfogo da aver voglia di piangere. Com'è assurdo quello che prova in questo momento. Com'è assurda la vita. Non è più nemmeno stanca. Lo capisce vedendolo arrivare, il bel ragazzo in abito elegante che le sorride avvicinandosi e le porge la mano mentre si alza.

- Come va? – si china a baciare la testa bianca della madre, le fa una carezza. Lei non si volge nemmeno a guardarlo, pare non accorgersi di nulla.

- Come sempre. Per un attimo mi ha vista. Mi ha salutata. Poi niente.

- Va bene. E' inutile restare ancora. Non si accorge di noi. Sei stata gentile a venire con me, oggi.

- Volevo chiudere il cerchio.

- Il ragazzo si china davanti alla sedia a rotelle e la guarda con attenzione negli occhi. Ma lei non è lì. La bacia ancora, sulla fronte.

- Ciao, mamma. – poi si alza e prende la moglie per mano - Andiamo. Ho sistemato ogni cosa con la struttura. Le spese sono coperte ed hanno il nostro nuovo indirizzo per ogni eventuale comunicazione. Non le mancherà nulla. Non torneremo davvero per molto tempo. Forse non la vedremo mai più, da viva… - si avviano all'uscita.

- Non ti riconosce. Non ti ricorda. Cosa cambia?

- Niente, per lei.

- Non ti ha mai voluto bene…

- Lo so. Ma ormai non ricorda più nemmeno questo. Non importa. Il tempo è stato clemente con lei. Non è male poter dimenticare tutto il male che si è fatto e non vedere nemmeno il dolore che hai provocato intorno a te.

- L'hai perdonata?

- Non lo so. Ma non è importante, ora. Quello che mi interessa in questo momento è andare avanti, cambiare la nostra vita finalmente in meglio. E' un grande cambiamento, ma mi sento più leggero, felice perfino. Le cose andranno bene, ora. E noi staremo bene. I nostri bambini staranno bene. Basta sacrifici e rinunce. Tutto va a posto. Del resto non mi importa. Andiamo a prenderli. Iniziamo subito il nostro viaggio. Ci fermeremo a mangiare qualcosa per strada. Sarà una festa per i piccoli. Ed io non voglio più aspettare.

- Va bene. – si stringe a lui. Escono senza voltarsi indietro. Abbracciati.

La vecchina è ancora là, sola, seduta sulla sedia a rotelle. Stretta nell'imbracatura che la tiene dritta. Le mani posate in grembo sulla coperta. Lo sguardo vacuo che si muove intorno in cerca di qualcosa che sa di aver dimenticato. Cerca. Cerca. Ad un tratto arriva la doccia fredda. O calda. La felice sensazione di aver finalmente afferrato un pensiero sfuggente che ha rincorso per ore, per giorni forse. Si guarda intorno.   Cerca qualcuno. Era lì, un attimo prima. O forse giorni prima. Non lo sa. Non ricorda. Ma era lì. Ne è sicura. Cerca di afferrare l'immagine. Poi le parole. Poi il senso….

Piange. In silenzio. Senza dire una parola. Senza emettere un suono. Abbandonata e sola come ha lasciato abbandonato e solo ogni membro della sua famiglia nell'assurda ricerca di una fortuna che non è mai arrivata. Che un mondo bugiardo ed immaginario le aveva promesso. Mentendo.

Piange perché quello che ha fatto a suo figlio lo ha spinto ad abbandonarla. E perché ora anche lui sarà solo. Ma non tornerà a prendersi cura di lei. Non verrà a tenerle compagnia. Non provvederà più ai suoi bisogni. Forse cederà e la prenderà finalmente in odio. Dopo tutto quello che gli ha fatto passare. Piange. Sola.

Passa ancora qualche istante così. Poi viene l'inserviente a prenderla.

- E' l'ora del tè, Alma. Vieni che ti sistemo al tavolo della tombola. Così dopo puoi anche giocare un po'. Va bene? - un cenno d'assenso.

Ha le guance umide. Le bruciano gli occhi. Ma non ricorda il perché.